两个英子

张靖 著

中国言实出版社

图书在版编目（CIP）数据

两个英子 / 张靖著 . -- 北京 : 中国言实出版社，
2024. 7. -- ISBN 978-7-5171-4878-4

Ⅰ . I247.5

中国国家版本馆 CIP 数据核字第 20242UV380 号

两个英子

责任编辑：郭江妮
责任校对：邱　耿

出版发行：中国言实出版社
　　　　　地　　址：北京市朝阳区北苑路 180 号加利大厦 5 号楼 105 室
　　　　　邮　　编：100101
　　　　　编辑部：北京市海淀区花园北路 35 号院 9 号楼 302 室
　　　　　邮　　编：100083
　　　　　电　　话：010-64924853（总编室）　010-64924716（发行部）
　　　　　网　　址：www.zgyscbs.cn　电子邮箱：zgyscbs@263.net

经　　销：新华书店
印　　刷：三河市华东印刷有限公司
版　　次：2024 年 7 月第 1 版　　2024 年 7 月第 1 次印刷
规　　格：710 毫米 × 1000 毫米　1/16　15 印张
字　　数：248 千字

定　　价：68.00 元
书　　号：ISBN 978-7-5171-4878-4

C目录
●●ONTENTS

两个英子

一

20 世纪 60 年代初，一天，连队来了两个姑娘，一个叫高占英，一个叫刘文英。

一望无际的棉田里，所有的人正干得热火朝天，大路口冷不丁地走来两个好看的女子，干活的人都不由得伸长了脖子。

连队从此热闹起来，不光是因为来了两个人，而是因为来了两个没结婚的大姑娘。别看连队不大，才一百多号人，可一望无际的盐碱滩上几乎闪动的都是男人的身影，而且大多还都是没有老婆的男人。红红绿绿的花衣裳并不多，猛然间两个水灵灵的姑娘往人群里一站，一下子就黏住了众人的眼球。

人们叽叽喳喳地将两个姑娘进行对比，占英浓眉大眼、身材高挑，活像战斗片里的女英雄；文英娇小玲珑、柳眉杏眼，就像从画里走出来的一样，看得大家眼睛都直了。虽说连队的人们都来自五湖四海，可一个连队的人们天天在一起工作生活，就像一个大家庭。家庭成员都喜欢叫小名，对于新来的两个姑娘也不例外，况且两个水灵灵的姑娘越看越喜人，正好名字里面都有个"英"字，那么就叫英子吧。叫英子多亲切，就跟喊自家妹妹一样。别看职工们来自五湖四海，可到了连队就都是一家人。再说兵团女子就像蒲公英，不管条件怎么艰苦，也能扎下根来。占英大三岁，自然就叫她大英子，文英就成了小英子。

其实，亲如姐妹的两个英子之前并不认识，认识是从同一列火车、同一节车厢开始的。

人与人之间的相识就那么奇特。两个小姑娘千里迢迢投奔亲戚，新疆啥样谁也不知道，新疆到底有多远？姑娘们谁也没去过。于是坐在一起越说越热乎。只是占英投奔的是姐姐、姐夫，一路上欢天喜地的，见谁都高兴得有说有笑；而文英却经常一声不响地坐在那里，还不时呆呆望着窗外。占英这才知道虽然都是投奔亲戚，可文英投靠的却是远房的表哥。

火车一路向西，离家越来越远，远到近万里。能遇到跟自己年龄相当的姑娘还真不容易，一路上眼泪汪汪的文英便让占英同情上了。她一眼看出，这个文英其实并不真想找什么表哥，好像有难言之隐。

有什么难言之隐呢？不说闷在心里谁也帮不上。

在家千日好，出门一时难。出门在外，谁能不碰上个难事呢？于是占英一把将她搂进怀里说："别哭了，在哪不活人，你既然不愿找表哥，就跟我一起投奔我姐吧。我姐夫是新疆生产建设兵团的连队指导员，安排个人应该不算啥难事！"

只一句话就把文英逗笑了，虽然眼角还挂着泪，可好看的嘴却咧成了小月牙。其实文英没敢说，她投奔的根本不是什么表哥，而是去远嫁的一个男人。男人是她的远房亲戚，不仅骨瘦如柴，而且见了女人就色眯眯的。文英打小就特别讨厌他，可男人的父亲是乡里的会计，找了他就好比为家里找了座靠山，文英即便百般不愿也无可奈何。这下好了，只要不嫁那男人到哪都行。

别看文英一副弱不禁风的样子，可笑起来却非常好看，两个浅浅的小酒窝一下子把身边人都看呆了。对面的女人瞪大眼睛说："乖乖，这闺女长恁俊，一定能嫁个当官的！"

"你又不是算命先生，你咋知道我会嫁啥人？"文英羞得直摇头。

"那地方啊，男多女少，只要到了戈壁滩上，丑八怪也能变貂蝉，再丑的姑娘呀都变成金疙瘩了，哈哈哈。"女人笑声很敞亮，笑得姑娘们一下子都羞红了脸。

只要有了伴，再远再陌生的地方也没那么可怕了。还没到地方，俩人就互认作姐妹。

都知道新疆远，可没想到那么远。几天几夜的火车眼看到了甘肃，却突然停下不走了，原来这是最后一站。离要去的新疆还很远，咋办呢？俩人只好搭汽车，而且越往西走，房子、人烟都不见了，戈壁滩一片连着一片，姑娘们再没了笑声。

搭完汽车，搭毛驴车，没了毛驴车俩人就一搭走。整整半个多月，还没到要去的地方，可两个姑娘早已灰头土脸，活像两个要饭的。

姐姐和姐夫到底在哪儿呢？问当地人他们也说不清楚。就在姑娘们最绝望的时候，突然传来一阵清脆的马车声，赶车人唱着好听的民间小调。

男人一身黄军装，一看就是个兵团人，姑娘们顿时眼前一亮。

果然，她们要找的地方和男人正好一个团场，男人二话没说就让姑娘们上了车。真是无巧不成书！等坐稳后姑娘们这才细瞅自己的救命恩人，男人三十多岁，身板笔挺，剑眉鹰鼻，咋还有这么好看的男人呢？文英羞得不由低下了头。男人不光长得好看，还很有趣，会用各种方言讲笑话，一路上逗得两个姑娘直咧嘴笑。

姑娘们一高兴，再远的路也就不远了。

好容易到了连部，却连一个鬼影也见不着！人都哪儿去了呢？正当姑娘们不知所措时，"你们找谁？"突然，背后一个炸雷般的声音吓人一跳。一回头，只见背后一高一矮站着两个男人。高个子是个长条脸，矮个子是个大胡子，两个男人都皮肤黝黑，除了眼白、牙白，其他都成了酱铜色。

"姐夫！"占英大叫一声朝着高个子奔过去。

高个子正是占英的指导员姐夫。没见到姐姐，却先见到了姐夫，原来姐姐正忙着和大伙在地里给棉花定苗呢！

姐夫告诉占英，要见姐姐也不难，等到晚上下班时就能见着了。见不着姐姐，占英心里很着急，可再急也没用！有啥事比姐妹见面还重要呢？占英难过得忍不住直掉眼泪。

这里就是连队营部，可营部怎么会没有房子呢？此时姑娘们又累又饿，恨不能立即扑倒在床上。可往四处一望，除了胡杨树，就是农田，白茫茫的一片，啥房子也看不见。

"谁说没有房子啊，你脚下就是咱连队的住房。"指导员往地面一指。

这哪是房子啊？只见一排排高出地面一截的草棚子。指导员将门一推开，奇迹出现了，里面果真是一间别致的小房子，不仅有床有铺，还有锅台、火灶。里面收拾得干干净净，姑娘们一下子惊呆了。

"这就是咱兵团人住的地窝子！别看它外表不咋好看，可冬暖夏凉，实用得很呢！连队目前虽然还没盖房子，可用不了两年，咱这儿要啥有啥！看看这周围，多少地啊，想吃啥咱种啥！"

光顾着和姐夫说话了，姑娘们这才注意到身边还有个大胡子男人，别看男人个头不高，腿还有点瘸，可说起话来铿锵有力、掷地有声。原来大胡子男人就是连长。连长不仅胡子多，人也姓胡，人们都叫他胡连长。

"这房子咋不是盖出来的，像从地上掏了个洞。"

"真是头发长见识短！"胡连长一脸的不高兴，吓得两只叽叽喳喳的喜鹊立即闭紧了嘴巴。

虽然第一次住地窝子里还不习惯，可总算有了落脚地，两个姑娘扎进去倒头就睡。

睡到半夜，姑娘们突然被一种莫名的声音吓醒，轰隆隆如同地震，几乎要把房顶掀开。不会地震了吧？屋里一片漆黑，什么也看不见，"咕咚咕咚""咔嚓咔嚓"，大西北的风真大啊！肆无忌惮的风仿佛要把世界吞噬，

"姐，我害怕！我想妈妈了。"胆小的文英一下子钻进占英怀里。

"别怕，有姐呢！你把姐当作妈吧！"占英心里一紧，一把搂住了文英。

"姐，我想回家，我要回家！"

"到了这里就不能再想回家的事，再苦咱也要咬牙挺过去！"

屋顶"咔嚓"一声巨响，两个姑娘吓得紧紧抱在了一起。

二

占英一点也不喜欢胡连长，不喜欢是从第一天上班开始的。

头一天上班，两个姑娘就被分配到戈壁滩上去开荒。新疆的五月，太阳脾气暴得很，恨不得把大地烤化。正是大忙时节，连队没一个闲人，大家仿佛只恨自己没长三只手，打埂子、放水、开荒，连队有的是要干的活！

为了一来就能给大家留下好印象，一向能干要强的占英打算好好表现一番。

戈壁滩上，无数个沙包如同高低起伏的丘陵，高大的红柳与茂密的杂草一眼望不到边，挖土、挑土，转眼间老大的沙包被挪到了洼地。只见胡连长高声地指挥着，一个个职工如同兔子赛跑。可这么大的开荒工程，除了最原始的坎土曼、十字镐、铁锹外，没有一个机械化的设备。

"这要干到猴年马月啊？"文英心里一下子就毛了。

"既然来了，咬着牙也得干下去！"占英说。

虽然嘴上安慰了文英，可事情并没那么顺利。本来两人被安排的活很简单，装土、挑土无论谁看上一眼立马都会。文英装土，占英挑土，自从来到连队，姑娘们一直形影不离，干活自然也要搭伙干。

挑两筐土对占英根本不算啥难事。

在村里当妇女主任时，她经常领着全村女人挑水、施肥，啥苦活累活没干过，而且次次拿第一。可才干一会儿，占英就发现这里干活和家里一点儿也不一样。哪儿不一样呢？在老家干活，那是边挑着担子边拉着家常。可这里干活，不但没一个人说话，而且个个速度快得如赛跑，就像屁股后面撵着一群狼。占英见过干活利索的，可从没见过这样干的，心里不由得有点儿毛。就在倒土时，占英肩头上的担子刚一滑落，就听到头顶上一个炸雷般的声音。

"你咋倒土的，这样一天下来少挑多少土！"

谁呀，吓人一大跳！占英很不满。一抬头，只见连长正叉着腰虎视眈眈地瞪着她，好像她在偷奸耍滑头似的。占英很不高兴地白了胡连长一眼，人不高嗓门还怪亮！

见她翻白眼，胡连长一个箭步冲下来，一把夺过担子。奇迹出现了，只见他担子未卸，两只手抓起筐沿轻巧地一掀，两筐土就乖乖滚进了深坑里。

占英顿时傻眼了，挑了那么多年土还从没见过这阵势。再看看其他人，都如同一个模子刻出来似的，一分钟不到人筐就已经往回跑了。

第一次逞能竟然还出了丑，占英像把脸伸出去给人扇了一耳光，脸上顿时火辣辣的。

接下来就更尴尬，别看那么简简单单的一个动作，整整一上午过去了，占英愣是没学会。两只筐子仿佛故意跟她作对似的，越来越沉。到了中午时，两个筐子的土变成两坨沉甸甸的大石头，任她怎么掀，就是粘在筐上不下来，急得她直跺脚。真奇怪，越是这样越紧张，总觉得有人盯着她似的。果然，一抬头，一双锋利的眼睛正刀子般直勾勾地落在她的两只手上。

"见过笨的，没见过这么笨的，这要是战场上拼刺刀，早被敌人一刀把肠子都挑出来了！"连长正叉着腰居高临下地望着她，唯恐别人听不到！

占英气得一屁股坐在地上，此时她这才觉得两个肩头火辣辣的疼痛，委屈的眼泪"唰"地一下子迈过了嘴角。

"怎么还哭上了呢？真娇气！"

"这是人干的活吗？"占英强忍住眼泪。

连长不再理她，仿佛不屑与一个小女子计较，一扭身走了。

占英这才扫了一下四周，不看不知道，一看吓一跳。难怪连长说她娇气，只见老职工们扁担中间一截全是红色的，这红色不是别的，是肩膀上渗出的血。而这些人并没因为肩膀烂了就撂挑子不干，而是把鞋脱了垫在伤口上继续干。没穿鞋的双脚踩在碱土上，裂开的血口如同孩子小嘴般地张开着。可即便这样，也没一个人停下来。

都是群什么样的人啊，难道他们是铁打的吗？

都说兵团苦，没想到这么苦，兵团人真是不简单，占英心头一酸，"呼"地从地上站了起来。

突然，占英发现有不少人在看她。起先还以为别人看新鲜，仔细一琢磨，这才不由得红了脸。原来，别人筐里的土装得跟个小山似的，而她的筐子不但没装满，反而越装越少。装筐的文英慢得如同蜗牛爬坡，装到最后只有半筐土。而这半筐土仿佛存心让她出丑似的，由于没压瓷实，走着漏着，引得不少人朝她看，有几个男人还抿着嘴角偷偷笑。她才跑个单趟，可别人早已跑了个来回。尽管如此，她还是觉得肩膀痛得如刀割一般，还没等吹下班哨，她就一屁股坐在了地上。再看文英，早已跟一堆泥似的瘫倒在地。

天色渐暗，大地一片苍茫，万物变得模糊不清。

已经十几个小时过去了，可全连人还在没命地干。占英眼巴巴地盼着下班，可连长像跟她作对似的压根不提下班的事。

这个连队真奇怪，干起活来个个像疯子！什么时候才能下班啊？占英不知道。

"嘘"一声长长的哨声，吓了占英一跳。她这才发现天黑得再也看不清眼前的景物，她撂下筐子趴在地上，全身的骨头快要散架了。

再看看文英，文英明显比她状况还要差，浑身软得像面条。幸好有她搀扶着，只要她一撒手，文英便会立刻倒下。好不容易走到了地头，谁也没敢回宿舍，因为满工地没一个人往回走，原来全连还要在地头开大会。

开会讲话的自然是连长。连长像往常一样习惯性地背着手，将一天的工作做个小结，表扬了干得好的，批评了干得差的，到最后特别点了占英的名字。

"新来的高占英，倒两筐土竟然用十几分钟，大家想想，照这个进度怎么能完成上级下达的任务，怎么能保住我们先进连队的红旗？这要是上战场打敌人，早被敌人先崩了。"连长不愧是个当兵的，啥问题都爱往打仗上扯。

这跟打仗有啥区别，难怪全连人干活跑得跟兔子一样快，有连长这样的老兵领头，谁敢不把荒地当战场？连长话音未落，所有目光"唰"地一下子集中到两个姑娘身上。还有什么比当众挨批更令人难堪，占英羞得满脸通红，恨不能找个地缝钻下去。

太不近人情了！占英不喜欢小个子男人，尤其不喜欢这个大胡子、小个子的男人。

三

开荒、锄草、浇水、挖渠，农活多得排成了队，很快连队又接到了新任务。

团场中央有一大片湖，湖边生长着郁郁葱葱的红柳、芨芨草、梭梭、甘草、罗布麻。别看这里一年四季干燥燥的，可唯独这片湖泊土地肥沃、水草丰茂。

团长有事没事经常下到连队转一转，据说战争年代团长是骑兵连连长，现在虽然不领兵打仗了，可依旧喜欢骑着他的枣红马到各连遛一遛。这片沼泽地团长不知已经看了多少回，可他就是看不够。

要是能把湖泊变成绿油油的农田该有多好！有了想法的团长再也睡不着，睡不着便召集自己的几个老部下共同探讨。

几个部下都是当年的老兵，听到团长的召唤跑得比兔子还快。看人到齐，团长便开口说话了。

"这么好的一块土地怎么能光长野草不长庄稼呢？就拿这些盐碱滩来说，才几年光景咱就把它变成了万亩良田。什么时候也能让这片沼泽地长出绿油油的水稻呢？这样全团就都能吃上大米了。"团长说着把目光伸向了远方，就好像已经看到了一地的水稻。

能吃上香喷喷的大米该有多好啊！这个想法太诱人了。人群里有好几个四川人，四川人三天不吃大米腰杆子痛，可行军打仗时哪能吃上大米啊。一听说将来有大米吃，立即就来了劲。

"团长，你说咋干就咋干！"

"这有何难，只要挖上一条渠，把湖里的水引到下游的戈壁滩，这样一举两得。"胡连长一眼便猜透了团长的心思。

"那得多长一条渠啊，一二十公里呢，可不是一条几百米的排碱渠那样简单！"另一个连长摇摇头。

"那也要挖，人定胜天！难道我们就眼睁睁地看着这么好的一大片地白白浪费吗？"团长大手一挥，谁也不敢再说半个"不"字。

"真是片好地呀，用不了多久，咱团人也能吃上大米饭了！"临走前，团长又恋恋不舍地回头望望。

说干就干！团长的话就是命令，任务很快被分解到各个连队。

这项工程真不小，全团人一个不落全上了。别看团长打仗时腰部受了伤，可挖渠那天团长第一个拿着铁锹到工地报到，边挖还边给身边的人讲笑话。团长有个习惯，一到干活时就爱给大家讲笑话，尤其爱讲他身边几个连长打仗时的趣事。

比如这个胡连长，团长一提起他就笑得呵呵的。

有一次，胡连长接到死守阵地的命令。眼看敌人的进攻一次比一次更加猛烈，人数也一次比一次多，一个连的战士很快被敌人打光了，最后只剩下了一个班。敌人还在不断往前冲，硬把胡连长和最后5名战士逼到了悬崖边。眼看敌人步步紧逼，可战士们个个视死如归。胡连长坚持到最后，等他把最后一颗子弹打光时，敌人已经冲到了跟前，胡连长纵身一跳。谁知人没掉下崖，却活生生挂到了一棵古树上，倒挂金钟，整整挂了两天两夜，最后被当地一个猎人给救了。整整一个连啊，只有胡连长一个人活了下来。

团长讲到胡连长倒挂树上被一只熊围了两天时，忍不住乐得呵呵大笑。可在场的人谁也没笑一下，他们没想到貌不惊人的胡连长，竟如此英勇。虽然没笑，可大家都把劲使在了自己的手上，铁锹比从前挥舞得更有力了。

挖渠是个体力活，不下力气根本完不成任务。

一条渠渠面要保证宽五六米、深七八米，挖不到标准就起不到作用。一开始大家动作很麻利，铁锹一挥土就甩出了渠帮。可越往后挖，不仅土甩不出去，而且站在渠底几个人摞起来才能看到渠帮。所以，为了完成任务，每个人都把早饭吃得饱饱的。

两个英子没经验，早饭胡乱扒两口就跑去上班了。才挖了两个小时，肚子就饿得咕咕叫。再加上两个姑娘从没干过这么重的活，一天下来不仅任务没完成，还累得腰酸背疼，手上也磨出一串的小血泡。等到第二天再挖时，血泡痛得钻心。由于新疆盐碱大，没挖几天，脚上便裂开了一个个小口子。

劳动强度大，两个英子早已吃不消，收工前的开会总结更让她们如坐针毡。原来连队有个惯例，不管每天干到多晚，连长总要在地头上做总结。只要一说到没完成任务的人，连长好像特别生气，眼睛就像雷达似的在没完成任务职工的脸上扫来扫去。他还有个坏习惯，只要一提到没完成任务的人，总喜欢踢一脚土坷垃，好像那土块就是颗手榴弹，一脚踢过去就把敌人炸死了。有几次土块朝着占英的方向滚过来，吓得她心惊胆战。

什么玩意！气得占英直朝连长翻白眼。后来才知道，胡连长从小就练武功，尤其是他的飞脚更是赫赫有名。战场上，他凭着飞脚踢手榴弹，炸死了不少敌人。

难怪连长那么喜欢用脚啊！打那以后，只要一到开会时间占英的眼睛就黏在了胡连长的脚上，只要他的脚刚一发力，占英立马拉着文英躲得远远的。

这还不算最难受的，两个姑娘最难受的是整宿无法入睡。

一条渠十多公里长，自从挖上了渠后，全连都搬到工地上。为了节省时间，渠挖哪儿人就住哪儿，住在沙包上还好，可住在沙枣树林时就惨了，铺天盖地的蚊子见人就咬。老职工都有蚊帐，可两个英子刚来啥也没有。一个晚上住下来，两张小脸上全是红疙瘩，如同毁容一般。

老这样下去怎么能行？占英只得硬着头皮找连长请假。一听请假去买蚊帐，连长的脸一下子就黑了，占英话还没说完，连长便劈头盖脸一顿子训。

"女孩家家的咋恁娇气，从前战士行军打仗，走哪睡哪，别说是个蚊子，就是遇到毒蛇猛兽也没人敢吭过一声！"

咋这么个连长嘛，占英气得扭头就走。

谁知，等占英转了一圈回去睡觉时，一顶蚊帐四四方方地挂在了床上。当晚，两个姑娘挤在一起终于睡了个结结实实的好觉。

第二天一大早，占英与连长面对面碰了个正着。当看到连长一脸红疙瘩时，占英顿时感到不好意思起来，这个连长真是的，明明对人挺好的，却偏偏喜欢黑着个脸，好像欠他米还他糠似的，真是刀子嘴豆腐心！

两个英子

占英感激地朝他笑笑，谁知他竟狠狠地瞪了她一眼，胡子随之一跳。占英忍不住哈哈大笑起来，一下子觉得连长不那么令人讨厌了。

四

在连队，完不成任务是件很丢人的事。

自从挖渠以来，两个英子没有一天能完成任务的。本来就比别人分得少，到了下班检查时，不是深度不够就是距离没达标。可半个月后，两个姑娘终于完成了任务。完成任务不是因为身上比从前更有力气，而是姑娘们身边一下子多了几个更有力气的男人。

人影绰绰的工地上，男人们几乎同时发现身边多了两个陌生的漂亮姑娘，一下子都愣住了。一开始他们不知如何是好，很快，他们便把自己的好感用在了行动上。

虽说来连队有段时间了，两个英子认识的人没几个，可全连人没有不认识她俩的。虽说两个姑娘没记清几张脸，可人们却把她俩的脸死死记在了脑子里，不光记在了脑子里，有事没事还跑到了嘴上。尤其单身男人在一起闲扯时，两个水灵灵的姑娘就如同熟透了的哈密瓜，话题不由自主地跑到她俩身上。

有人说占英漂亮，浓眉大眼、个头高挑，是把干活的好手。更多人说文英漂亮，细皮嫩肉、柳眉杏眼，就像是从画中走出来的一样，怎么看都看不够。可要论谁最适合娶回家里做老婆，男人们异口同声地说两个都好。喜欢谈论这个话题的一般都是连队那些没结婚的男人，另一种是结了婚的老娘们儿。结过婚的男人一般不敢随便当众谈论哪个姑娘，怕落下个作风不好的坏名声。所以谈论姑娘就成了连队单身汉们的特权，他们想啥时候说就啥时候说，光嘴上说说似乎没多大意思，很快，男人们便把想法付之于行动。

一起劳动，是最好也是最直接的接触方式。

一天，正当两个英子累得筋疲力尽时，突然听到背后有响声。一回头，两个男人举着铁锹正干得挥汗如雨。男人们的手上很有劲，不一会儿一大片瓷实的土地就被挖出了一条深沟。见姑娘们回头，一个男人冲着文英一笑，一双眼睛在剑眉下格外好看。这人不是赶大车的男人吗？

"你咋来了呢？"文英问。

"我叫武学义，也调到这个连队了。从今往后咱们就是一个战壕的同志了，以后咱们可就同吃同住同劳动了。"

"谁要和你同吃同住的？"文英嘴上虽然责怪着，脸上却笑成了一朵花。

在这里遇见救命恩人，应该说是一种难得的缘分吧！两个姑娘都很开心，尤其文英，武学义一开口，就把平时不说话的文英逗得咯咯直乐。

武学义不光自己来，身后还跟了个男人。不爱说话的男人叫刘震山，跟武学义住一个房子，而且俩人至今还都是单身。四个单身男女一起干活，嘴上虽然谁也没说啥，可心里却有了一种说不出的感觉。

一条渠很长，可干活的空间却不是很大。有了两个男人的加入，气氛突然变得和从前不一样了，就连挖渠这样枯燥的工作瞬间也变得有意思起来。再干活时，大家谁也不觉得累了。

男女搭配干活不累，看来是真的！

尽管任务还和从前一样多，可两个英子总算完成了。总结会上，连长特意点了两个英子的名字，不过这次不是批评是表扬。

五

两件花衣裳在一片灰扑扑的人群中很扎眼，不光衣服扎眼，姑娘更让人想多看几眼。

男人们都不是瞎子，两个英子不光长得好看，笑声也很好听，"叮叮咚咚"像山泉那样诱人。有了武学义在前面打头阵，后面呼呼啦啦来了好几个。

原来，连队男人有一半多都是老兵。他们中早的十几岁就参加了抗日战争，晚的1946年以后也参加了解放战争。这些老兵个个都有故事，个个都是传奇。经历了大小数不清的战役后，他们九死一生侥幸才活下来。可当年的嫩芽子已成了三四十岁的单身汉，有些有老婆的，因为一直生死不明，老婆也已改嫁；还有的由于兵荒马乱，生死两茫茫，杳无音信。

当兵打仗时，战士们一心只想如何把敌人的进攻打退，如何解放全中国。每天在枪林弹雨中穿行，谁也没心思想娶妻生子的事儿。可仗打完了，放下枪拿起锄头，开荒种地、挖渠引水，大片的荒地也变成了良田。眼看着好日子来了，可男人们的心却像天上的云一般飘忽不定。每当看到荒滩上有女人和孩子的身影飘过时，不少男人变得失魂落魄：要是能有个家，再有几个活蹦乱跳的孩子，这辈子就啥遗憾也没有了。

男人们这样想着，话就不由得从心里冒到了嘴上。

一天，省城工作的老首长来看望当年的老部下。老兵们一个不落地等候老首长的检阅，老首长一看心情十分激动，仿佛又回到了战场上。一激动，他慷慨激昂地给大家讲话，讲完话后忍不住给大家鼓鼓劲，并象征性地问大家有什么困难。他知道这些老兵都是一不怕苦二不怕死的好部下，即便再大的困难也不会说出口。

"请老首长放心，我们没有困难，我们保证完成任务！"果然大家回答得很爽快。

老首长笑了，回答的跟他想的一模一样。

就在老首长暗自得意时，突然一个老兵"噌"的一声站了起来，大声道："老首长，我有话说！"

老兵的声音很大，大到了让老首长不高兴。

老兵毫不胆怯地说道："报告首长，从前我们跟您出生入死，没一个怕死的孬种。可现在仗打完了，就没了用武之地，一群光棍天天在这里开荒种田有啥意思，还不如让我们都去山上当和尚呢！"

这叫什么话？老兵的话还没说完，底下顿时笑成一片。

只有老首长黑着脸没有笑。他用目光一扫，一张张饱经沧桑的脸。时间过得真快呀，当年一张张稚嫩的娃娃脸，如今眼看三十好几了，有的都奔四了。仗都打完好几年了，可他们个个还都是单身汉。为了胜利他们一直出生入死，能活下来多不容易啊！一想到这些，老首长鼻子不由得一酸。

这次，老首长只停留了一天，什么话也没说就走了。

几个月后，团里突然来了一批活蹦乱跳的女兵，听说每个团都有。不出几年，这些女兵一个不剩地全和老兵们成了家。有了兵二代，兵团就有了接班人，老兵们越干越有信心。

可毕竟这些女兵太少了，一个团才几十个，男女比例还是严重失调。

后来，又来了一批支边青年，可还是男多女少。如今，两个水灵灵的姑娘就在眼前。俗话说近水楼台先得月，趁着挖渠的机会，那些有想法的男人个个都想挤到姑娘们身边。

六

两个英子和男人们有说有笑的，有个人在远远地看着，看着看着脸就沉了下来。

沉下脸的人是指导员，他不是不高兴，而是心里早有打算。

其实看到两个活蹦乱跳的小姑娘时，指导员比谁都高兴。他高兴当然不是为自己，而是为连里的单身汉。作为连队指导员，他目前的任务不仅仅是要调动大家干活的积极性，还要让职工们长期安心扎根农场。可如今，连里还有一半男人找不到老婆，这可不是个小事情。没有老婆的男人，如同断了线的风筝，心在半空飘着呢。

别看指导员也是个当兵的出身，做起思想工作来却很仔细。

"不管谁来，来到兵团就是咱兵团人，都要安心扎根边疆、建设兵团。"

指导员这话一般是对着刚来连队的年轻姑娘说的，因为对小媳妇根本没那必要，你就是不说她也跑不掉！说这话的时候，指导员总有个毛病，喜欢瞅瞅姑娘脸上的表情。如果姑娘没反应那就接着往下说，往下说的话题就与建设兵团无关了，而是与个人有关了。接下来会提到某个老兵，那个谁谁谁，当年打仗真英勇；那个谁谁谁，当年炸碉堡时，耳朵炸掉了一个……这么一说，一下子把姑娘的精力全集中到了那些个老兵身上。

千万别小看指导员这一招，还真的很灵。经他这么一挑，不少姑娘的心里就起了涟漪，再加上他私下一撮合，来到连队的姑娘几乎没有一个跑掉的。不出几年，竟有一半单身汉都成了家，成得早的孩子都会打酱油了。

可也有姑娘不吃这一套的。

做不通思想工作时，指导员就会很耐心地说："咱兵团有三怪：粗粮吃细粮卖，下雨天当礼拜，咱兵团的丫头就是不对外！"

一听到话，姑娘们就会问："啥叫不对外呀？"

"真是傻得不透气！连这都听不明白。咱兵团、连队有的是热血沸腾的好男儿，为啥还要嫁给外人呢？"经指导员这么一点拨，姑娘们纷纷就地取材，一个个都嫁给了连队的老职工。

指导员嘴角上有颗痣，说话时，那痣跟着他的语气一跳一跳的，让人忍不住会联想到旧戏里的媒婆。其实指导员也是个血气方刚的汉子，打起仗来总是冲在最前头。

有一次，指导员不幸被一颗炸弹击中，肠子被炸出了体外。可指导员把肠子往肚子里一塞，用手捂着肠子继续和敌人作战，用一颗手榴弹炸死了敌人的重机枪手。这时火力解除了，战士们一下子冲了上去，最终夺取了战斗的胜利。可自从那次战役后，他的身体却彻底垮了，不能干任何重体力活。团长为了照顾他，才让他担任指导员的，其实他心里更想当连长。

尽管连队职工个个都很敬佩他，由于他经常说媒牵线，再加上他为人随和爱开玩笑，人们私下便给他起了个绰号叫"夏媒婆"。听到这个称呼，指导员不仅不恼，还嘿嘿一笑说："当媒婆咋了，只要革命工作需要，干啥都一样！千里姻缘一线牵，没我这根红绳子牵着，你们就是近在咫尺也如同隔了一条银河。月老知道不，那可是个受人尊重的神仙，我现在干的正是月下老人的差事，你们想干还干不上呢！"

一席话说得人们都捂着嘴偷偷直笑。不过指导员也有严肃的时候，只要哪个姑娘嫌弃老兵年龄大，他立马板起脸来义正词严地说："年龄大咋了，年龄大也是为了国家耽搁的，如果没有他们，哪来你们今天的好日子！"

一番话，吓得姑娘们都悄悄的，谁也不敢再说个"不"字。

几年工夫下来，指导员战果累累。眼看着成双成对的小两口，指导员很满意。可还有一些单着呢，于是他日日盼着有姑娘来。

"有了孩子，就有了兵二代，咱兵团就有了接班人。"

平时干活时，指导员最喜欢跟那些结了婚的小媳妇们唠家常。跟她们闲扯不是因为没事干，而是为了动员她们把自己的姐妹一块儿都带到连队来，连里有好几个姑娘就是这样嫁到连队的。眼看着职工们都成了家，指导员如同打了一场胜仗那般得意。

所以，两个英子一来，指导员把一半心思全放在她俩身上。为了笼络住这俩姑娘，他把自家的棉被都捐了出去，自己只好和老婆挤一床棉被。为这事他没少挨老婆骂，幸好其中一个是自己的小姨子，不然他怎么也说不清。多好的两个姑娘啊，说什么也不能让其他连队挖走了！

两根红线牵给谁，他早已有了主意。

七

指导员心里想什么，两个英子谁也不知道。

几个男人有说有笑，逗得她俩咧嘴直笑。看着姑娘们个个笑得前仰后合，指导员不得不走上前去。见指导员来，男人们立即作鸟兽散。

这帮坏肚肠没安好心！指导员心里很高兴。等这帮家伙走了，他正好借机探探姑娘们的心思。

"来了这么久，你们说连队谁最好呢？"指导员问。

"个个都是好样的，都是我们学习的榜样！"

"他们干起活来就像战场上英勇杀敌的英雄，个个都是劳动模范！"

"你们喜欢这样的英雄吗？"指导员一语双关。

"喜欢！"

"要是让你们嫁给这样的英雄你们愿意吗？"

这都问的啥话？姑娘们一下子羞得低下了头。

"要是让你们嫁人，你们会嫁给谁呢？"关键时刻岂能放弃，指导员又追着问。

两个姑娘还是一句话也不说，可脸却羞得成了两块大红布。

谁也不看，说明对谁都没意思，这就好！指导员洋洋得意地走了。人走了，可他的话却在平静的湖水里投下了一颗小石子。夜晚，姑娘们说的悄悄话就和往常不大一样了。

"姐，如果让你嫁人你会嫁给谁呢？"文英忍不住哧哧笑出声来。

"我来可不是为了嫁人的，不干出点名堂我绝不考虑个人的事！"占英眉毛一挑。

"你就是嘴硬，我看见你给刘震山偷偷塞鸡蛋了，明天我就去告诉指导员！"

"鬼丫头，你胡说！看我不撕你的嘴。"

两个姑娘闹成一团。

嘴上虽然谁都没说喜欢上谁，可天一亮，两个英子却各自都换上了一件鲜亮的衣裳。占英穿了件红碎花上衣，文英换了件黄格子上衣，两件漂亮的衣裳更惹眼了。

两
个
英
子

刚走到昨天分好的地段，就已经有两个男人干得满头大汗了。不用看就知道还是武学义和刘震山，两个英子笑成了两朵好看的花。姑娘们高兴，男人们更开心，尤其是武学义，还唱上了。

"河里的鱼儿离不开水，没水时它咋能活哩？

花儿是阿哥护心的油，没它怎么过哩……"

唱到"怎么过"时，一下子拐了一个调，逗得姑娘们忍不住哈哈大笑起来。两个姑娘笑得没心没肺的，不知道有个人正远远地盯着他们。

八

听见两个英子银铃般的笑声，指导员的脸上蒙上了一层阴霾。

别看平时指导员也挺喜欢武学义唱花儿的，可今天听了却觉得格外刺耳。

"这不是瞎胡闹嘛，简直是无组织、无纪律！"指导员气得将手中铁锹一撂。

指导员有气没处撒，他得找人发泄发泄。大家都在一起干活，干活的地方并不大，他用眼睛扫一圈，很快就找到了想要找的人。他想找的人是连长，别看连长个头不高，可连长的声音很敞亮，笑起来声音老远都能听得到，指导员一下子就找到了。

连长正干得热火朝天的，指导员却看得很心酸。

抗日战争时，二十多岁的连长就开始打鬼子了，如今四十岁的他胡子拉碴，鞋子还破了两个洞，看起来更像个五十多岁的老汉，没女人疼的日子简直不成样子。这要搁在老家，这个年龄的男人有的都当爷爷了，指导员越想心里越不是滋味。

昨夜，他又梦到了祁连山，那个连鸟都飞不过去的祁连山。

一想到祁连山，指导员的泪珠子就不争气地往下掉。谁都知道他俩是战友，可没人知道连长还是他的救命恩人哩。

1949 年，部队接到解放新疆的任务，从甘肃到新疆要翻越祁连山。此时，十月的祁连山上已是鹅毛大雪。当地人都劝他们此时不要翻山，可军令如山，没一个人退却。祁连山最高海拔六千米，尤其山顶上更是飞沙走石，狂风怒吼。不仅如此，一路上处处悬崖峭壁，行军非常艰难。

指导员和战友们踏着齐膝深的积雪翻过一个又一个山头，渴了吃把雪，饿了取点炒面就雪充饥。即便这样，战士们没一个叫苦。可一向天不怕地不怕的他们并不知道祁连山最可怕的不是饥饿寒冷，不是悬崖峭壁，而是高山反应。啥叫高山反应？指导员一开始也没弄懂，可越往高处走，一幕幕悲壮惨烈的场景就在眼前。只见战士们走着走着，"咕咚"一头栽倒在积雪中再也爬不起来。一开始是几个，越往高处走，成片的战士倒在雪中。

就连指导员也感到头重脚轻喘不上气来。尽管他知道只要一头栽下去，就永远起不来。可他还是管不住自己，两脚一软便什么也不知道了。

不知过了多久，一阵剧痛让他渐渐苏醒过来，起初他还以为是到阎王跟前报到了呢，谁知眼前还是一片白茫茫的雪山，和活着的时候没啥两样。怎么会这样？突然，他发现自己的身体始终在移动，一件冻得硬邦邦的军装磨在身上如刀割一般。他使劲眨眨眼睛才发现，自己竟然还活着！原来自己正绑在另一个人身上，被一步步艰难地挪动着，那个人就是连长。不知道连长这样艰难地拖着他走了多久，他忍不住哭了。在枪林弹雨中他从没哭过，可趴在连长身上他却哭得像个孩子。

如果没有连长，他和别的战士一样，早就成了雪地里的一堆白骨。

无论什么时候，只要一想到祁连山，指导员的眼泪就忍不住"啪啪"直掉。这个世上，除了父母，连长、战友就是最亲的亲人，亲兄弟也没那么亲！小时候，他见过太多亲兄弟，为了多分点家产打得头破血流。可战场上，多少人为了自己的战友都豁出命来。他亲眼看到有个战士，为了能让自己的战友冲上敌人的阵地，绑了一身的手榴弹，最后把自己炸得粉身碎骨。

这辈子，为了连长、为了战友，只要不违反纪律，不管让他做什么，他都义无反顾！

四十岁的连长还是个单身，指导员想想都替他难过。连长是一连之长，全团的战斗英雄，本来想成个家也不是啥难事。1952年，团里来了批女兵，团长头一个就想到连长。女子也同意，可连长说啥也不同意，非说自己有老婆。谁知，等他回家接人时才发现，老婆早跑得无影无踪了。

想想也是，这么多年一直杳无音信，谁知道是死是活？人家凭啥还一直等着你。

这一晃几年很快就过去了。1956年，连里来了个细皮嫩肉的支边青年，可指导员一开口，连长还是直摇头。后来，他悄悄打听了才知道，原来连长嫌那女子颧骨太高，说什么"女子颧如峰，杀夫不用刀"。看不出一向天不怕地不怕的连长，人还怪迷信。

连长没看上，谁也没办法！

这次来了两个姑娘，指导员心里早就合计好了，无论怎样都要给连长安排一个。其实他心里早有一个最佳人选，那就是他的小姨子——高占英。

千里姻缘一线牵。

小姨子今年28岁了，在老家那绝对属于大龄青年，据说婚姻一直不顺利，就她要强的个性，婚姻能顺利吗？叫占英来，不是老婆的意思，是指导员的意思，他早暗自掂量过，两人除了年龄差距大点，还是很般配的一对。连长沉稳能干，处事果断、雷厉风行；占英浓眉大眼，人又利索能干，两人简直就是英雄和美人——绝配。不仅如此，今后还成了连长的亲戚，这也是他最渴望的事。

唯一美中不足的是，占英个头略高点。10年前见占英时，这姑娘还是个小丫头片子，没想到10年不见竟长成了个大姑娘，还长得这么高。连长稍嫌矮了点，两人站在一起明明一般高，可怎么看都感觉占英比连长高出许多。

不过，这也不算是个事，两口子在一起重要的是过日子，又不是比个子。

九

指导员的鬼心眼占英并不知道，来之前姐姐压根没跟她提这个。

没提是因为姐姐知道占英的犟性子，不然也不会在结婚当晚就逃婚。

占英其实嫁过人，姐姐从不敢在姐夫面前提起这曲折的一幕。

虽说占英嫁过人，可她其实跟个大姑娘没啥两样。占英的男人是大队上一个会计。相亲那天，男人高大帅气，占英一眼就相上了。很快，高家收了彩礼，两家定了日子。谁知，结婚当晚，就在揭开盖头的一瞬间，占英一下子傻眼了，这哪是相亲的那个男人呀，不仅又黑又丑，个子明显比自己还矮一截。又不是要猴，说什么也不能和这样的男人过一辈子！

结婚当晚，占英跑了，能跑哪去呢？娘家铁定不能回了，爹娘见了不打死也骂死了。最后，她躲到了最疼她的姑姑家，软磨硬泡了3年，终于才离了婚。

没和男人过一天日子，可占英的名声在老家却坏了。50年代末，离婚在当时那可是一件惊天动地的大事，周边的男人没人再敢娶她，而且一提起她，大家都说她是个离过婚不要丈夫的女人。好好的姑娘成了二手货，占英不甘心。于是，她做梦都想离开村庄，跑得越远越好。一听姐姐要她来新疆，她二话没说，当晚就收拾行李上了火车。

都说大西北苦，可再苦也没她想象得那样苦。来连队几个月了，还没休息过一天，不仅没休息过，天不亮就出工，天黑透才回地窝子。

可再苦再累她都下决心再也不回老家了。才来这里不久，她便喜欢上了这个地方。新疆到处是大片空旷的土地，不像老家，一家才分到几分地，走到哪都人挤着人，土地十分金贵，为了一条小沟沟两家人打得你死我活。这里多好，想要多少地就能有多少地，光一个条田就有一百多亩，一个连队好几千亩地，比几个村加起来的土地还要多。这些农田里长满了小麦、水稻、棉花，远远望去绿油油的一片。她想用不了几年，团场就一定能过上比从前地主老财还要好的日子，将来她的儿女一定都能过上不愁吃穿的好日子！

一想到这个，占英忍不住要开心地唱两句。

占英想什么连长不知道，可指导员想什么连长都知道。连长和指导员虽然平时在工作上意见常常不一致，可一提到这个事情，连长不好意思地笑了。几年前，连长回家探家，看到白发苍苍的老人心如针扎。不孝有三，无后为大！不为自己，就是为老人，连长也想尽快成个家。

两个水灵灵的姑娘在人前晃悠，其他人喜欢，连长也喜欢。连长平时工作特别忙，没时间考虑个人事情。可一看到两个活蹦乱跳的英子时，恨不能自己也年轻上几岁。

指导员是个鬼灵精，一眼便看穿了连长的心思。于是，便装着没事人似的故意朝连长挤挤眼。

"你说这两个英子哪个好看？"

"都好看！"

"要是做老婆你说哪个更合适？"

"都好！"

一问这个问题，连长顿时傻眼了，他不知该怎么回答才好。占英泼辣、能干，将来肯定里里外外一把手。那文英虽说娇滴滴的，可他还从没见过这么好看的人儿。虽然干不了体力活，可那姑娘一开口就谈吐不凡，肯定是念过书的，这在连队一大堆的文盲里可不是件简单的事！谁说建设兵团都要挥镰刀，抡坎土曼？将来学校、医院需要大把有知识、有文化的人才。人才将来是团场发展的金疙瘩，团长在大会上作报告时经常这么说！

摸清了连长的心思，剩下的事就好办多了。谁也不找，就找自己的小姨子，指导员立马锁定了目标。

十

指导员早在打仗时就养成了做事雷厉风行的好习惯，既然决定的事马上就办！

秋天来了，金灿灿的小麦堆成了小山，雪白的棉花艳艳地绽放。突击拾棉花即将开始，为了让全连职工在今后的两个月里安心拾棉花，连长决定休息一天。

这一天对所有人都来之不易，这一天，每个人都有自己的打算。

一天时间很短，就显得格外珍贵。两个姑娘前一晚上就讨论了很久，最终决定一起去十几公里外的镇子赶巴扎。

别看两个姑娘来几个月了，每天起早贪黑开荒种田，可巴扎什么样姑娘们谁也没见过。听说这里的巴扎很有意思，她们做梦都想去看看，因为老职工只要一提起巴扎，就像吃了烧鸡那般有滋有味，仿佛巴扎里面要什么就有什么，而且还有很多没见过的新鲜玩意。

来新疆不久，两个英子就发现，这里的少数民族女子和汉族女子一点也不一样。汉族女人平时都喜欢穿黄军装，显得雄赳赳、气昂昂的，像个解放军战士。而当地女子个个都穿着五颜六色的花裙子，再冷的天也不例外。尤其那些未成年小姑娘，头上都编着长长的麻花小辫子，美得像天仙一样！就连她们的名字也跟花有关，个个都叫什么古丽，是花的意思。尤其那些艾德莱斯绸裙，穿在姑娘们身上，像一片片飘逸的花朵。裙子她们谁也买不起，可她们都想买几条花头巾。自从来到团场后，粉嫩的脸蛋早已晒得黝黑发亮，裹上了头巾就不一样，既漂亮又防晒，哪个女子不爱美呢？

正要出门，指导员突然来了，叫占英到他家去吃饺子。

占英有些不情愿，可来的人是姐夫，还是她最爱吃的韭菜鸡蛋饺子，占英有点犹豫。平时吃食堂，不是白菜炖粉条就是水煮茄子，顶多能吃上个辣子炒肉，饺子想都别想。占英最爱吃的就是饺子，可今天，占英还是想逛巴扎。但姐夫又说必须去，因为有比吃饺子、逛巴扎更重要的事，占英就不得不去了。

占英劝文英跟自己一起去姐姐家吃饺子，等下次有机会两人再一起逛巴扎。可文英说啥也不肯，一顿韭菜鸡蛋饺子有啥好吃的，对她来说逛巴扎远比吃饺子更有意思。

既然目标不一致，两人只好分道扬镳。

到了姐姐家，占英这才发现去姐姐家吃饺子的还有连长。这也不是什么稀罕事，连长和姐夫本来就是一对搭档，有好吃的自然不能落下连长。

连长今天很特别，白衬衫、黄军裤，收拾得像个新郎官。不仅穿得很整齐，就连胡子也刮得干干净净，一下子年轻了好几岁。见到占英，老远就打招呼，就好像他请占英吃饺子似的。

这顿饺子包得很愉快，占英擀皮、连长包馅，两个人配合得天衣无缝。包饺子时，占英是个直肠子，说起话来像机关枪，恨不能一股脑儿把心里的话都掏出来。连长听得呵呵直乐，还不时幽默几句，跟平时天天绷着个脸的表情一点儿都不一样。

令人感到奇怪的是，今天姐夫站在一旁不说话，直朝连长挤眼睛，好像俩人有什么阴谋。虽没能逛成巴扎，可这顿饺子却吃得很开心，占英一下子也不遗憾了。不知怎的，连长前脚刚走，指导员的话题就变得沉重了，像有什么事要发生。

到底有什么事呢？占英猜不透。

指导员一遇到关键问题总喜欢单刀直入，这次对待自己的小姨子也不例外。

"占英，年纪也不小了吧？"

"二十八，怎么了？"这好像不该是姐夫问的话题。

"乖乖，这么大？这在老家早就抱上孩子了，有合适的人没？"真是个没心没肺的，指导员乐了。

"没想过！"

"姐夫给你挑了个人，保你满意！"

占英愣了一下，这才明白姐夫要给自己做媒。

"谁呀？"

"连长呀，全连我看来看去就你俩最合适！"指导员笑了，笑得很得意。

两个英子

"不合适，一点也不合适，连长年龄比我大！"

"大点怕啥，大男人疼老婆。"

"连长个头比我矮！"

"过日子又不是比个子。"

"连长他没文化！"

"自己斗大的字还没识几个呢，还好意思嫌弃别人。"

"总之我俩就是不合适！"

"不同意也得同意，我现在代表组织跟你谈话！"指导员的脸一下子黑了。

"这是我个人的终身大事，你代表谁我也不答应！"

"还反了你不成，不同意明天就滚回老家去！"指导员恼了，没见过她这号的。

占英"哇"的一声甩门跑了。

十一

秋天的团场美得如同一块五彩的绸布，空气中到处散发着瓜果的甜香。

拾棉花进度一天比一天快，拾棉花成绩每天按时公布。棉花场上有块大黑板，每人的成绩都在黑板上，每天一到棉花过秤时，黑板前总是围满了人。看了前几名，也看了后几名，谁都想知道自己能排第几，不管手快的还是手慢的，个个都想争第一。

拾棉花这活手头快固然重要，时间保证也同样重要。

天刚蒙蒙亮，一地人头攒动，个个猫着腰、低着头，一声不响地向前挪动。就连连队的卫生员也从没闲着，每天天不亮便来到地里给大家打着手电筒，就为了让女人们多摘两朵花。

连长也跟着大伙一块儿捡棉花，别看连长平时训人时一脸的威严，可一到棉花地就成了个活宝，有讲不完的笑话。一人一行，一百多号人挤在一块棉花地里像一大群麻雀，你一言我一语叽叽喳喳炸开了锅。捡棉花这活看起来轻松，可十几个小时下来个个累得腰酸背疼。尤其那些个头高的男人，弯一天腰简直比打仗还要辛苦。光一个人勾着个腰有啥意思，再说地里面有的是鲜活的女人，说说笑笑好像很管用，不管多累，大家开开玩笑，身上的疼痛也就跑得无影无踪了。

连长拾一阵子就要四处转一转，不是他想偷个懒，而是打仗时落下了腰伤，所以只要捡上半兜花，他就得直起身子走一走。连长没有拾棉花任务，兜里的棉花想给谁就倒给谁，不过一般都倒给那些手脚最慢的大男人，给上半兜棉花就顶他们自个拾上一个多小时的。这样也好鼓鼓劲，让他们尽快追上手脚麻利的女人们。

可今天，兜里的棉花撑得鼓鼓的，连长不想再塞给别人了，他心中已有了想给的人。自从指导员提出说媒后，连长看占英跟从前不一样了，从前见到她时就是个普通职工，可现在见了就跟见了自己的亲人一样。

棉花地里想找个人很容易，一下子就找到了。占英远远地排在队伍的前面，这丫头太要强，连长的腿不由自主地就走到了占英跟前。连长还不知道占英不同意，要知道说啥也不能往跟前凑。看到占英时，连长心里不由得冒出了许多美好的想法，跟她挤在一个行子里，心里痒酥酥的，说话也更带劲了。连长边拾边给她鼓劲，要她好好干，争取年底到团里戴上大红花，争取明年当上女排长！

人逢喜事精神爽，人有了高兴的事总想和别人一块儿分享。除了指导员，好像连里还没人知道他俩的事，跟占英一起拾棉花时，连长忍不住地直起身子喊两嗓子。果然，他这么一喊，所有人都听到了。看到连长神采奕奕的样子，老职工都捂着嘴偷偷地笑，说四十岁的连长也该有个家了。

只有指导员一个人沉着脸。

指导员之所以还没把占英的态度告诉连长，一是怕伤了连长的脸面，二是他就不信做不通小姨子的思想工作！战争年代敌人的碉堡都攻得下来，一个小女子算什么！

一次不行就两次，等连长一走开，指导员立即提着水壶跟过去。看到姐夫亲自来送水，占英感到十分愧疚。

"知道桂香和锅盖子的事不？"指导员问。

在连队，桂香可是个传奇式的人物，她的故事几乎家喻户晓。

原来，桂香是1952年来的山东女兵。一来指导员就把她介绍给连队的老兵郭排长，郭排长哪都好，就是颧骨上有一块大疤。也不能怪他，当年打仗时敌人的一块弹片崩到了脸上，像扣了个盖子。所以人们都不叫他郭排长，故意叫他锅盖子。

又不是他的错！指导员苦口婆心地做工作，可桂香就是死活不同意。结婚是要天天看着脸一块儿过日子的，这样的男人谁能受得了！桂香是个倔脾气，逼急了一哭二闹三上吊，非闹着要自由恋爱，谁来做工作都不行！

没多久，桂香还真在其他连队找了一个。

可临结婚前，男人一听桂香的家庭成分不好立即变了卦，桂香一气之下想投河自尽。连队虽然很大，可周边并没有河，桂香只好投了连队大排渠。也该她命大，跳渠时正好有个男人在放水，毫不犹豫将她救了。真是无巧不成书，救她的恰恰就是她死活看不上眼的锅盖子。被救上来的桂香这次性情大变，二话没说就嫁给了自己的救命恩人。没想到两人还过得非常好，现在已是两个孩子的妈了。

后来，连队人总拿这事打趣说：锅盖子，盖不严；桂花香，香满堂。锅盖子闻到了桂花香，生出娃子一串串。桂香听了也不生气，呵呵一笑道："这人的命是天注定，该你的逃不掉，不该你的你追也追不回来。"

从此，桂香和锅盖子的故事就成了连队的教材，只要哪个姑娘思想工作没做通，指导员立即就会提这事。

既然知道了那就废话少说，指导员就直奔主题了。

"所以呀，你和连长的缘分就是上天注定。"

"谁说我俩是上天注定？"

"你想想看，这么些年连长没找你也没找，两人又偏偏在千里迢迢之外相遇，你说这不是缘分是啥？"

"哪个不是千里迢迢地来到这荒无人烟的大西北，你能说我和他们都有缘？照你这样说我和刘震山还有缘呢。"

一提刘震山，指导员眉头皱得紧紧的，别以为干活的时候他俩打情骂俏他没看到，于是指导员的脸立即黑了。

"那个刘震山你想都别想！"

"为啥不能想？"

"那刘震山是什么东西？队伍起义前他是国民党的高参，他哪能和根红苗正的连长相提并论！"

难怪刘震山和别的老兵不一样。

"大英子，看来咱俩必须得好好谈谈。"

"谈什么？"

谈什么这还用问，当然还是谈连长呗。这姑娘咋这么任性啊，又不是个小孩子！指导员很生气。可再生气他还得耐着性子，讲故事指导员向来是一把好手，而且给占英讲故事，指导员思路更加明确。于是，指导员从当年连长在战场上如何英勇杀敌讲到翻越祁连山，又从挺进大西北讲到遭遇新疆土匪，讲到九死一生时，指导员动情地流泪了。这些往事让他想起了当年那些浴血奋战的老兵，还有那些已经牺牲了却连姓名都不知道的战士……

占英听得很专注，有几次手中的棉花掉在了地上。

"真不简单，你们个个都是好样的！"

"是啊，像连长这样的好男人到哪儿找啊，所以你得嫁给连长。"指导员话锋一转，他看得出占英被感动了，这是他的杀手锏。每当姑娘们不同意嫁给老兵时，他就给她们讲战争年代的故事，讲到姑娘最心软的时候，他便立即切入正题，他这把杀手锏屡战屡胜。

"结婚和打仗不一样！"

"怎么个不一样啊？"

"打仗面对面的是敌人，心中要有一腔仇恨；过日子是跟自己的男人，心中要有爱！我不爱他，咋和他一起生活呢？"

"不同意也得同意！"指导员很生气。看来这个小姨子的思想真有问题，打仗时安排哪个人去炸碉堡，明明知道去送死，同志们都争着去。更何况这还不是去送死，不过就是嫁个男人，有这么难吗？他算看透了，别看小姨子干活麻利，可一点思想觉悟也没有，还不如连队那些最最普通的女职工。

"让你来就是嫁给连长的，不嫁人就滚回老家种地去！"

"这事你说了不算！"

两人吵得很厉害，地里不少人抻着脖子听。大英子不愿意嫁给连长，一时间消息像长了翅膀一样，飞遍了连队的角角落落。

这下好了，没有人不知道了。

十二

今年风调雨顺，麦子高产、稻子丰收，眼看棉花的产量也远远超过了往年。团场路上到处是车水马龙、人声鼎沸，十分热闹。

有了粮食就能解决更多人的吃饭问题，就能招来更多的新职工，开垦更多的荒地，耕种更多的粮食，团场就能建设得更好！看到一车车丰收的果实，团长笑得前仰后合。一高兴，团长大手一挥作出一个惊人的决定：从明年起，要盖学校、盖商场、盖饭馆、盖职工住房……不仅要种粮食还要种果树、种蔬菜，让团场职工今后想要啥就有啥。

这个消息真是大快人心啊！听说要盖职工住房，全团人个个脸上喜气洋洋的，谁都知道地窝子再好也比不上明晃晃的大房子！

事不宜迟，还有很多工作都要落实，团长心里还装着更多美好的计划。尽管此时是最忙季节，团长还是决定召集连级以上的干部开大会。想法再好，必须大伙一起议议，如何规划最合理？团长显然已经等不及了。

连长一走，全连的工作自然就落到了指导员身上。

指导员主持工作的方式和连长完全不一样。连长喜欢抓生产，而指导员喜欢抓思想，尽管两种方式不同，但结果都一样，拾棉花进度一点也没落下。

连长不在，指导员还有一件顶要紧的事情要办。这事儿搁在他心头，像根刺扎得他心口直疼。事不宜迟，他立即派人叫来了占英。

还是那件事，还是原来的态度，指导员一看就火了。他这次发火和往常不同，从前连长在，他只好强压怒火。现在连长不在，他的火气一下子就蹿到了行动上，哪有这么难啃的硬骨头，一挥手他让人把占英关了禁闭。

"你凭啥关我？"

"就凭你无组织、无纪律。"

"婚姻自由，我爱嫁谁就嫁谁！"

"不嫁给连长就是全连的大事，啥时想通啥时就放你出去，想不通就在这里面关上一辈子！"

关禁闭的地方是连队的马棚，不但又臊又臭，而且里面什么也没有。一开始，占英以为姐夫只是吓唬吓唬她，谁知到了晚上丝毫也没把她放出来的意思。马棚子又黑又冷，里面除了一堆喂马的麦草什么也没有，占英心里便开始恨上了姐夫。

一关就是两天两夜，占英一个人孤零零地窝在马棚里，叫天天不应，叫地地不灵。躺在马棚里的占英泪流满面，她怎么也想不到跑这么远姐姐和姐夫还是要逼着她嫁人，而且嫁给一个她不喜欢的人。连长是个好连长，可她一点也不想嫁给他！她从小喜欢唱戏，一到过年，就轮流在各村临时搭建的舞台上唱，唱得最多的就是《西厢记》，跟她配戏的都是高大儒雅的白面书生。那时她就下定决心，将来要找就得找这样的男人过一辈子！

在团里开会的连长，压根不知道占英因为他关了禁闭。会一开完，就一头扎进了棉花地。

从东走到西，连长越看越欢喜。才几天工夫，几块地已经被突击了一大半，照这个进度下去，要不了半个月，全连拾棉花任务准能提前结束！

从团里开完会的连长，热血沸腾，一想到团场未来的发展，他恨不能让所有人都知道。站在一旁的指导员心情也格外好，连长回来了，他身上的担子也该卸下了。连长不在的这些日子他没少操心，抓质量、抓进度、抓思想，天天忙得团团转。这下好了，连长一回来，他今晚总算能睡个囫囵觉。

可就在连长再抬头时，总觉得地里少了个人。他又连看了好几遍，还是没找到。

"我咋觉得地里好像少了个人。"连长疑惑地问道。

连长刚一提话头，指导员立即就知道问的人是谁。

"哼，你不用找了，大英子被我关禁闭了！"

"她犯啥错误了？"连长吓了一大跳。

"还不是因为你。"

"怎么还跟我扯上关系了呢？"

"这丫头死活都不肯嫁给你，我真恨不得一枪崩了她！"

"胡闹，就是自己的小姨子也不能这么干，赶快放人！"连长大发雷霆。

十三

小英子要和连长结婚了，这个结果谁也没想到。

人的命运就是那么诡异，新娘子由大英子变成了小英子。有人说是因为小英子家成分不好，也有人说是指导员承诺要给小英子弟弟安排工作……

事情来得很突然，一开始，人们都怀疑自己的耳朵听错了，可一看到红光满面的连长，花红柳绿的新房，大家一下子都觉得连长早该成家了。再一看新娘小英子，如同仙女下凡，这么好看的姑娘也只有连长才能配得上。这么一想，全连人高兴得如同过节一般。

两个英子

结婚当天，全连放假一天，就连团长都亲自来庆贺。婚礼很热闹，连长的许多少数民族朋友听到这个消息后，纷纷带着冬不拉、都他尔、手鼓前来祝福。又是唢呐声，又是鼓点声，整个连队沉浸在一派喜气洋洋之中。

对于一个连队来说，连长结婚，就是连里的大喜事。正赶上秋收结束，可谓双喜临门。为了庆贺两件大喜事，指导员特意安排炊事班做了很多好吃的，把连长婚礼搞成了一个全连大会餐。从团里拉回来的新酿的酒正好派上了大用场，全连人又吃又喝比过年还热闹。

举行婚礼的时候，小英子却哭了。

有人说小英子是激动的，也有人说小英子想爹娘了，因为连队很多女人结婚时都哭了。新疆实在太远了，出嫁时身边连一个亲人也没有，一想到这女人们都忍不住伤心落泪。

结了婚的小英子，很快就从原来的地窝子里搬走了。

小英子结婚，心里最难过的要数占英。自从文英搬走后，整个地窝子变得空荡荡的，有好几次占英半夜醒来，喊着文英的名字却没人答应。一向热闹的地窝子变得冷冷清清，占英一个人很孤单，她很想去看看文英，可每次站在文英家门口，脚却怎么也迈不进去。文英嫁的是连长，占英不能自讨没趣。可没去不等于不想念，占英经常一个人坐着发呆，一发呆就是几个小时。

元旦过节，全连人休息一天。占英没去姐姐家，她现在最不想见的人就是姐夫，自从上次关禁闭后，她跟姐夫成了仇人。

一个人坐在地窝子里发呆，占英突然觉得眼前多了个人，捂着头巾拿着鞋底。一开始占英还以为是谁家来串门的小媳妇，来人解开头巾放下鞋底，竟然是她朝思暮想的小英子，占英一把抱住了她。

难怪一直见不着小英子，原来文英被派到山上烧窑去了。握着文英的手，占英这才发现文英手上尽是星星点点的伤疤，再仔细看，脖子上也是，一问才知道是烧石灰烫伤的。看来烧石灰也不是个轻松活，大冬天的石灰窑，里面热得满头大汗，推石灰到外面时，却又冻得牙齿打战。砸石头、烧窑、接灰、倒灰，看起来轻松，实际样样又脏又累。接灰时，炉算子上掉上来的不光是石灰，还有很多火星子，落哪烫哪。

听到文英的经历后，占英心里不由得阵阵发酸。可文英却开心地告诉她石灰是明年用来盖房子的，等石灰烧好了，也就离连队盖房子不远了。

占英这才发现结了婚的文英不但没胖反而更瘦了。一问才知道，现在的文英每晚只能睡上几个小时，比从前没结婚时更辛苦。每天除了起早贪黑上班外，回家还要一刻不闲地做针线。从前只做自己的，现在要做两个人的。连长每天和大伙一起干活，不仅要干还得干在最前头，穿的衣服、鞋子自然更费，文英就有做不完的针线活。

"结了婚的女人真苦啊！"占英不由感叹道。

"这算什么，你还没见家里好几个孩子的呢，那么一大家子人的穿戴，女人每晚只睡三四个小时。"

"兵团的女人真苦啊！"

"没有现在的苦，哪来以后的甜！"

占英发现文英变了，一点也不像从前那样羞答答地一说话就脸红。而且话题总离不开男人孩子，婆婆妈妈像个老娘们儿，就连说话的语气也跟连长一个调调。

"小英子你变了。"

"女人结了婚都会变的。"

"结婚好吗？"

"等结了婚你就知道了。"文英低头笑了。

占英有些惆怅，她觉得文英再不是从前那个谈理想、谈爱情的小英子了，张口闭口都是老胡，老胡长老胡短，一句也没提到武学义。文英从前不是挺喜欢武学义吗？怎么一结婚就把这个男人忘得干干净净了。占英想不出那个胡连长有啥好？一结婚就让小英子变了个人似的。

文英却说，别看老胡长得普普通通，文化程度也不高，而且浑身上下都是伤。可老胡是个真正的男人，是个了不起的大英雄！她这辈子要好好和他长相厮守，将来还要为他生一群孩子。文英说这话的时候神采奕奕，两只眼睛闪闪发光。

这样的小英子，占英几乎认不出来了。生活真能改变一切吗？

占英忍不住小声问文英连长到底哪里好？

看这话问得？文英顿时羞得满脸通红，她幸福地摸摸自己的肚子，告诉占英她怀孕了。

"嫁人真有这么好？"占英不敢相信。

"等你嫁了人就知道了。"文英摸着自己的肚皮甜蜜地笑了。

晚上，占英翻来覆去睡不着觉。一想到文英幸福的样子，她有些羡慕，也有些失落。占英也想嫁人了，可嫁给谁好呢？

十四

从团部开会回来的连长，喜气洋洋地告诉大家，团里又下了新任务。

新任务还是挖渠，可这次挖渠跟从前挖的不一样，是一条长达几十公里的人工渠，不光连里、团里，全师几千人组合成一场大会战。

"有了这条渠，就能解决整个师农田灌溉的问题；有了这条渠，就能开垦更多的荒地，种植更多的粮食，让更多的人扎根边疆建设团场；有了这条渠，咱们很快就能彻底把沙漠变绿洲！"连长传达团长的话时和团长的神情很像，情绪激昂地把大手一挥，仿佛好日子马上就要来了。

接着，连长又告诉大家，从明年起，团场要盖房子、盖医院、盖商店、盖学校，未来的生活会越来越美好！

如果有医院、商店、学校……那该多好啊，连长的话还没说完，一阵雷鸣般的掌声顿时淹没了所有的一切。

说干就干，事不宜迟，眼看地面马上就要上冻，挖渠工作一刻也不能耽误。所有人员全都从各个岗位上撤了下来。男女老少一个也不能少，就连怀孕的文英也加入其中。

分到任务，全连上下铁锹、十字镐一片狂舞。地面虽已微微上冻，可大家却依旧干劲十足，很快，一条长长的沟延伸到人们看不见的地方。

占英这次主动要求跟文英搭伙，文英虽然比从前能干了很多，可挖渠毕竟不是捡棉花，是要出大力气的。而此时的文英还怀着孕，在这个关键节点上她得好好照顾小英子。

第一天，两个人就没能完成任务。长度够了，宽度、深度都不够。质量检查不过关，连长一直黑着脸。到了晚上，连长亲自提着小马灯，和两个女人一起重新返工。

黑暗中，占英对连长很不满。

什么男人？哪能让自己怀孕的老婆干这么重的体力活呢，幸好自己当初没有嫁给他！她说这话时，吓得文英直摆手，怕连长听见。一直挖到夜里一两点，经连长亲自测量总算过关了，三个人这才下了班。看着连长吊长的脸，两个英子果断决定：明天早早来，一定要保质保量完成任务！

第二天，两个英子来得很早。谁知，一到工地全都傻眼了，昨天临走前还干爽的渠底，一夜之间竟然渗进不少水。只见水面上结了一层薄薄的冰，一阵冷风吹过，冻得人全身瑟瑟发抖。

这可如何是好？渠帮子上密密麻麻站满了人，可没一个人跳下去。

正当大家七嘴八舌地议论时，不知谁把火堆点了起来。渠边上有的是红柳、罗布麻这样的好柴禾，一碰上火星火苗直往上蹿。这么冷的天能有堆火烤，大伙一下子全都围了上去，边烤边扯闲话。

"看来这渠没法挖了。"有人说。

"挖不了也得挖，活人哪能让尿憋死。"也有人说。

正说得热闹，突然背后响起一声炸雷。

"都在干啥，今天不用干活了吗？"一个人怒气冲冲地跑了过来，大伙一看是连长。

"连长，渠里进水了，没法挖了。"一个职工大着胆子说。

"有点水算什么，打仗的时候就是前面埋着地雷也要蹚过去！这点儿困难都克服不了，将来怎么能建设好我们的团场呢？"连长火冒三丈，抄起铁锹"咕咚"一声便跳进了水里。

这个举动太有感召力了，所有人一看连长带头，接着一个个下饺子似的全都跳进了水里。

只有文英一人还站在渠帮子上一动不动，她可怜巴巴地望着连长，不由得摸了摸自己的肚子。

"愣着干啥，还不下去？"连长狠狠地瞪了她一眼。

文英脑子一蒙，吓得"咕咚"一声忙跟着跳进了水里。刚进水里，一股刺骨的冰水瞬间淹没了她的腿肚子。一阵寒风吹过，文英冻得如同全身都泡在了冰水里。

看着大家一个个冻得全身发抖，连长又开始给大家鼓劲了，讲的还是打仗时候的那些事儿。这次连长给大家讲保家店战役、瓦子街战役，讲到解放兰州时，连长忍不住动情地说："当时我们一个连阻拦敌人的一个团，明知道抵挡不住敌人的进攻，可没有一个人退缩，说什么也要等着大部队冲上来。结果，整场仗打下来，全连只剩下我和指导员两个人。要不是一颗炮弹把我们埋进土里，我俩也早就去见阎王爷了。那么多战士的鲜血啊，把战壕都染红了。"连长说不下去了，声音有点哽咽，在一旁的指导员眼圈也红了。

连长的故事果然奏效，听了如此悲壮的故事，大伙都忘了腿肚上刺骨的冰水，手中的铁锹挥舞得更有力了。

文英也在一旁听故事，可她听的感觉和别人不一样。她越听越觉得自己的男人了不起，相比之下自己太娇气了，坚决不能拖后腿！一时间她竟忘了腹中的胎儿，用力甩了起来。刚一使劲，突然肚子一阵绞痛，痛得她直不起腰来。

一股浓浓的血水顺着裤腿流了下来，文英心里顿时一惊。

"还愣着干什么，快送医院！"边上一位大姐惊慌失措地喊道。

文英回头望连长时，连长还站在渠里给大家鼓劲。文英的眼泪"唰"地一下流了下来。

十五

连队突然来了一对母子，一个个蓬头垢面、破履烂衫。两人很奇怪，别看活像个要饭的，却硬说是连长的老婆和儿子。

连长的老婆不是小英子吗？大伙全都愣住了。机灵点的人忙跑去通知连长和文英。

女人看着有五十了，可比连长老多了，这么老的女人怎么能是连长的老婆呢？大家都怀疑一定是搞错了。谁知等连长见到来人后，三个人竟然一起抱头痛哭。原来，连长的老婆以为丈夫早已牺牲了，便带儿子回到自己的老家，后来无意中碰到了连长的一个战友，才知道连长不仅活着，还在新疆生产建设兵团，这才带了儿子一路找了过来。

这可如何是好？连长突然间又多了个老婆和儿子，一时间让很多人都难以接受。最无法接受的是文英，才新婚几个月的她心里比谁都难受。

"姐，我要离婚！"一提起连长，文英哭得眼泪汪汪的。

"女人离啥都行，就是千万别提离婚！女人和男人不一样，离过婚的女人就像件穿破的衣裳，再怎么鲜亮在别人的眼里也是旧的！"离过婚的占英，心中有道永远也无法抹去的伤痕。

"可不离能行吗？哪有一个男人娶两个老婆的，而且人家还带着儿子。"

"是连长要离的？"

"连长不离我也要离！"

"你真傻，只要连长没说离，咱就不能离！"

文英再也不说话，可眼泪却像断了线的水珠子，一晚上流个不停。

很快，文英为自己找到了去处，报名参加连队的"冬湖突击队"。

一场大雪，所有的工作全停了下来。连队决定组织一支"突击队"去冬湖里割芦苇。由于不断有新职工加入，连队已由从前的百十号人变成二百多号人。这么多人不能都闲着没事干，连长立即有了好主意。兵马未动粮草先行，明年职工住房工程势在必行，可盖房子需要不少的苇把子和席子，眼下这场大雪，正是割芦苇的最佳时机！

在连长的感召下，全连的男人们几乎都报了名，也有个别女人也报了名，其中就有两个英子。女人一般都不愿去冬湖割芦苇，冬天的湖面又冷又苦，一般女人都受不了。

占英报名是心甘情愿的，她已向连队支部递交了入党申请书。冬湖那个地方文英早就听说过，可她根本已经管不了这么多。此时的文英，只要能离开母子俩，让她干啥都愿意。

到了冬湖，所有人都傻眼了，除了一片白茫茫的芦苇荡，其他什么也没有。带队的队长叫老马，一直走到湖中央才停下来。

这么几十号就住在湖上？所有人全愣住了。

马队长一眼就看透了人们的心思，他顺着芦苇往前一指说："没房子怕啥，这满湖的苇子今后就是咱最好的房子和床！"

这么一说大家全都开窍了，二话不说放下背包立即割芦苇、搭棚子。住的地方很快就解决了，芦苇棚就是房子，厚厚的冰就是他们的床。为了遮住寒气，人们把厚厚的芦苇铺在被褥底下。

尽管有棚子将外面遮住，可晚上睡觉时，风还是刀子般直往里面灌。虽然身下有厚厚的芦苇垫着，可阵阵的寒气还是直往骨头缝里窜。

两个英子冻得睡不着，就开始说悄悄话。

"姐，你冷吗？"

"姐又不是铁打的，哪能不冷？文英，你恨连长吗？要是有一天连长真和你离婚怎么办？"

"姐，实话告诉你，要真有那么一天，我也就不活了！"

"文英，你真傻，人这一辈子还长着呢！"占英心头一震。

"可我的一辈子到头了。"

十六

才几天，芦苇就堆成了小山。

天还没亮，大家便起身开始割芦苇，直割到天黑得再也看不见人影才停下来开始收拾。割好的苇子不能放在原地，女人们把所有的苇子捆成捆，男人们用自制的冰车一车车将芦苇拉回去。

芦苇越割越多、越割越远，住的地方也就不停地更换。马队长告诉大家，不能老住一个地方，人睡在冰上，冰是凉的，可人是热的，暖久了身子下的冰就要化了。所以一个地方只能住两天，两天后人们就不得不挪个地方，挪着挪着就到了湖深处。

开玩笑似乎最能解乏。

尽管割苇子又苦又累，但男男女女在一起忍不住互相打趣，说说笑笑的似乎就没有那么累了。只有占英一个姑娘，于是便成了大家打趣的焦点。瞅着这些单身的男人，女人们就会说："大英子，冰湖这么大，你要是看上谁，直接就和他来个冰上拜天地，我们都做证婚人，给你们举办个冰上婚礼，直接入芦苇洞房！"

那些单身男人更愿意跟占英开玩笑："大英子，只要你愿意，咱今晚就入洞房，到时候准把你的身子暖得像火炉，保证你喊热不喊冷。"

谁知，占英并不怕，挥着镰刀对开玩笑的人说："谁要能把《水浒》《三国演义》流畅地给我说一遍，我今晚就嫁给他！这辈子我不图别的，就想嫁个文化人！"

男人们"哄"的一声笑了："真是此地无银三百两，要嫁给刘震山就明着说，这里面能说《水浒》《三国演义》的就只有刘震山！"

女人们也起哄："刘震山，你耳朵塞毛了？没听到有人要嫁给你这文化人？"

占英一着急说出了心里隐藏的秘密，脸立即"腾"地一下子红了，嘴上却说："我就想嫁个文化人，管他是谁，只要他有这样的本事我就嫁他！"

大家再看刘震山，一向沉默不语的刘震山，立马躲到了一边。于是，大家就更起劲了，撂下手中的镰刀，非把他拉到占英面前表个态。

正闹着，突然有人喊道："小英子，你的信！"

这会儿还有人送信，一般都是连队家属的。给小英子的信，除了连长还能有谁？于是，大伙非闹着要把信当众念一念。这个玩笑可开不得，吓得文英忙把信夺了过去。

男人们笑得更欢了，说连长一定是想自己娇滴滴的老婆了。而女人们则猜测连长要离婚了。也有女人感叹道："本来嫁到这里就够苦了，再摊上这样的事，真是苦上加苦！"

文英一听，眼圈也不由得红了。

其实文英没告诉别人，她一气之下偷偷跑到冬湖割苇子，连长根本不知道！一想起连长，文英的眼泪便"扑扑簌簌"地往下掉。

信果真是连长写的。

自从母子俩来到连队后，文英一直挺恨连长的，可这会儿接到连长的信，文英又开始想他了。看完信的文英虽然脸上还挂着泪珠却一下子又笑了。原来连长信中告诉她，他已将母子俩安置到了其他团场。他还告诉文英，他想跟文英生个孩子，最好生一大堆孩子，将来让他们好好建设团场。

哪有话说得这样直白的，真是不害臊！文英的脸被臊得通红，却高兴得直笑。

再起身干活时，文英浑身都是劲。本来可以早早回去的，可文英今天还想再多割一会儿，因为每天多割那么一小会儿，就可以早点回家见到她心爱的老胡了。

多割了半个小时，两个英子被远远甩在了最后面。冬湖很大，两个女子落在后面谁也没注意。等到最后一捆芦苇捆扎好时，天已经彻底黑透了。

黑黢黢的湖面如同一个巨大的魔兽，仿佛要把整个世界全吞下去。湖面上再也看不到一个人，就连一向胆大的占英心里也直发毛。

占英拖着拉苇子的冰车走，听到文英还在唱小曲，于是就说："听说湖里有鬼呢，再唱把你抓去做老婆！"

"我才不怕呢，要拉也是拉你，我可是有男人的人了。"

"有的人最喜欢口是心非。昨夜成亲，今日别离。我深知这几日相思滋味，却原来此别离情更增十倍……"占英大声咿咿呀呀唱起《西厢记》里的段子。

"呸呸呸，老胡才没你那么酸！"

"你骗鬼，前两天还要死要活的，今天怎么晴天出太阳了？就一封信看把你乐得！"

"哼，我才舍不得死呢，回去我还要给老胡生一大堆孩子呢！"

"真不害臊，动不动就说给人家生孩子，老胡有什么好，看把你迷得！"

"那有啥害臊的，做女人哪有不生孩子的，我就想给老胡生一大堆孩子。老胡说了，等我们的孩子长大了，哪里都不去，就留在这里建设团场！"

"看你一结婚变得也跟个老娘们儿似的，张口闭口就是结婚、嫁人、生孩子，羞死人了！"

"女人哪有不嫁人的，明天我就给你和刘震山做媒去！"

"你再胡说，看我不打你！"占英伸手去打前面的文英，刚想往前跑，只觉得脚下"咔嚓"一声。

"小英子救我！"

文英一扭头，发现占英的头和手还露在水面。文英转身将冰车伸过去，想把她拖上来。

"咔嚓""咔嚓"，冰裂开了，文英跟着一起掉进水里。此时，湖面上再没有一个人，只有刺骨的湖水咕咕地直往上蹿。

第二天，人们发现少了两个女子。人们用力喊着两个英子的名字，苍茫的湖面，只有一湖芦苇在风中瑟瑟颤抖……

梅老太的黄昏恋

一

一开始，梅老太去学麦西来甫不是因为兴趣，而是赌气。

五十多岁的梅老太其实还不算是个老太太，最早叫她梅老太的是一个牌友，可不知怎的叫着叫着就叫成了她的名字。梅老太也不在乎，反正都这把年龄了，叫什么身上也少不了一块肉。

没有了老伴的梅老太，从四川一个山村来投奔儿子的，这一待就是十来年。儿子在团场包地，梅老太刚投奔儿子时是为了带孙女月月，那时孙女才四岁，一转眼孙女不是四岁而是十四岁了，既不需要她看更不需要她带，梅老太一下子就闲了下来。

不知为什么，闲下来的梅老太心里一下子空落落的。原本与她最亲热的月月一下子迷上了学校的同学，特别是那个娇滴滴的娜娜一来，两人就躲着她说悄悄话，谈得最多的是一个叫丹阳的男孩。梅老太在一旁插不上嘴干着急，小小年纪怎么可以老谈论一个男孩子呢？

梅老太很想知道月月和这个叫丹阳的男孩究竟发展到什么程度。可急也没用，好几次梅老太刚一走近，小姑娘们立即鸦雀无声了，而且月月的表情明显有种厌烦。真是个白眼狼！梅老太感到无限惆怅。

惆怅之余，梅老太很快又找到了新的精神寄托，迷上了到小商店打牌。如果只仅仅打牌那又没多大意思了，让梅老太乐此不疲的是她的搭档——退休赋闲在家的老赵。

连队离团部远，离城市更远，于是打牌就成了许多老人唯一的消遣。

男男女女天天坐一起打得昏天黑地的，不知怎的牌打多了竟也打出了感情，让一向心如枯槁的梅老太心里对老赵竟荡起了几丝涟漪。本来老头与老太太各打各的，互不搭界，可一个单身的老女人和一个单身的老男人天天坐一起，不出问题才怪。就像起风前的大海，海面上风平浪静，海底下早已暗流涌动。

要说是老头和老太太也不完全准确，因为老赵和梅老太一般大，今年都刚满五十八岁。现在生活条件好了，人都长寿了，五十八岁还没步入老年人的行列。梅老太不知在哪本杂志上看到：半个世纪之前，人类的平均寿命只有五十岁；20世纪90年代已经达到七十五岁；21世纪之初的生命科学认为，人的寿命已经完全可以达到一百五十岁以上。至少在五十年内，平均寿命可以达到一百岁左右。照这个年龄推算下来，五十八岁的梅老太与老赵充其量不过是壮年。

单身的壮年啊，完全可以想入非非，于是梅老太就想入非非了。

从前一直在农村和老伴一起务农的梅老太，每天面朝黄土背朝天，除了丈夫之外极少接触其他男人。自从老伴去世后，她一个人来到新疆跟儿子住在一起，儿子是个孝顺的孩子，虽然两口子承包土地，却极少让梅老太跟着一块下地，梅老太主要任务就是带孩子做家务，时间久了黑黄的脸也渐渐变得白嫩起来。梅老太长得并不漂亮，眼睛不大、鼻子不高，瘦刮刮的她走在人群中是最不起眼的那一个。

本来梅老太也没要想入非非，打算就这样了此残生。想入非非的起因是另一个单身女人的出现。这个单身女人叫刘琴，从大城市来帮女儿带外孙的。

刘琴比老赵还要大两岁，可比梅老太妖艳多了。微胖的身体被一条黑色的金丝绒裙包裹得珠圆玉润，最要命的是刘琴总披着一条大红色的暗花披肩，把她左摇右摆的身体衬托得妖娆而又动荡不安。

一开始，梅老太对老赵的感觉仅仅停留在有所好感的状态。

毕竟长相普通的老赵不算很男人，蔫不拉唧而且还不是一个好牌友。老赵打牌时不但出牌慢，还从不看对方眼色行事，总是自顾自陶醉在自我的世界里，常常把一手好牌打得稀烂，是个臭牌篓子。虽然他们从来不玩钱，可回回要钻桌子、顶西瓜皮，弄得其他人都不愿跟老赵做搭档。

而梅老太则不同，她不像别人那样喜欢争强好胜非论个输赢，她来就为了打发时间寻乐子，跟老赵搭伙也其乐融融。这还不是最重要的，重要的是老赵不仅是个退休干部，还是个 20 世纪 80 年代的大学生，有一肚子的墨水，这让才小学毕业的梅老太对他格外刮目相看。再加上老赵谈吐有修养，跟连队里粗拉拉刨地的男人一点也不一样，从不像别人那样"梅老太、梅老太"地叫，而是叫她的大名梅香，这让梅老太对老赵又增加了几分好感。

二

梅老太和老赵并不是一开始就"有什么"的，"有什么"不是从手上而是从脚上开始的。

那天天很热，一向穿布鞋的梅老太换成了拖鞋，穿拖鞋的脚远比穿布鞋自由，于是梅老太的脚就自由得过了头。四个人全都把打牌的功夫用在了眼上和手上，谁也没想到脚上也会出问题。

出问题的是梅老太，这天她一连赢了十几把，这在她打牌史上是绝无仅有的。于是她一高兴就昏了头，激动地把脚放肆地搭在了另一只不属于自己的脚上，这一搭几乎搭了半个小时。

一开始，她一直以为那只脚是女店主的，等发现搭错了人时已经无法挽回。因为她搭的人是老赵，更令人尴尬的是老赵也发现了，于是俩人闹了个大红脸。也就因为这一脚，刹那间梅老太平时对老赵所有的敬重一下子不翼而飞。

从那以后，桌底下两人的脚有意无意地又搭错过好几回，可后面这几脚不是尴尬，而是一种隐秘的快乐。

人们常说眉目传情，梅老太没想到脚也可以传情。从那以后，梅老太不穿布鞋了，就穿拖鞋，而且从不穿袜子，这样皮肤与皮肤之间的接触才更彻底。

就这么点私密的快乐，让梅老太每天身不由己地一做完家务便奋不顾身地奔向小商店。这种状态维持了好一段时间，可谁也没说破，毕竟都是 20 世纪 60 年代初出生的人，不管时代再开放，喜欢一个人也跟做了贼似的。可有了意思的男女虽然人还在牌桌上，但那一手牌打得却如同项庄舞剑——意在沛公。

毕竟脚上传情有很大的盲目性，注定了没有任何结果。

事情就是那么不遂人愿。刘琴什么时候来到连队的梅老太没注意，可刘琴从出现在牌桌上的第一天起，便引起了梅老太的注意。以往风平浪静的牌桌，一下子变得波涛翻滚。

自从老赵出现在牌桌上起，一直是和梅老太做搭档的。两人嘴上虽然不说，心里却有种说不出的默契。而且自从脚下传情开始，梅老太这朵含苞欲放的花朵枯木逢春也准备要向老赵开放了。可刘琴一来，花苞突然间遭遇一股强烈的西伯利亚的寒流，瞬间就蔫了。刘琴一来就摆明了要拆散梅老太这对没有挑明的鸳鸯，偏偏要和老赵做搭档。更可气的是老赵不仅不反对，而且还一副得意洋洋的样子。

以前打牌，虽然身边的牌友一直走马灯似的换个不停，可梅老太和老赵这对牌友却始终牢不可破。从前他俩是并肩作战的密友，是一对一的关系，现在完全变了，变成三个人的关系。三个年龄相当的单身者，这关系得多复杂啊！有人说三个人的关系最有张力，其间有明争、有暗斗、有嫉妒、有背叛、有道不尽的爱恨情仇。

突然被人插一杠子，梅老太心里顿时如同打翻的酱醋瓶，一时间酸甜苦辣应有尽有。梅老太不喜欢刘琴，刘琴也同样不喜欢梅老太，牌桌上，两人动不动就夹枪带棒地过招。论嘴皮子功夫，梅老太远远不是大城市来的刘琴的对手，弄得她时常下不来台。此时的梅老太真是骑虎难下，每天到了牌点，去也不是不去也不是，去了满眼都是刘琴与老赵的打情骂俏，还不时地聊骚；可要是不去，那就任由两人为所欲为了。

最可恨的是老赵，明明就是个肇事者，可偏偏装得很无辜。每次两个女人斗起来，他如同隔岸观火，一副事不关己高高挂起的样子。这让梅老太伤透了心，变了心的男人眼睛耳朵都塞驴毛了，什么也听不见，什么也看不见。

正当梅老太进退两难时，好好的牌局却突然散了。

原来，老赵与刘琴双双退场，从牌桌上撤退到了操场上，不是闲着没事干而是干更有意思的事。这事儿梅老太也看到了，刘琴每天变戏法似的拿出一个小音响，音响里的曲子全是新疆民族舞曲麦西来甫。只要音乐一响，刘琴的腰也软了，眼神也迷离了，舞起来更是风情万种，把一旁的老赵看得如痴如醉。

俩人注定要单飞了，梅老太还有什么资格硬插在他们中间呢？看着老赵痴迷的神情，梅老太就像吃了一颗四月的酸杏子，从胃到心全是酸的。

梅老太再也看不下去，下决心离开连队。

三

眼不见心不烦，来到大城市的梅老太瞬间眼花缭乱的。

梨城说远不远，说近也不近，离连队只有五十公里。可就这五十公里，让梅老太觉得隔着崇山峻岭那样遥远。其实团部每天都有去市里的班车，也就一个来小时的车程。可从连队到团部还有十几公里，这十几公里把不会骑自行车的梅老太活活困住了。不是梅老太不想出去走走，可儿子一年四季都在忙，从春天到秋天，马不停蹄地在那几十亩棉花地上拼命折腾，好不容易出个门，一个摩托车上一家三口正好坐满。梅老太是个有眼色的人，只要儿子过得好，自己受点委屈不算个啥。再说梅老太又是个典型的宅女，别说市里，就是团部也极少去转一转。

两年前，种棉花挣了钱的儿子在市里买了大房子。

原本是为方便女儿上高中的，房子也早已装修好，可一直空着没人住。儿子和儿媳都劝梅老太到大城市里去享享福，可就是她自己一直不答应。有啥福还能比守着儿子一家呢？要不是赌气，梅老太才懒得跑那么远！

梨城是座漂亮时尚的城市，人称"塞外小江南"。五彩缤纷的霓虹灯闪得梅老太花了眼，城市虽然繁华、漂亮、干净，可习惯了热热闹闹一家人在一起的梅老太还是忍受不了一个人的冷清。尤其一想到老赵就暗自落泪，特别是夜晚，孤独的女人就好比夜走单骑，既寥落又无助。

单恋的滋味太苦了。

要说梅老太单恋也不完全准确，因为老赵也不是无情无义。有好几次赢牌时，老赵就龇牙咧嘴地说他俩是天生的一对，打遍天下无敌手；还说他俩如果做夫妻肯定是对恩爱夫妻，说得梅老太心花怒放。这样的玩笑老赵不止开过一次，可梅老太太矜持了，每次都装得面无表情。

也不是梅老太不解风情。

可流言是墨，只要泼出去就会让自己清白的人生留下印记，梅老太很顾忌。她虽不是什么出淤泥而不染的白莲花，可儿子的一家毕竟在连队是要面子的，她不能任由别人对儿子一家指指点点。

若真能嫁给老赵也不错！

就在梅老太刚暗生出这样一个美好念头的时候，便被突然闯入的刘琴硬生生地挤了出去。人的感情咋能说变就变呢？梅老太一时想不开。按说他俩做搭档已

梅
老
太
的
黄
昏
恋

有一年多了，四百多天的齐心协力并肩奋战，却被刘琴的几个飞眼撩得分崩离析了。本来是一段美好的黄昏恋，可半路上偏偏杀出个程咬金，梅老太不得不偃旗息鼓，男人的感情真是靠不住。

有啥了不起的，不就会跳个舞嘛。梅老太越想越气愤，更不愿让刘琴看到自己这副丢盔卸甲狼狈不堪的样子。

刚到大城市的梅老太并没有立即释怀，特别是一想到老赵和刘琴天天腻歪在一起，恨不能立即打道回府。大城市的霓虹灯再亮，也没有儿子家小饭桌前的灯更温馨；梨城再美，可没有了自己牵挂的老赵就是一座孤城。而且梅老太不在，刘琴正好有了可乘之机。

梅老太越想越坐不住，每天如坐针毡如猫抓心。只要一想到老赵、儿子、月月，就忍不住打电话催儿子来接她。离家一个多星期了，不知儿子家乱乎到啥程度。

儿子虽然接了老娘的电话，可声音却懒洋洋的。

臭儿子远没有她想象得那么迫切，不但不着急，而且还推三阻四，仿佛希望她永远都别回来似的。

真是个狼心狗肺的家伙！梅老太心里狠狠骂道。

梅老太不知道，其实不希望她回家的是儿媳，多了个婆婆的家庭表面上一团和气，暗地里处处锋芒逼人。这些年来，两个要强的女人明里暗里不知已斗了多少回。当着儿子的面，媳妇和颜悦色；背地里，恨不得她马上离开。现在爱唠叨的老太婆终于走了，媳妇的日子过得自在又舒畅，就连晚上的性生活质量也提高了很多。

看来这个家唯有自己是多余的。

梅老太伤心时就喜欢胡思乱想，一想就想到再婚的问题上。如果老伴还活着，谁会无依无靠地赖在儿子家看脸色呢？老赵肯定是不合适了，可天底下谁又是自己的依靠呢？她感到了孤独的凄凉，尤其在暮色苍茫的时候，万家灯火里没一盏真正属于她。

电视剧一个接一个地看，直看到想吐。

在这座陌生的城市里，没有亲人朋友，她只孤家寡人一个。她得从房间里走出去，不然非把自己逼成神经病不可。

迈出家门的梅老太才发现，城市的夜晚远比大白天精彩得多。别看城里人白天都活得很挣扎，一到晚上个个都潇洒自在。难怪连队人形容大城市的夜生活说既精彩又刺激。

刚过马路，梅老太便被此起彼伏的音乐声吸引过去。现代的、民族的，各种音乐混杂在一起，让人想不听都不行。走近一看有广场舞、双人舞、民族舞，梅老太的腿就不自觉地迈了过去。果然各种舞大有看头，不光有女人还有男人，不光有少的还有老的。有很多比梅老太年龄还大，可个个舞得摇曳多姿，看得梅老太眼花缭乱。

这些人比她活得滋润多了，不论男女，个个都打扮得时尚体面。

最吸引眼球的是一群跳麦西来甫的人。其中前面那个领舞的女子，只见她长发飘飘、红衣束裹，细细的腰间裹着一条黑色大摆裙，翩翩起舞间如同一只翻飞的蝴蝶。真是美极了，梅老太不由着了魔。

新疆舞真好看！梅老太的脚再也迈不动了。

从前只觉得刘琴跳得迷人，可跟这群人一比，那刘琴跳得算个啥！正看着，跳舞的人们突然间停了下来，喝水的喝水，休息的休息。这时走来一位五十多岁的帅男人，非邀请领舞女子对跳。女子并不推让，换了首节奏轻快的曲子，两人一进一退、一前一后飞快旋转着。女人裙袂飘飘，如同飘逸的仙子，把所有人全看呆了。

边上有个与梅老太年龄相当的女人告诉她，女子叫裴丽，看着年轻其实今年五十多了，是这里的老师。

妈呀，才比自己小儿岁，看起来咋那么年轻迷人呢？梅老太惊住了。原来五十多岁的女人也可以活成这样，再看看自己，整个一老太婆，人与人之间的差距咋这么大呢？

这一晚，梅老太睡得极香。梦里不是老赵，而是那个跳舞的裴丽，和她那美好的身段，一直随着音乐层出不穷地旋转。

我也要去学跳舞！

梅老太对自己的这个决定很吃惊，却十分坚定。好不容易熬到傍晚，她两腿不听使唤地又来到广场。一打听只要交钱谁都能来学，而且包教包会。梅老太瞅准机会找到裴老师，一开始梅老太还忐忑不安，怕老师看不上又老又土的自己。谁知，那个裴老师一听说她要学跳舞，立即对她眉开眼笑的，谁会跟钱过不去呀。

学费说贵不贵，说便宜也不便宜。半年一千，服装统一收费五百，总共一千五百元。

乖乖，到城里儿子总共就给了两千五，这一千五一下子就耗去了梅老太一大半资产。没有工资的梅老太从来就没那么奢侈过，可她当机立断，从明天起她也要开始学跳民族舞。

四

梅老太做梦也没想到自己也可以凤凰涅槃的，突然间变得如此时髦漂亮，人的潜力真是个无穷的宝藏。

一开始，没有跳舞细胞的梅老太对自己并没什么信心。毕竟她从没跳过舞，别说麦西来甫，就连最普通的大秧歌也没扭过。从前几十年的时光都被土地和家务淹没了。现在好了，老了老了有大把的时间来打理自己的生活。麦西来甫算什么，只要想学就是芭蕾也能得心应手，梅老太暗下决心。

很快，梅老太领到一套和老师一模一样的练功服，绣花束身红上衣，黑色大摆长裙，底边一圈漂亮的红玫瑰。真是人靠衣裳马靠鞍，这些衣服穿到梅老太那细瘦的身上竟然也婷婷袅袅。从前梅老太一直羡慕丰满的刘琴，以为老赵的眼神是直奔那对丰胸去的。现在看来也不尽然，一套衣服彻底打破了梅老太陈旧的观念。谁说丰满的女人才迷人呢？再水灵的女人只要配上一副水桶腰，也就成了丑八婆。

"娇小的女人更惹男人怜爱"说的就是这个道理，梅老太不再犹豫。穿上大摆裙，立即旋转几圈，竟有几分婀娜多姿的感觉，梅老太晕眩了。

这些年真是白活了！

感叹之余，梅老太恨不能立即追回失去的时光，唯一美中不足的是一头稀白的头发与这身时装显得格格不入。一不做二不休，当下梅老太便冲进了美容美发院。几个小时下来，经过发型师的妙手回春，一头棕色的大波浪让梅老太自己都认不出自己了。

晚上去跳舞时，梅老太索性把大波浪高高束了起来。灯光的映衬下，光芒穿过梅老太的身体，梅老太这朵暗夜的花刹那间就怒放了，现在谁还能看出她是个即将六十岁的女人呢？

梅老太自信地昂着头，故意走到人多的地方，果然就吸引了众人的眼球。舞友纷纷向她投来了惊诧的目光，有几个女人还禁不住大呼小叫起来。梅老太要的就是这种效果，尤其让她明显地察觉到舞友老王的眼睛如两道电流直射过来，这令她洋洋得意。

老王不关注梅老太，不等于梅老太不关注老王。

梅老太早把老王的底细弄得一清二楚，单身、工商局退休老干部。六十多岁的老王依旧白净儒雅，比一辈子跟土坷垃打交道的老赵不知要帅上多少倍呢。梅老太一来就注意到了他。这人与人之间的感觉就那么奇怪，明明才见第一面，可梅老太却像认识了很多年似的。难怪有言"前世的五百次回眸，换来今生的擦肩而过"。他俩前生一定有缘，不然梅老太从第一眼就对这个老王有种很特别的感觉。

可老王并不是梅老太肚子里的蛔虫，这个不解风情的老王，只当梅老太是空气。

太目中无人了！如今这个男人终于注意到了梅老太。不仅注意到了，并且开始主动示好。不光上前进行了自我介绍，还诚恳地邀请梅老太单独交流舞技。梅老太表面不动声色，暗自却心旌摇曳。

很快，梅老太在众多学员里脱颖而出。

脱颖而出不是因为梅老太跳舞有天赋，而是因为她有的是时间。世上无难事，只要下了狠心就没有干不好的事！别的舞友大多白天工作晚上跳舞，而梅老太是个大闲人，有大把的时间将各种动作反复练习。

她现在对跳舞已经着了迷，不光老师教的，就是老师没教的她也学会了不少。现代科技发达得很，只需轻轻一打开手机，各种民族舞的视频立即从里面飞出来，而且个个跳得倍儿棒！

从前梅老太的生活是单一的，洗衣、做饭、看孩子。自从迷上维吾尔族舞蹈后，梅老太的精神生活一下子变得多姿多彩。逛公园、拍照、唱歌、与朋友聊天，现在的她幸福得跟花儿一样，心情舒畅，人也变得漂亮了。至于那个老赵嘛，梅老太早把他忘到了瓜哇国。梅老太现在在群里结识了好几个年龄相当的舞友，李艳、王姐、霞妹，个个比刘琴有档次、有魅力，而且都愿意和她做朋友。特别是那个林美女也是个单身，单身与单身之间，总有分享不完的小秘密，于是林美女和她就成了无话不谈的密友。

　　其实那个林美女一点儿也不美，爆眼、黄皮肤，比她还大两岁。可她保养得好啊，别看林美女都六十岁了，说起话来声音嗲嗲的。她从不像别人那样管她叫梅老太，好像这样一叫把她叫老了似的。她叫她亲爱的，把她叫得甜丝丝的，比喝了蜜还要甜。

　　还有那个与梅老太一样没有工作的李艳，每次一见她就老远奔过来拥抱她，像阔别了几十年的老朋友，让她心里有种说不出的开心。

　　别看李艳和梅老太黏糊得很，可梅老太心里也有烦她的时候。和梅老太一般大的李艳长得不算很漂亮却十分养眼，柳眉、细眼、皮肤白嫩得如同二十多岁的小女人。李艳虽然也没有退休金，但精明能干的她却非常擅长做微商，听她说一个月能挣好几千。一见梅老太，她就狂轰滥炸地给她推销化妆品，恨不能立即将她发展成自己的下线。

　　梅老太一打听，想做微商首先要投资 8000 元拿产品。8000 元呀，乖乖，又不是买支眉笔、口红那样简单。目前就梅老太的朋友圈推销几百块钱的化妆品都困难，更别说几千块钱了。于是梅老太很巧妙地拒绝了她，也有实在推不过去的时候，梅老太只好从她那里各拿了一瓶补水液和护肤霜。

　　让梅老太不喜欢李艳的还有一个原因，那就是李艳不光喜欢黏糊梅老太，也喜欢黏糊老王。

　　每次练习对跳时，李艳的第一个曲子一定要拉上老王。这让梅老太心里有点不痛快，毕竟喜欢一个人是件很自私的事，但自从李艳告诉她自己有老公后，梅老太很快又释怀了。

　　现在的梅老太，不光认识很多女人，还认识好几个男人。跳舞群里不乏阳刚帅气的男人，而且有几个与她年龄相当。从前在那偏僻的小连队，老赵就是她眼里唯一的白马王子，而来到大城市后，简直像到了另一个世界，她才发现比老赵优秀的男人一抓一大把。就拿这些个舞友来说，个个比老赵白净、帅气、风度翩翩，而且大多都是退休干部。他们不光和梅老太有说有笑的，每次自由练习时都争着和她对跳。

　　梅老太很得意，男人就是女人的一面镜子。女人的美也是需要男人来照耀的，没有男人的照耀再美有个啥意思？

　　梅老太变了，就连儿子也发现了。

　　心怀愧疚的儿子终于决定亲自接母亲回家了。可刚走到小区门口，便被一个花哨的女人冷不丁喊了一嗓子，把他吓一跳。冷静下来才发现喊自己小名的女人竟然是老娘，这个发现让他太吃惊了。

儿子此时来接梅老太，梅老太不但不开心而且极不情愿。当得知母亲不愿跟自己回去时，儿子恨不能立即打道回府。虽说母亲十几年来又洗衣又做饭的，可私底下媳妇的不快儿子丝毫不敢表露半分。母亲不在的这些日子，小两口远比从前恩爱多了。一听母亲不愿回去，挣了钱的儿子高兴得一甩手就是 5000 元，立即溜之大吉。

有了钱，梅老太就再无任何后顾之忧了。梅老太本来就是个极其节俭的人，能不花钱的地方尽量不花钱。如今的日子真舒坦，白天逛逛街、看看微信；晚上会会舞友、跳跳舞，梅老太这才觉得新生活才刚刚开始，她得重新活一回。有了钱啥事都好办，于是，她买了化妆品，也学着城市女人那样描眉涂眼。

现在的她，和一个多月前简直判若两人。

最让她开心的还是她发现老王好像对她也有意思。两个年龄相当的人都是单身，单身对单身，日子久了很容易擦出火花，梅老太懂得。这点意思就好比当初与老赵在牌桌上，两人脸对脸虽然什么也不说，私下里却心有灵犀一点通。而现在两人天天勾肩搭背，肢体与肢体一起碰撞，似乎又更近了一层。

可两人这点意思，依旧心照不宣。

不愿主动的是梅老太，她再不想上演一出《凤求凰》。男女间就好比猫捉老鼠，被人追着才有意思。而且她知道自己的条件，虽说四肢健全、身体健康，可没有一分钱的退休金，这对成家过日子来说简直就是致命打击。来这里跳舞的几乎都有收入，就拿那个林美女来说，一个月的退休金 7000 多元，惊得梅老太眼珠子差点掉下来。她打心眼里羡慕她，没有物质保障的老人，就好比大海里的一叶飘萍，随波逐流。离开儿子的日子又该怎么过呢？这也是梅老太多年从未萌生再嫁念头的主要原因。

这些年来，梅老太哪里甘心把后半辈子全放在儿子家里，她没少看儿媳的脸色，忽冷忽热的。当着儿子的面还好些，背着儿子没少给她甩脸子。可看了又能怎样，谁让她要仰人鼻息，谁叫她没有退休金要全靠他们养活呢？人在屋檐下不得不低头啊！

从去年开始，连队已经给梅老太申办了低保，一个月有四百多元。可这远远不能满足最基本的生活需求，现在买啥不要钱，特别是在大城市，连上个厕所都要钱，更别提生病住院，没钱寸步难行啊。从前梅老太并不苦恼，反正自己有儿子怕什么？

如今渴望爱情的梅老太就不一样了，没有收入是件顶顶要命的事。按说老年人渴望爱情并不是一件丢人的事，更何况自己今年才五十八，五十八岁啊，还有很漫长一段人生要度过。就目前的处境，谁又愿意找一个没有经济来源的女人呢，快乐之余梅老太又陷入另一种深深的苦恼之中。

五

正当梅老太跳得忘乎所以的时候，街上突然不让跳舞了，原因是一年一度的高考马上就要开始了。

莘莘学子要奔赴考场，那得牵系着多少个家庭的幸福啊，大家都很理解，于是各种跳舞场子立马作鸟兽散。不跳也好，正好休息几天。闲下来的梅老太突然想月月了，想得发疯，于是决定回连队看看。

回到连队，梅老太不仅看到了想看的儿子、孙女，同时也看到了老赵。

老赵还是老赵，样子一点儿也没有变，两人目光相遇时，老赵正穿着个大背心、大短裤，坐在大树下汗流浃背地跟一群老娘们儿甩扑克。看到梅老太时，老赵明显地给惊住了，眼珠子一动不动地直盯着她。

梅老太非常得意，这正是她想要的结果。可她装着什么也没看见，她还没忘记老赵与刘琴打情骂俏给她带来的伤痛，她正好报这一箭之仇。看到老赵呆滞失落的眼神，梅老太心里有种说不出的畅快。从前的老赵咋看咋顺眼，可现在咋看咋那么土呢？支棱个头发，趿拉个鞋，一副邋遢相。就为了这么个人竟然还和那个刘琴争风吃醋上了，梅老太想想真不值。思量的结果就是再见到老赵，她故意把头昂得高高的，目不斜视。

梅老太不想见老赵，不等于老赵不想见梅老太。

自从梅老太回来后，一天一个样，这还是她吗？老赵并不是个没经过事的毛头小子，从前梅老太那点儿意思老赵心里透亮得跟明镜似的。没遇到刘琴时，老赵内心远不像表面那样波澜不惊，有几次也把玩笑开到了男女关系的层面上。可对这样的暗示俩人显然没有达成默契，男女间的事只要不说破，就如同隔着千山万水，就还什么也不是。

按说男人应该主动表白的，可老赵一直很犹豫。老赵也不是没有仔细掂量过，梅老太什么都好，人勤快、老实、本分，而且做得一手好菜，是最佳配偶人选。关键在于梅老太没有退休金，老赵的退休金一个人本可以丰衣足食的，可如果与另一个人平分秋色，老赵的口袋就会捉襟见肘，这也是老赵一直不愿主动表白的原因。

人不怕没对象，就怕寻错了对象。

偏偏这时刘琴出现了。如果刘琴仅仅有退休金老赵也不会很动心，老赵并不是个贪财的人。关键是刘琴身上有一种说不出的味道，这种城市人的味道让老赵五迷三道的。

不过很快，老赵又对刘琴失望了。

这个看起来颇有风情的刘琴，并不安心留在连队与老赵共度余生。而且刘琴骨子里远不如梅老太那么老实可靠，还没等老赵向她表白，她就当着他的面，在手机里和好几个男人开始打情骂俏，这让一向传统的老赵怎么也接受不了这样的轻佻。为这，俩人彻底翻脸了，刘琴也离开了连队。刘琴走后，老赵开始日益怀念起梅老太的种种好处来。

真是心有灵犀一点通，就在老赵朝思暮想时，梅老太神似的出现在眼前，不过俩人的关系却发生了翻天覆地的变化。从前一直是梅老太很热情，老赵淡淡的；现在是老赵很热情，梅老太淡淡的。

现在的梅老太，不爱打牌只爱跳舞了。

每天傍晚，梅老太都要在连队的空地上放音乐。只要麦西来甫音乐一响，梅老太就自顾自地翩翩起舞，引得连队不少人围观。受过专业训练的梅老太，远比刘琴跳得更加婀娜多姿。看过几曲，连队不少人投来羡慕的眼光，特别是那些整天下地干活的小媳妇几乎用一种崇拜的语气强烈恳求她当老师。梅老太没说答应，也没说不答应，而是陶醉在自我的世界里不停旋转着。

连队的女人们再也顾不上矜持，一个个都跟在梅老太的后面。

如今的老赵也是另一番光景，不光言语热情，而且态度也很热烈。老赵现在晚上也不打牌了，成了梅老太的忠实学徒。不仅很虔诚地学习，而且一有机会就觍着脸跟梅老太说一些肉麻的恭维话。好像他们之间有什么似的，弄得连队不少女人都拿他俩打趣。原来再老实的男人为了爱情也会变成厚脸皮的，只是梅老太不知道。此刻气喘吁吁的她面如桃花，正是最美的时刻。

可任凭老赵如何撩拨，梅老太却故意装聋作哑。她不能好了伤疤忘了疼，她还没忘记几个月前老赵对她的背叛。更何况现在的梅老太早已不是从前的梅老太，见过世面的她早已经把心丢在了五彩缤纷的大都市。即便老赵再热情，也唤不醒她那颗已经淡忘的心。

就在老赵热情似火时，梅老太又不声不响地离开了连队。高考已经结束，她要继续回到她的舞蹈班，那里才是她真正的乐园。

六

回到城里，梅老太很快便接到了老王的电话。

一开始，梅老太并没听出是老王，俩人前言不搭后语地拉扯了好一阵子。等到对方问"听出我是谁了吗？"梅老太这才反应过来，心情自然很激动，但又不想表现得太热情，于是便不咸不淡地抛了句"你是不是有什么事情啊？"，对方有些讪讪地回答："不是要切磋一下舞技吗？晚上一起去跳舞吧！"

两个人当晚就见了面，还是原来的那帮舞友，还是原来的老师，只是令梅老太失望的是林美女竟然没有来。不光林美女，就连李艳和王姐好几个小姐妹都没来。原来这些女人统统被关在家里给儿女去带孩子了，真扫兴！梅老太本来很想找林美女说说连队，说说老赵和刘琴，总之梅老太有太多连队的事、有意思的事要说给林美女听。

见不到林美女，梅老太回家这段日子的乐趣就无人分享。

拨通手机，林美女果然在家带孙子呢。女儿才生了二胎，林美女正被刚出生的小外孙折腾得筋疲力尽。这太没乐趣了，活蹦乱跳的林美女竟被一个小小的孩子捆住了手脚，难道退了休就只能在家带孙子吗？难道退了休不该享受自由自在的生活吗？看来这不花钱的保姆真好使！梅老太在电话里很为林美女愤愤不平。

可再愤愤不平也没用，林美女照样还是出不来。胳膊哪能拧得过大腿，这话是林美女说的。现在的独生子女不是小辈是长辈，个个娇生惯养衣来伸手饭来张口，一点也不亚于旧社会的老太爷，就连孩子也都统统塞给自己的父母。

幸好孙女月月大了，幸好儿子没要二胎，否则自己和林美女没什么两样，确切地说还不如林美女和李艳这些小姐妹，梅老太越想越觉得自己很幸运。

虽然没见着林美女，但见着了老王也收获不小。几天不见如隔三秋，再见老王，俩人的感情迅速升温。从前练习时，老王每晚只会跟她对跳一两支舞；现在整个对跳练习，就是他俩的专场。而且老王可不像老赵那样有贼心没贼胆，表达感情远比老赵热情奔放。在一个风高月黑的晚上，刚走到昏暗处，老王就从背后如同飞蛾扑火，一下子把身子扑向了毫无防备的梅老太。

这一抱虽然把梅老太吓了一跳，但把俩人的关系迅速向前推进了一大步。

自古以来不都是这样吗？崔莺莺与张生，卓文君与司马相如。梅老太从前在老家时最爱看戏，尤其爱看男女之间的爱情戏。没说破的男女间只要不经过身体接触就永远什么都不是，可有了这个拥抱，两人一下子亲密到了男女关系。

此时的老王激动得滔滔不绝，恨不能把自己所有一切都向梅老太坦白。可梅老太却瑟瑟发抖，抖得如同一棵含羞草，说话更是吞吞吐吐。有了老赵的前车之鉴，梅老太再不能摆出一副箭在弦上不得不发的态势，即便幸福得眩晕，也不能冲动到把所有情况全盘托出。

这真是她等待已久的爱情吗？梅老太不知道。而她能把真实情况全告诉老王吗？梅老太一想到这个问题就格外揪心。以她现在的经济状况每天只够吃个馍馍，若老王知道还能这般柔情似水吗？不好说。难怪有句话叫"善意的谎言"，爱情更需要善意的谎言。管它呢，能好一天算一天。如果她现在就如实坦白，也许美梦立即就会化为泡影。

不管怎样，这一抱之后，两人迅速进入缠绵缱绻阶段。她和老王开始出双入对，俩人不光晚上一起跳，而且常常大白天也一起到公园里跳。俩人现在已经如胶似漆，有几次梅老太还把老王带到了自己的住处。依着老王的身子，梅老太恨不能把自己变成棵庄稼，在老王这片沃土上茁壮成长。

但关于她个人的真实情况，梅老太始终闭口不谈。

七

就在梅老太幸福得忘乎所以的时候，儿子一家也来到了城里。

不仅撞见了梅老太跳麦西来甫，而且还撞见了梅老太和老王，这一撞撞得梅老太面红耳赤。幸好，儿子和儿媳的表情只是短暂地惊讶了一下之后，便平静如水了。

冬天的农场一片苍茫，各种农作物早已被收割得一干二净。闲下来的儿子、儿媳一起进了城，也想过过城市人的生活。

这下可苦坏了正在热恋中的梅老太。

本来两个人正爱得孜孜不倦乐此不疲，突然冒出了儿子一家人，梅老太不得不勒紧感情的缰绳，生怕儿子看出一星半点来。儿子一来，梅老太不能每晚都去跳舞了，更不能跟老王一块儿出双入对了。毕竟儿子什么也不知晓，在一切条件还不成熟之前，梅老太也不想那么快就让儿子知道自己准备给儿子找个后爸、

这么久不来接母亲，儿子好像明显意识到了遗弃母亲是不道德的行为。所以这次态度特别真挚，他虔诚地向母亲忏悔，不该把母亲一个人丢下不管，让母亲和他一起回连队，他要奉养母亲一辈子！就连儿媳的态度也发生了翻天覆地的变化，对她又亲热又腻歪。

真是远香近臭，早知道这样，她就该早早离他们远一点，让他们知道自己存在的重要性。如果没有麦西来甫，没有老王的出现，也许这就是梅老太最想要的生活。可如今，这些示好反而成了她的精神负担。

说什么也不能再回连队去！此时的梅老太，已经深陷到老王和麦西莱普的毒瘾里，哪能说戒就戒呢？

接下来，儿媳没再劝她同他们一起回去，而是为她和丈夫订了两张去北京旅游的机票，要丈夫好好带婆婆出去玩一玩。儿媳的这个举动把梅老太彻底感动了，让她忘却了儿媳从前种种的不好。这辈子她做梦都想去看天安门，儿媳终于圆了她今生的梦想。

梅老太幸福得眩晕，这次旅游令她大开眼界。儿子不光带她去了天安门，还带她去了海南大海、昆明花城。都是她想看的，把她乐得心花怒放。一想到此时的新疆还是百花凋零，这样美好的风景岂能浪费，于是梅老太每走一处定要拍照留影。她要好好馋馋老王和群里的小姐妹，现代手机就是一部专业相机，倚在海边的棕树旁，站在似锦的花海里，梅老太醉了，照片里的她醉得楚楚动人。

快乐与人分享才有意思，梅老太刚一下飞机就一股脑儿地把照片发给了老王，老王看完建议她往舞蹈群里发几张。梅老太心想也是，于是挑几张群发。果然，群里反响很强烈，很快就有人献花、有人点赞，把梅老太吹捧得晕晕乎乎。一激动，她忍不住要再发几张。可发哪张好呢，哪张都好，梅老太越看自己越美，于是，一口气发了四十多张。

此时晚上十点半，正是群里关注度最高的时候。这个举动却适得其反，梅老

太还以为会收到更多的点赞，谁知竟是骂声一片。一开始有人指责她不道德，霸占了整个群里的屏，接着又有人说她又不是玛丽莲·梦露，别以为一个老女人谁都想看！

都怎么说话的？梅老太非常气愤。现在的年轻人咋那么没教养，老人也有爱美的权利。梅老太想说的话很多，却一句话也说不出来。虽然梅老太紧跟时代潮流添加了微信，可怎么发语音怎么打字依然一窍不通。

这有何难？儿媳妇立即主动请战。

很快帮梅老太复了帖，说我高兴我乐意，我想怎么美就怎么美，别看你年轻，你想美没机会。这话有点挑衅的味道，并不是梅老太真心要表达的意思，可梅老太阻止不了。对方的回复立即变本加厉，什么老妖婆、老变态之类的词语都毫不留情地用到了她的身上。

这都什么玩意！

梅老太觉得现在的年轻人真是不能理解。虽然出师不利，可梅老太并不甘心，她不能任由这些不知深浅的年轻人随意谩骂自己。令她欣慰的是儿子、儿媳纷纷进群助阵。尤其是儿媳，不仅是网络老手还是吵架高手，一口气把对方祖宗八代骂了个底朝天。

这下算是惹了众怒，十几位舞友同时冲出来指责她，说她没教养，不配待在麦西来甫群。吵架开始升级，接下来的事态就不由梅老太所控制了，双方交战火药味十足，就连平时从不说话的人也不知从哪都冒了出来，有指责她的，有看笑话的，有安慰她的，群里顿时炸开了锅。

这还是跟她一起跳舞的舞友吗？原以为自己早与舞友们打成一片，可现在才知道，她与年轻人的代沟以及与这座城市的鸿沟，让她根本无法跨越。

第二天，儿子和儿媳都劝她跟他们一起回连队，可梅老太说什么也不肯听，照样又描眉毛又涂口红，还穿上了刚从内地新买的时装。她今晚就要让那些猴崽子们好好看看，老人怎么了？老人也可以活成玛丽莲·梦露。

来到跳舞的广场，还是原来的群，还是原来的舞友，可梅老太分明感到大家的态度和从前不一样。她一出现，人们都齐刷刷地盯着她，就像她是从哪里冒出的怪物。她强忍着不快很友好地和每个人打招呼，可大家的表情都淡淡的。等她再次主动向别人示好时，人们明显地躲着她。

幸好林美女也来了，梅老太总算有了伴。

原来，林美女每月花 4000 元给女儿雇了个保姆，现在又重新把自己解放了出来。人老了还是有钱好啊，有钱就不用看儿女脸色，有钱就能做自己想做的事。一看李艳和王姐还没来，两人又不停地感叹道，现在老年人哪有自己的生活，都被儿女们安排得满满当当，尤其退了休的，最少一半都在给儿女当保姆。

俩人正说得热火朝天，老王也来了。有了老王与林美女这两个盟友，在这个充满敌意的舞群里，梅老太就不再觉得自己是一只孤雁。当晚，梅老太又如往常那样，跳得精神抖擞，跳得大汗淋淋。

回去的路上，梅老太一想到那些不开心的舞友就气得心口疼痛。好歹几个月的相处，怎么能说翻脸就翻脸呢？梅老太义愤填膺地向老王发泄心中的不满。为博得老王的同情和理解，梅老太还把儿子一家要带她回连队的事情也全盘托出。谁知，老王不但不安慰，反而怪她不该隐瞒和儿子一家人居住的事实。

还没走到分手的地点，两人就不欢而散了。

这次梅老太很伤心，都是群里那帮坏人闹的。一回到家，梅老太就忍不住伤心地号啕大哭起来。这还得了，儿子立即打开她的微信群，语气很沉重，狠狠责备那些不懂事的人，不该欺负一个年近六十的老人。

群里出现了片刻的沉默，仅五分钟，同情变成了怪话，昨日两个和她吵架的人很快跳了出来，而且哪壶不开提哪壶。

本想与大家和解的，可一看内容梅老太又气不打一处来。儿媳毫不客气地帮她教训了两个说怪话的年轻人。对方说话更难听，称她为包租婆的妹妹、猪八戒的奶奶，哪个难听用哪个。接着的事态便不受她控制了，儿媳借她之口义不容辞地把对方骂个狗血喷头。

这下捅了马蜂窝，就连她最尊敬的裴老师也出面了。不过这次不是同情而是指责，而且语气相当不客气。她还想说什么，发现她想说的话儿媳已经敲不上去了，原来老师已经把她踢出群了。

怎么可以这样对她，怎么可以这样对待一位热爱民族舞的学生呢？她伤心得号啕大哭。

不管怎样，她跳舞的决心始终不变。她是交了学费的，谁也不能把她怎样。

八

傍晚，广场的灯光扑朔迷离，梅老太刚到就发现很多舞友已经到了。

很多人正叽叽喳喳地麻雀般地说笑着，她刚一走近，这群麻雀立即鸦雀无声，仿佛她是只突兀的老鹰，要吃他们似的。就连一向和她亲如姐妹的李艳脸上也淡淡的，梅老太一下子落单了。

自从梅老太不再买李艳的化妆品后，李艳从前的热情立即消失无影。不是梅老太不想照顾她生意，而是自从用了李艳的化妆品，梅老太一脸的小疹子如同天女散花。

有啥了不起！尽管这样想，梅老太还是觉得很孤独。她想尽快见到老王，只要有老王还在这个群体中，她就不会孤立无援。

越盼老王，老王越不见踪影。

一晚上梅老太都跳得心不在焉，一不小心竟崴了脚。崴了脚的梅老太不能再去跳舞，一个人孤零零地躺在家里望着天花板。她天天想老王，想麦西来甫群，想得锥心刺骨。

她特别怀念从前的好时光，尤其想念老王，可现在连老王面也见不着了。她后悔和老王吵架，后悔这段日子冷落了老王，见不到老王，梅老太心里一下子空落落的。自从儿子一家来城里后，她一直和老王不远不近的，她得尽快在老王面前表明自己的态度，她像个溺水很久的人突然抓住了一叶方舟。

梅老太的脚稍好一点，立即主动约老王到家里，还做了一桌好吃的饭菜。这次相约很重要，她必须向儿子一家挑明她与老王的关系。

从小在四川长大的梅老太，做饭很有一手，红是红、绿是绿，一桌子菜五颜六色，不用尝闻起来都香，馋得儿子、儿媳忍不住要先下手为强。梅老太并没提前告诉儿子，等到老王出现时，儿子儿媳这才明白此番另有深意。本来一桌丰盛的菜肴，四个人却吃得悄无声息，有好几次梅老太挑起话头，儿子却一声不吭。

不管怎样，令梅老太欣慰的是儿子在老王临走前，竟主动上前添加了老王的微信，这就意味着儿子不再把老王当外人。科技时代信息很发达，微信就是社交，见面无须自我介绍，微信一加，彼此距离一下子缩短一半，想怎么联系就怎么联系，想什么时候就什么时候联系。

梅老太一看喜上眉梢，她和老王今后交往再也不用遮遮掩掩。一切很快会恢复正常，这段时间儿子儿媳表现都不错，尤其儿媳，明明自己身体不舒服，可处处和她抢着干家务，完全变了个人似的。

崴脚也不是什么大毛病，梅老太很快又能去跳舞了。

重返广场的梅老太一见老王主动上前亲热，谁知老王竟没搭理她。练习时，老王不仅没请她跳一曲，反而自顾自地与李艳对跳。这让梅老太心如刀绞，她不知道究竟发生了什么。

这还不是最要命的，最致命的打击是在临走前，裴老师突然很和气地叫住她，她本以为裴老师是来给她道歉的，谁知，裴老师竟往她手里塞了200元钱，告诉她从明天起不用再来跳舞了，这200元是退还的学费。

梅老太一下子蒙了，暗夜里，她手捏着200元呆呆地立在那里，如同两记有力的巴掌，打得她眼冒金星。

怎么可以这样欺负一个老人？儿子和儿媳一个个愤愤不平，让她星期天就跟他们一起回团场。

她才不回呢，不在这里跳还可以到其他地方跳！梅老太一气之下决定换个地方跳。她早看好了，市民中心也有一处跳民族舞的地方，只是路途要远两公里，一来一回就是四公里，走起来有点费劲。可一想到还能继续跳她心爱的民族舞，还能遇到跟老王一样有意思的人，梅老太如同打了鸡血似的浑身是劲，再远再累也不怕。

她张口问儿子要一千元学费，儿子与儿媳一声不响，两人表情古怪地望着她，告诉她他们决定下星期就带她回连队。

她不回，她说什么也不回！她气得发疯，她还有很多要做的事还没有做，怎么能在这时候回去呢？

儿媳看了看她，告诉她不回不行了，她怀孕了，已经五个月了，孩子再有几个月就要出生了，孩子必须由她来带。

怎么会这样呢，都五个月了？梅老太怎么一点都没看出来呢。这段时间她被麦西来甫和老王迷得昏了头，可除了她谁还能带这个孩子呢？梅老太伤心地看了儿子一眼，儿子羞愧地低下了头。

梅老太突然明白，原来一切早有预谋。

就连亲生儿子也不例外，什么亲人的体贴、什么内地旅游、逛天安门，全是狗屁，目的只有一个，就是让她回团场带二胎！那么之前儿媳帮她吵架、说粗话骂人，就是为了变相阻碍她留在城里跳舞，拆散她和舞友的亲密联系。还有老王呢？不用猜，儿子儿媳私下里早就不动声色地约谈了老王。儿子究竟跟老王说了些什么，她不知道，也不想知道了。

用心太险恶了，还是自己最亲的亲人，梅老太惊愕得一句话也说不出。

一切瞬间戛然而止，原来她和李艳、王姐并没什么两样。什么美好的爱情、什么老有所乐，其实这跟她半毛钱关系也没有，无论如何努力，她都不属于这座浪漫的城市。林美女有钱可以雇保姆，可她有什么，只有儿子一家。离开他们，自己就是大海里的一叶孤舟，随波逐流。

生命的升腾与绽放都是别人的事。

不甘心的梅老太，傍晚又悄悄来到广场。广场还是原来的广场，舞友还是原来的舞友，只是一切都与她无关了。她只想单独再见见老王，跟他做最后的告别。可当她远远地看着老王与李艳两人跳得热血沸腾、如痴如醉时，顿时心如刀绞。一曲还没看完，梅老太早已泪流满面。

第二天一早，梅老太便独自一人踏上了回团场的班车。

我是谁

一

我有一个名字叫沙沙，另一个叫西琳。

在新疆，有两个名字并不是什么奇怪事。因为这里生活着很多个民族，对于自己喜欢的人，不同民族总喜欢用自己名字的方式来称呼对方。

比如我，沙沙是母亲起的，我喜欢这个名字。我生长在塔克拉玛干沙漠边缘的团场，每当春天来临之际，漫天黄沙在风的驱动下，呈现出高低起伏的丘陵，像母亲美妙的胸部。

西琳是我最好的朋友艾尔肯给起的，这个名字让他想起了古代西域的一位公主。据他说，一对弯弯月眉、一双大眼睛的我，像极了那位美丽的公主。

这个解释我喜欢，经查证：西琳的寓意是甜蜜与梦幻。

为此，我专门阅读了著名诗人纳瓦依的名著《帕尔哈德与西琳》，才知道这首长诗阐述的是帕尔哈德与西琳的爱情故事，而书封面上的那个西琳公主正好和我长得一模一样。

其实艾尔肯也是一个帅小伙，比那个著名歌星艾尔肯还要帅。他眼睛深邃、鼻梁高挺，留着一头洒脱的长发，带着天然的弯曲。他也喜欢用一根皮筋把那些粗壮的发丝捆扎起来，令他和歌星艾尔肯看起来更加相像。艾尔肯也非常喜欢歌唱，无论到哪都背着一把吉他，他那富有磁性的歌声，常常令人陶醉。

见过我的人都说我不是汉族丫头，更像当地的维吾尔族古丽，我的长相经常令我很尴尬，每当他们用我听不懂的语言来招呼我时，我常常呆若木鸡。看着呆滞的我，他们便会打破砂锅问到底。

"你是维吾尔族还是俄罗斯族？"

"什么也不是。"

"那是哈萨克族？"

"我是汉族。"

听到这样的回答，他们总会吃惊地瞪大眼睛，接着发出一连串不可思议的感叹。

"怎么可能呢？你明明和我们的姑娘一模一样。"

我无法回答这个问题，只好回去问母亲。

"我是谁，为什么我长得像少数民族女孩？"

这个问题确实很残忍，每当我提出时，父母总是紧张地对视一眼，然后一声不响地走开了。我知道我不该再为难他们，尽管我是那样爱他们，可还是忍不住对自己的身世产生怀疑。因为我那双深陷的眼窝、高挺的鼻梁，实在与父母那两张扁平的面孔毫无相似之处。难道出生时抱错了孩子吗？要知道在我们周边生活着许多个民族。

"我是谁，从哪里来，要到哪里去？"这是一个哲学问题，喜欢哲学的我常常被这些问题所吸引，并产生无限遐想。

艾尔肯是快乐的小伙子，也是个对任何事物都非常感兴趣的人，他的脑子里总装着十万个为什么，这点我俩像极了。

"西琳，为什么你这么漂亮的姑娘会没人要呢？"

"这跟你有什么关系？"

"当然有，我可不能眼睁睁地看着我最好的朋友把青春浪费在棉花与小麦场上，它们应该在鲜花与爱情中消磨时光。"

"我的爱情还在迷宫里散步，它始终没能找到一个合适的出口。"

"那么就让我当这个出口吧，如果你愿意，我们一起在河流与草原之间游荡，在香甜的西瓜和水果中迷失自我。来吧，我已敞开无私的怀抱，我就是最好的一切。"说着，艾尔肯张开双臂。

"得了吧，你的草原带着空洞的呼吸，你的河流盛满了黑色的欲望。我可不能交给你，交给你就等于把百灵交给夜幕，把玫瑰交给了蛇。"我故意嘲笑他。

"我可爱的小仙女，你有时更像是朵带刺的玫瑰。要知道玫瑰有时也会令人恐怖，她像夜间微笑的魔鬼，爱之花随时能把人吞噬。我可不想变成一只可怜虫，与仙女相比，我更喜欢生活里的盐，它能让我的肌体永远生机勃勃充满活力。"说完，他打了个响指，吹着口哨得意地走了。

艾尔肯就是这样快活得不可思议，他从不屑于与任何女人纠缠，他总是来去如风潇洒自如。

望着他的背影，我陷入深思。

每个人都会藏着一个不为人知的秘密，我也藏着一个人，可我却不小心把他弄丢了。

很久以来，我一直在寻找我的阿里木哥哥，可他究竟在哪里？

还记得第一次见到艾尔肯时，我简直惊呆了。他有一双与阿里木哥哥一样迷人的大眼睛，还有一副与他一样的瘦高的身材。当他深情注视我时，我差点晕眩过去。那两口凹陷的深井，仿佛隐藏着无数秘密。

再见他时，我对他有一种特殊的好感。

"艾尔肯，你的眼睛真漂亮！"我痴迷地望着他，企图找到遥远的记忆。

"啊哈西琳，一看就知道你被我帅气的外表迷住了，我可是个万人迷。"艾尔肯嘴里正咀嚼着一根草，听到夸赞，他得意洋洋地朝我抛了个飞眼。

该死的家伙，脸皮真厚！别以为我对他有意思，我不过把他当成阿里木。每当他玩笑开得过火时，我的笑脸立马变得冷若冰霜。

"哎哟西琳，你看你一点也不可爱嘛，翻脸的动作比翻书还快，难怪到现在还没男人愿意娶你做老婆。"艾尔肯抽开我手里的书，嬉皮笑脸地盯着我。

"走开，你这个令人讨厌的怕老婆的男人。"

"我可不是什么怕老婆的男人，我到现在还是个快乐的单身。"

"艾尔肯，你是阿里木哥哥吗？"

"当然是。"

"可你叫艾尔肯，不叫阿里木。"

"这有什么好奇怪的呢？名字不过就是一种称呼，如果你愿意，你就叫我阿里木吧。"

这双深邃的眼睛多像阿里木啊，难道他真是阿里木哥哥？我呆呆地望着他，思念把我带入一段遥远的记忆。

二

我总忘不了十四岁的那个夏季。

那是个烈日炎炎的夏天，由于父母双双出差，我被送到居住在偏远乡村的姑姑家。

南疆的夏天，飞鸟欢唱，瓜果飘香，黏稠的空气里飘荡着瓜果的甜香。由于姑姑家距离塔克拉玛干沙漠太近，这里气候干燥、沙性土壤，这里的小白杏非常有名。轮台小白杏细腻无渣、绵甜清爽、回味悠长，咬一口便从口里甜到了心里。姑姑家虽然居住在这个小白杏盛产地，可果园里却种植着香梨树，幸好周边到处都是大大小小的杏园，阵阵微风中，杏子甜香的味道四处乱窜。

这种诱人的味道，常常令我和表哥刘流神魂颠倒。

一个静谧的午后，我们终于再也忍受不住杏子的诱惑，带着姑姑家的哈巴狗肥肥，一同潜伏在附近的果园里。

肥肥是个肥胖的家伙，原本是为了给我壮胆，可这家伙大概偷吃了太多的好东西，四条粗粗的短腿跑起来十分笨拙。

"肥肥，快点！"我不停朝它肥臀端上两脚。尽管如此，它奔跑起来还是十分吃力，圆圆的屁股甩来甩去。

多么美妙的杏子树啊，远远望去如同一丛丛绿色的大伞。

此刻，人们早已沉沉进入梦乡，只有偷吃杏子的麻雀因为得意而"叽叽喳喳"叫个不停。午后的果园再也看不到一个人影，我们终于选定一处四面透风的大杏园下手。看得出果园的主人是一位好心人，路边处竟没有任何围栏。我猜想大概有不少像我这样的馋猫，一不小心就溜进去分享果实的美味。

上树采摘我并不在行，可站岗放哨我还是很棒的。

谁知，肥肥的警惕性远远超乎我的想象，一有风吹草动，它便忍不住大喊大叫起来。结果小狗引来了大狗，大狗带来了主人。正在树上偷杏子的表哥，早已练就一身危中脱险的本领，刚听到异样响声便溜下树连滚带爬地跑了。

我吓得"哇哇"直哭，两条腿如捆上了两只沉重的铅球，怎么跑也跑不快。

此时惊天动地的狗叫声和怒吼声就在身后，越是紧张越出问题，正当我慌不择路地逃跑时，"扑通"一声，我被狠狠摔倒在地。原来，一根粗壮的树根绊倒了我。正当我准备爬起来继续奔跑时，却怎么也跑不动了，因为我的一条腿被一双手死死钳住了。

"你这个不睡觉的贼娃子，终于被我逮住了。"瘦高的男孩凶巴巴地站在我面前。

世界末日到了，我顿时恐慌得大哭起来。

"放开她！"

一个戴着花头巾的胖女人命令道，随之一把将我搂进怀里。她那一身浓浓的小麦加烧烤的馕香瞬间包围了我，我被一股暖流淹没了。如同抓住大海里的一棵救命稻草，我忍不住"哇哇"大哭了起来，哭声既可怜又委屈。

"呜呼，看我们可怜的小姑娘鼻头都哭肿了，到大妈这儿来。"

这是一个大饼子脸、慈眉善目的胖大妈。

我紧紧贴着女人温暖的胸脯，一股从未有过的暖流直击我的胸部。她让我想起了母亲的温度，母亲的身子总是瘦瘦的，尽管她非常爱我，却从没如此热烈地拥抱过我。母亲总是很矜持，她喜欢用良好的教养与我保持着一定距离。

这是什么味道？一股熟悉而又遥远的味道，一下子把我迷住了。"小姑娘，你叫什么？"胖大妈温和地给我抹眼泪。

"我叫沙沙，是来找表哥的。"不知为什么，这一刻我忘却危险，回答得竟如此机智。

"呜呼，什么难记的名字嘛。我还是叫你古丽吧，那么漂亮的小花朵。看看我们的小古丽有个怎样胆小的哥哥啊，有了危险就把妹妹给扔掉了。什么哥哥嘛，以后就让我的阿里木来做你的哥哥吧。"

"可他不让我吃杏子。"我看了一眼阿里木，他正害羞地搓着手。

"阿里木，还愣着做什么，赶快摘杏子给古丽妹妹吃！"

"我这就去。"阿里木飞快地跑了。

望着阿里木猴子般爬树的样子，我噙着泪笑了。我喜欢古丽这个名字，古丽是花的意思。在新疆，很多女孩都叫古丽，她们遍及全疆各地，有一种集体共生的力量。

很快，我便知道了胖女人叫阿娜尔罕。由于我说不清楚姑妈家的准确位置，于是我便被阿娜尔罕大妈带回了家。

走进干净宽敞的小院，我一下子就喜欢上了这个地方。

正是盛夏，高大的葡萄长廊上挂满了青涩的果实，它们饱满的身体在阳光照耀下一点点膨胀；盛开的玫瑰和夹竹桃花，肆无忌惮地张开艳丽的花瓣；黄灿灿的杏子流淌着醉人的蜜汁，圆圆的果实迫不及待向人类展示身体。最吸引我的还是桑葚树下那张硕大的雕花木床，木床上铺着一张织满花纹的暗红毛毯。小院刚浇过水，各种绿油油的蔬菜水灵灵地向外冒着，一股浓郁的肉香扑面而来。

"看啊，我今天做了什么好吃的东西？"大妈故意大声嚷嚷，生怕别人闻不到锅里的肉香。

"是抓饭，太好了！"我立即跑了过去，一时间竟忘却了那个可恨的表哥。由于香气袭人，我们几乎不用任何餐具，洗了手用手抓着便大口吃了起来。可大妈却没有吃，她一边开心地望着我俩的馋相，一边不停地给我们拿这拿那。

天还是热，吃饱喝足的我与阿里木躺在桑葚树下的木床上睡大觉。树荫下，阿里木伸出一只手偷偷摸着我的眉毛说"你长得真好看，你的眉毛像月亮，你的眼睛像黑葡萄，你愿意做我妹妹吗？"

"我才不要做什么妹妹，我要做院子里的月季花。"我得意地大笑道。

"月季花有什么意思，漂亮一时漂亮不了一世。做妹妹就不一样了，我可以天天给你摘杏子。"

"可我还是想做月季花。"

我们还想继续讨论，暖暖的阳光让我们很快一同进入梦乡。

傍晚，阿娜尔罕大妈领着我终于找到了姑姑家。原来，她们是老相识。姑姑一个劲地向大妈表示感谢，而那该死的表哥却不知藏到什么鬼地方去了。

"我没有丫头，就让古丽做我的女儿吧！"

"那太好了，以后她就又多了一个爱她的妈妈。"

临走前，大妈紧紧抱着我不放，非让我喊她阿娜（妈妈）不可。这下子好了，我不仅多了一位少数民族妈妈，还多了一个少数民族哥哥。

偷杏子的失败结局让我彻底对表哥失去了好感，从此日子过得寡淡无味，我不愿再叫他表哥，而是直呼其名刘流。我们不再结伴玩耍，这让后面的日子变得索然无味。

就在最无聊之际，阿里木哥哥牵着他的狗来看我了。一起来的还有我的阿娜（妈妈），她提着满满一篮杏子，非把我接到她家住不可。我又可以躺在树荫下的木床上睡大觉了，还没等姑姑同意，我便拉着阿里木一溜烟地跑出家门。

从此，日子过得像杏子一样甜美。

我是谁

我开心地叫着阿娜，每天牵着狗和阿里木在老杏树上上蹿下跳。阿娜就像一位真正的母亲，每天都耐心地给我梳上一头小辫子，再扣上一顶小花帽，然后穿上一条她亲手缝制的艾德莱斯绸裙。

戴上花帽，穿着裙子，阿娜顿时惊呆了。

"看呀，真是个漂亮的小古丽！谁会相信你是个汉族丫头呢？等你长大就做阿里木的洋缸子（女人）吧！"

只见阿里木的嘴角不自然地咧了一下，顿时羞红了脸，他突然用手捂着脸，一下子跑了出去。

"阿娜，啥叫洋缸子，我可不愿做阿里木喝水的缸子。"我睁大了眼睛，拼命摇头。

"哈哈，谁让你做阿里木喝水的缸子了？洋缸子就是老婆。"

"阿娜是个坏妈妈。"我也用手捂着脸跑了。

我每天扎着小辫、穿着花裙到处疯跑，因为我知道一旦回到所在的团场就得没完没了地读书，再没有这样的好日子。而阿里木则是个浪漫有趣的哥哥，他常常会把太阳花编成一只花环扣到我的头上，有时会把一堆果子变成果酱抹在我的馕上，他还喜欢采一大把野花插在我床头的玻璃瓶里。

这里的一切，让我有种从未有过的快乐。

每天除了跟阿里木牵着他的大黑狗疯跑外，我还会把阿娜做的米肠子、拉条子、烤包子等各种美食统统灌进肠胃，直到灌不下去为止。然后沐浴着阳光，与阿里木躺在树荫下睡大觉。

夜晚，当星星满天时，我们躺在木床上一起背诗。诗歌是我们共同的爱好，我喜欢背古诗，背"床前明月光，疑是地上霜……"而阿里木也背诗，他净背些我从未听过的诗，可这些诗令我沉醉和忧伤。

我的夜，

以黑暗而明亮，

而我笨重的影子，

卡在时间的缝隙里。

我是孤独黑夜的幻想，

我的眼睛是黑夜……

阿里木在双语学校上学，他的普通话好极了。有时候，我们也会躺在木床上数星星。

"一年为什么有四季？我们从哪里来，要到哪里去？"阿里木脑壳里总是装着十万个为什么。

"阿里木哥哥，为什么你总是在思考？"我好奇地问。

"如果不思考，我们就不能够明白活着的意义。"

阿里木认真起来像个老师，两只深陷的眼睛像《奥秘》里的黑洞，我常常被他的这些深奥的问题弄得不知所措。

"可明白活着的意义能干什么？它能左右我们的未来吗？"

"至少我们能明白生命的真谛，古丽，将来你会离开我和妈妈吗？"阿里木认真的时候总喜欢问这些伤感的问题。

"不会的，即使人离开心也不会离开。因为你是我的哥哥，阿娜永远都是我的妈妈。"

阿里木激动得一把抱住了我。我喜欢这样的阿里木，一种从未有过的感觉让我脸红了。

接下来的两年，每逢暑假我总会闹着去到姑姑家。可就在去姑姑家的第二天，我便迫不及待地来到阿娜家。对我来说，这就是我的另一个家，一个我想永远都留下的家。

月亮高高悬挂在半空中，微风拂面，夜虫欢叫。

"阿里木，你喜欢我吗？"

"喜欢，你是我心爱的姑娘。"

"阿里木，你希望我留下吗？"

"当然，这里就是你永远的家。只要你愿意，你什么时候回来都可以。"

阿里木紧紧握着我的手，看着我的眼睛，他突然轻声唱了起来。

你那美丽的黑眼 / 黑眼睛 / 迷住了我的心 / 我愿为你献出生命 / 黑眼睛……

"真好听，这是什么歌？"我问。

"《黑眼睛》。"

"真想一辈子都听你唱歌。"

"那我就给你唱上一辈子。"

可每次的分离也格外伤感，面对分离，我们总是束手无措。

"古丽，如果你能留下不走该有多好啊！"阿娜的眼睛湿润了。

"等你长大了，做我的妻子好不好？这样我们就可以永不分离。"阿里木羞涩地亲了一下我的额头，他那一头好看的自来卷毛茸茸地贴在我脸上。

阿里木是那样的帅气和好看，弯弯的卷发，深邃的眼睛，高高的鼻梁，我真不想离开他。

"阿里木，你一定要等着我。"

"我一定会等你。"

未来总是那么不被左右，我却再也没能见到他们。

我多想再去看看他们，可随着年龄增长，我不是被学习捆住了手脚，就是被母亲以各种借口所阻拦。

六年后，当我再去小院时，早已人去楼空。

长满鲜花的庭院被一个陌生人家所代替，而那两个曾带给我幸福和快乐的人，他们像流星般消逝不见，只有杏子的甜香仍旧飘荡在空中。

十几年了，我是那样思念阿娜和阿里木，他们到底去了哪里？

有时候，我们走着走着，一不小心就把身边最珍贵的东西弄丢了。

三

"艾尔肯，勺子怎么说？"我问他。

"萨朗。"

"哈哈，这个语法真不错，听起来像色狼，以后我就叫你色狼艾尔肯。"我憋不住坏笑起来。

"西琳，你的年龄不大，为什么脑子里总装着坏主意？"艾尔肯不客气地照我的脑壳狠狠地弹了一下。

艾尔肯是我的语言老师。别看他平时一副吊儿郎当的样子，谁能想到他竟会五六种语言，汉语、维吾尔语、哈萨克语、柯尔克孜语、塔吉克语……我真怀疑这家伙是个语言天才。

和艾尔肯在一起是件轻松愉悦的事，因为从他嘴里总能蹦出些有意思的词。

"多么美好的一天啊，我愿用鲜花和美食与你交换时间。"说着，他从背后拿着一束刚采摘的野花，接着又把一颗蜜枣塞进我嘴里。

"我可不想与你交换时间！因为你的花言巧语一文不值，只能哄骗那些没有脑子的傻女人。"我用力咀嚼着蜜枣说。

"你真是个没有情趣的姑娘，鲜花令我们愉悦，美食使我们快乐，只有痛苦才让我们陷入思考。"

"一个不会思考的人，又怎会懂得生命的真正含义？"

"真是个执着的勺子，来吧，让我们一起尽情享受人生。"

有时候我也会感到迷茫，他长得实在太帅了，坚挺的鼻梁、浓密的双眉，深陷的眼睛。他多像阿里木哥哥呀，阿里木也有一双这样迷人的大眼睛，一头浓密的卷发。只是艾尔肯笑起来，一对深深的酒窝更加迷人。

"艾尔肯，你从前是不是曾有过一个古丽妹妹？"望着他深邃的眼睛，我想从中找到答案。

"我有数不清的古丽妹妹，就是不知道你要问的是哪一个？"艾尔肯得意地飞扬着眉毛。

"你真有很多个古丽妹妹吗？"

"我可是个帅得不得了的男人，无论我走到哪儿，总会有不少大眼睛的姑娘随时向我投怀送抱。"

"就你这样的花心大萝卜，女人看上你一定是眼睛吹了沙子。"看到他得意的样子，我忍不住给他当头一棒。

艾尔肯才不在乎，继续吹牛皮。

"知道吗？我天生对女人有种杀伤力，我只需眨眨我的大眼睛，女人们就会不请自来。西琳，你也会跟她们一样吧？"艾尔肯说这话的时候，嘴里正咀嚼着一缕青草，让我闻到了草原的味道。

"见你的鬼去吧！你这个情场老手，最适合待在没人的草原上，去跟一群小母羊做伴。这样你就能管住你意乱情迷的大眼睛，不再去勾引女人。"

四

我热爱我的家乡，也热爱在这里生活的每一个民族。

这里有一条古老的河流叫孔雀河，我是一个从小听着"哗啦啦"的河水声长大的姑娘。

这条河到底已经有多少年，没人认真考证过。而孔雀河这个美妙的词汇却总令我产生浮想联翩，仿佛让我看到了孔雀开屏的诗情画意。

这是一条蜿蜒的河。阳光下，河水碧波荡漾、波光粼粼。

河岸两边到处是绿意葱葱的果园和农田，不同的农作物，为这片地域带来了经济的繁荣与发展。望着河水微微泛起的银光，我猜想多年前，不知会有多少只美丽的孔雀沿着河边悠然散步呢。每当我想到孔雀与河的故事时，就对这条河更加热爱。

可就在我 25 岁那年，便受到了意外的打击。

当我极力地向内地同学推荐这条河流时，一位喜欢害红眼病的同学竟指出：孔雀河的河名根本与孔雀无关，而是来源于女人们洗皮子时发出的"吼切""吼切"的声音。这种说法令我大跌眼镜，所有美好的遐想顿时变成了一堆不切实际的妄想。

我仍有些不甘，当我沿着河流寻找证据时，我看到了那些与我一样高鼻子、大眼睛的美丽姑娘，当我又幻想能挖出更多的美丽传说时，结果我没能找到任何有关孔雀河的只字片语。反而让我看见了河两岸生长着比天上云朵还要多的棉花，还有甘甜的香梨。特别是当河水把我养育得亭亭玉立、婀娜多姿时，我便忘了那些不堪的解释，继续一往情深地热爱它。

它是值得我爱的，对我来说它是一条母亲河。

多年来，它喂养着两岸汉族、维吾尔族、蒙古族、回族等多个民族，两岸大片的农田是他们生活的起源。这里种植着大片的棉花，每当秋季来临时，它们如天上无数的云朵落入凡间。与此同时，河流上空会飘荡着香梨的味道，这是一种芳香的水果，闻名全国。据说 20 世纪 80 年代，某外国政要来中国访问时，无意间品尝到库尔勒香梨，这个尝遍无数水果的女王大为震惊，没想到在遥远的中国，在一片茫茫沙漠之中，竟生长着如此醇香甜美的水果。于是，她忍不住连声赞叹，并称之为"果中王子"。从此它的名气传播海内外，每到香梨成熟的季节，四面八方的客商前来收购。

这条河没有丝毫被工业污染的痕迹，人们安然用它喂养各种牲畜。

对于生活在孔雀河两岸的人们来说，秋季也是个令人喜悦的季节。女人们弯下腰把棉花拾进袋中，孩子们则爬上树梢把一颗颗成熟的香梨装进篮中，男人们则赶着毛驴把一车车丰收的果实分别送进加工厂及水果收购站。

"新疆的棉花绒最长、新疆瓜果香又甜、新疆的姑娘最漂亮。" 这是客商们最客观的评价。

于是，用不了多久他们便把棉花拉运回去变成钱，再把钱变成棉花；把香梨变成货款，再用货款购买香梨。如此周而复始的良性循环，让商人和勤劳的人们腰包里同时装满了鼓鼓的钱。

艾尔肯就是在初秋时节来到工厂的。

那时的他，穿着一件花格子衬衫，头戴一顶西部牛仔帽，背着一堆不知名的乐器，带着一群人走向加工厂。当我从办公室的窗口远远望见他们时，还以为这里要举办一场盛大的晚会。

我所在的工厂是当地最大的加工厂，不仅加工棉花，还加工水稻、小麦、玉米、食用油……是一家名副其实的加工厂。

当肥胖的卡哈厂长看到艾尔肯与他的同伴时，高兴得眼睛眯成了一条缝。因为激动，他那皮球般滚圆的身体不断在我与艾尔肯之间滚来滚去。太多的脂肪已把他的肚皮快撑爆了，以至于他衣角总肆无忌惮地敞开着。

"啊哈，一大早喜鹊就在头上叫喳喳。喜鹊叫喜事到，果真厂里就迎来了贵客。今天可是个好日子，厂里一下子来了这么多季节工，这下好了，场上又能收棉花了，机器又能转动起来，大家这下又有钱赚了。"卡哈厂长毫不掩饰地把眼睛笑成了两弯小月牙，咧开的嘴里露出两颗大门牙。

卡哈是本地最有钱的老板，他不仅是个狡猾的商人，还是经营管理的高手。

最令我佩服的是他把马克思的政治经济学运用得炉火纯青，他常对工人们说：人类劳动是价值创造的唯一源泉，只有劳动才能创造财富。于是他成功了，他把加工厂经营得红红火火。加工棉花的时候，棉籽可以榨油，废料可以做酱油，酱油渣还可以卖钱，这是他的经营哲学。

很快卡哈创造的财富在他的腰部充分体现出来，那些腰上的脂肪如同年轮，一年年地增长着，以至于把他的腰变成了一口缸。

我作为工厂的办公室主任，负责招工工作。尽管我把这里的工资待遇吹得天花乱坠，可在这个用工荒的季节，还是没能招到几个人。

艾尔肯就是这时候来到厂里的，足足带了一百多号人。把危难中的卡哈感动得一塌糊涂，要知道这个季节找临时工，跟寻找汗血宝马一样困难。

大概出于感动，卡哈慷慨大方地租了二十多间房子，为艾尔肯和他想赚钱的同伴们安排了住宿，并把每人每月的工资还提高了 200 元，这让我对卡哈开始刮目相看。私下里，卡哈却向我吐露了真情。

"妈的，这年头的季时工都快赶上祖奶奶了，比稻田里三条腿的蛤蟆还难找。摘香梨需要人，拾棉花需要人，到处都缺人手。这下好了，上天把艾尔肯给我送来了，好家伙，这些人个个都是干活的好手，有一半还是在棉花加工厂干过好几年的老技工。看来，今年厂子又可以好好大赚一笔了。"

卡哈一说话就离不开钱，让我对他不得不鄙夷起来。

"卡哈厂长，您可真是了不起的企业家啊！不管什么样的工厂，到了您手中一定能起死回生。这下猫可算逮到硕鼠了，工厂一赚钱，您又能去市里当劳模了。"我不失时机地恭维他。

可精明的他，还是听出了弦外之音。

"沙沙，话别说得那么难听，就好像我是从前的巴依。没有资本再积累，哪来这么多的就业机会？你的工资和奖金，哪一分钱不是企业创造的利润？"每逢听我讲真话时，卡哈变脸的速度简直比翻书还快。他脸色一变，我立马就在他眼前消失得无踪无影。

远远地，我便看到了艾尔肯。

此刻，他正扎到人堆里眉飞色舞地讲笑话。而那些干活的男人和女人，个个被他逗得笑得前仰后合。用各族语言讲笑话是艾尔肯的拿手好戏，一会儿汉语，一会儿维吾尔语，一会儿哈萨克语，各种不同的语言在他嘴里如同行云流水。不仅如此，他还是个擅长调解矛盾的好手，哈萨克族工人不高兴时他去做思想工作，维吾尔族工人闹情绪时他也做思想工作。他成了个专拿工资不干活的协管员，就连卡哈也对他佩服得五体投地。

我常怀疑卡哈这次之所以出手能如此阔绰大方，一定是艾尔肯给他灌了迷魂汤。不久，我便发现这个多民族聚集的工厂，离开艾尔肯还真不行。有好几次，两个不同民族的人因为语言不通卡了壳，眼看就要动起手来。谁知艾尔肯三言两语便让那些举起的拳头纷纷落下，最后他们还成了勾肩搭背的好兄弟。

艾尔肯极其热爱音乐，每天嘴上都能飞出各种不知名的小曲。不仅如此，他的兄弟们也个个酷爱音乐。有几个开叉车的哥们儿，直接把每个叉车上都装上了小音箱。别看音箱不大，可播放出来的声音像高音喇叭一样响亮，整个厂区都回荡着欢快的舞曲。不知道的还以为这里在举办一场舞会；走近才发现，他们又着硕大的棉花包，正欢快地上下忙个不停。

每当彩霞满天的时候，这些季节工会自发组织一场舞会。

与其说舞会，不如说是随心所欲的民族舞。因为他们弹琴跳舞的地方就在宿舍前的那片空地，酒足饭饱后的艾尔肯，会与几个哥们儿轮流弹唱。当音响里的舞曲响起后，不同民族的人们纷纷走出房间，两两相对，随音乐翩翩起舞。别看他们只是随兴而舞，可个个跳得洒脱自如，翻腕、耸肩、撩眉、揉腰，远比电视里那些专业艺术家的舞蹈更好看、更带劲。

我也不由融入其中，可我只能像个傻子般似的混在里面不知所措。

不过我也有自己的长处，我很有语言天分，没过多久我就能操着半生半熟的民族语言和他们交流对话了。语言的相通，让我成为他们的好帮手，他们不再叫我沙沙，而是亲切地称我为"西琳"。

从此，一起吃饭时，他们总会慷慨地将馕、烤包子、葡萄、香梨，不断往我嘴里塞，这让我在浓浓的民族情谊中尽情享受各种美味。

五

新疆的秋天，正是最诱人的季节。

十月的阳光，像毛茸茸的羊毛披上身上暖洋洋的。当所有的果实晶莹饱满地悬挂在枝头上时，空气里满是诱人的果香。

我常常被各种水果诱惑得直流口水，而艾尔肯总会不失时机地满足我胃里的各种需求，在他的强大攻势下，我对他产生了更多的好感。每天下午五点是我最闲的时候，这时艾尔肯总会不失时机地偷偷溜进来，教我各种我想学的语言。

这是一段美好时光，在狭小和没人打扰的空间里，我总拿各种稀奇古怪的问题刁难他，同时又品味着各种他带来的水果。

"艾尔肯，你准备找几个老婆？"

"我家里已经有一堆漂亮老婆。"艾尔肯开心地回答。

"她们每晚打起架来是否像一群圣斗士一样英勇无比？"我讽刺道。

"才不呢，她们好得像姐妹，把我伺候得像王一样。"

"鬼才信，姑娘见了你就像羊见了狼一样，谁会争着往前凑呢？"我开心地笑起来。

"话可不能这么说，她们见了我会像发现宝藏一样死死黏住我。如果你愿意，也能成为她们中的一个。"

"算了吧，与其跟花心的人吃抓饭，不如跟真心的人背石头。"

"那么就让你背着石头过一辈子吧！看你能背多久？"艾尔肯随即捧腹大笑起来。

已经学了整整一个小时，我还揪住艾尔肯不放。可他却失去了所有的耐心，变得有些浮躁起来。他急匆匆把一个无花果塞进我嘴里，便想逃之夭夭。

"听我说艾尔肯，你的水果打开了我的智慧，你的对话勾起了我的遐想，我们学习的时间可以无限延长。"看出他逃跑的意图，我便死死地缠住他。

"太阳变成大火炉了，我的眼皮子已经烤得睁不开了。别再缠着我，我要睡觉了。"他一边收起教科书，一边抽身要溜。

"艾尔肯，你先别着急离开，我还想给你讲上一件有趣的事情。"

我知道单位最近新来了一位叫茹仙的漂亮女子，据说是艾尔肯的伊犁老乡，没事总缠着他。我必须紧紧揪住他不放，免得他没事就去找她。

"你别再来烦我了，你这个脑袋瓜子装满了骗人的谎言，我要立刻离开你去好好睡上一大觉。"艾尔肯显然已经很不耐烦，他像老鹰叼小鸡般把我揪到了门外。

"这里需要人吗？我想找工作。"

正当我与艾尔肯纠缠不休时，一个长头发的脑袋突然伸了过来。

"你找谁？"我不高兴地问。

"我要找工作。"

来人衣着邋遢，头发像一丛乱蓬蓬的草窝，长长的胡子至少有一个月没打理，这种奇葩的装束吓了我和艾尔肯一跳。

见我俩都不出声，他迅速地看了一眼艾尔肯，突然用我听不懂的语言快速与艾尔肯交谈起来。从一张胡子拉碴的脸上，我实在辨别不出他是什么民族，可看得出他似乎混得不怎样。

经过短暂的交流，来人很快打动了艾尔肯。

艾尔肯的态度明显热情起来，他一贯对他本民族的人们既有同情心、又有爱心。不管认识不认识，他都一腔热血。尤其遇到那些有困难的同胞，他更是两肋插刀拔刀相助。

我很好奇艾尔肯为什么会对一个陌生人也如此坦诚，或许他和这片土地上众多的人们一样，他们内心善良，真诚朴实，无论认识不认识，只要遇见，他们都会坦诚以待。

原来，男人叫别克，想在这里找份工作。

我脑子正转着怪念头时，这个叫别克的男人突然操着流利的普通话对我说："我想找份工作，我上过大学，从前一直在棉花加工厂工作，做过很多年管理工作。"

这家伙的普通话竟然讲得比我还标准，令我和艾尔肯同时大吃一惊。

"你有这么高的学历，为什么要在这里找工作？"我问。

"我走在大街上，人行道上有一个黑洞，我掉了下去，无尽的黑暗淹没了我的视线，我迷失了……"别克的眼睛突然迷茫地望着窗外。

我和艾尔肯都愣了一下，真像是一首诗啊！这家伙真是个怪人，可看得出他非常有文化，他的汉语说得竟比艾尔肯还要流利，这使我确信他的确上过大学。

"可我们这里不缺管理人员，我们缺的是卖力气的操作工。"

我担心这家伙被工厂外面那些富丽堂皇的装修给迷住了，把这里当成什么大公司了。于是，我不得不给他泼冷水，免得他冒出什么不切实际的念头来。

"我懂设备，会修机器。只要把我留下，不管干什么都行，"别克急切地表白着。

"那就没问题了，只要你好手好脚能干活，这里的食物保证把你喂得像匹汗血宝马一样结实健壮。"艾尔肯笑起来似一束阳光，一下子就把别克的世界照亮了。

"真的吗？如果那样就太好了。"别克的眼睛充满了渴望。

"可我们这里不提供住宿，这里没有职工宿舍。"我不得不遗憾地告诉他。

"那没问题，他是我的同胞，吃住可以和我们在一起，不过是多张床而已。"慷慨大方一向是艾尔肯的个性，也是他得到众多工人拥戴的原因之一。

当我要求登记他的身份证时，他竟非常意外地愣了一下，接着他用轻快的语气告诉我："路上游手好闲的人太多了，该死的小偷不仅偷走了我的钱包，还偷走了我身份证。不过你放心，用不了多久我就会把身份证的复印件发过来的。"

　　我满脸的不高兴，这里又不是避难所，看不见身份证我无法登记。可还没等我拒绝，艾尔肯已经拉着他去解决住的地方和肚子问题了。

　　再见到艾尔肯，我说别克跟他一样都是个勺子，连自己的身份证都看不住，并对他的披肩长发嘲笑不已。而艾尔肯却快乐地称他为诗人，夸他是借着风力飘泊的蒲公英，并对他四处飘泊的丰富经历羡慕不已。

　　我对蒲公英素来并无好感，一想到生产期结束艾尔肯也要离开我时，我便对这种四处飘泊的生活极为反感。于是我把这些反感用在了别克身上，用"流浪汉""风中云朵"等极为刻薄的词汇讽刺别克。而艾尔肯却毫不理会，反而夸别克是个哲学家，并挖苦我不够善良，是个缺少爱心的刻薄人。

　　艾尔肯对别克的赞扬并没让我释怀，我很快将别克没有身份证的事情汇报给卡哈厂长。我本以为卡哈这次会好好表扬我，谁知这次他竟一反常态地拉下脸狠狠训了我一顿。

　　"你脑子是不是坏掉了？等秋天过去连兔子都躲进洞子里不出来了，更别说是人。你长点心眼好不好，现在招个人有多难，只要好腿好脚能干活就行，你还管他有没有身份证！"

　　"可没有身份证怎么买保险？万一出了问题怎么办？"我不高兴他关键时刻总是违反原则。

　　"你哪只眼睛看见他会出问题？一张小纸片片算什么，你没看见他还会修机器吗？只要能干活比什么都强。你再胡搅蛮缠，我让你下车间干活去！"

　　一听让我下车间，我立即飞也似的逃跑了。

　　别看卡哈平时看起来很和蔼，但他生起气来眼睛里有一种凶狠的光，像一只随时会扑向小动物的狼。我可不想下车间，去守着一堆铁疙瘩把腰累弯。

　　人真是个很奇怪的动物，当你变为麦粒时，他就变成了麻雀；当你成为羊时，他又变成了狼。

　　离开凶巴巴的卡哈，我又快活起来。

　　我喜欢躲在棉花垛里打发时光，这是属于我的乐趣。我常常找到一堆被阳光普照的棉花垛，爬到垛顶挖上一个坑，然后把身体全部埋进去，只露出脑袋和两只手。这样，我既能充分享受阳光的沐浴，又不被人发现我在偷懒。这时的我，可以放心大胆地捧着我钟爱的小说，一页页地翻下去。

　　躲在里面，除了卡哈外，没人关注我是否在认真工作。而且只要听到卡哈那狼一般的嚎叫，我会以最快的速度从棉花堆上俯冲下来，告诉他我在检查那些录用的员工是否在认真工作。这是个非常不错的谎言，竟然蒙骗了精明的卡哈无数次。

我喜欢躲在高高的棉花堆里，四处张望。天空很晴朗，农人很繁忙。蓝天白云下，各种作物正大面积地占领戈壁荒滩。家乡越来越美丽，一望无际的绿洲沿着天际线伸向无限的远方。马路上的车辆川流不息，更多的人从四面八方来寻找商机和发展机遇。

我还有个特殊的爱好，就是偷偷躲在棉花垛观察人。

于是，我发现了一些不为人知的小秘密。譬如卡哈，他看起来十分喜欢艾尔肯，可当艾尔肯利用工作时间与姑娘们打情骂俏时，他的脸色就会变得像自己老婆偷人一样的难看。由此我便得出结论：人是一种极为虚伪的动物，表面一套背后一套，人前与人后两张皮。

突然，别克出现了，他一个人仰望天空自言自语道："为什么每个人都会停留在孤独的脆弱里，却又不知所措？为什么人们不断迷失自己，却又自以为活得非常清醒。"

这是在说给我听吗？我很快否定了，因为他根本没有看到我。听到这些复杂的问题我忍不住笑出声来，也许我尖细的声音太刺耳，把别克吓了一大跳。他匆匆朝着我看了一眼，接着迅速逃离开我的视线。

他是诗人吗？他究竟来自哪里？我对别克充满了好奇。

与我相比，也许别克更像是真正的作家。在他面前我常常感到很惭愧，这些年我都写了些什么？除了替卡哈写一堆骗人的鬼话外，大多时间我都用文字来颂扬美丽的大自然以及和谐的人类，没写任何有价值的作品。每逢雨天，我也会伤感地抒发一下对阿里木哥哥的思念。

我是一个爱幻想的姑娘，一直幻想着有一天能成为真正的作家，能乘着火车去北京和著名的文学大咖们交流；我还渴望能独自去云南看花海，或去西双版纳看看原始大森林。总之，只要离开塔克拉玛干大沙漠，去哪儿旅行都行。其实，没人能懂我的梦想，就连艾尔肯也为此嘲笑我。

每个人都有梦想，不知别克是否也想成为诗人？我真想好好坐下来和他聊聊文学，可令我难过的是现代人几乎很少读诗了，人们情愿把大把时间都浪费在喝酒上。

别克到底是个什么样的人呢?

六

生存法则:物竞天择,适者生存。

这是我的观点,在这个竞争的时代,存活于世,每个人都该做好当下的事,无论喜欢与否。没事时,我喜欢背着手学卡哈的样子在车间转来转去,以便更好地了解我招来的每个季节工的工作情况。

看到我,别克故意装着不认识的样子。

一见我盯着他,别克就立即低下头卖劲干活。他干活的样子既利索又洒脱,可我总觉得这家伙有点心虚,一个本科生竟然甘当普通操作工,一定有什么不可告人的秘密。不过,不得不承认,他确实把什么活都干得很漂亮。不仅会操作,修起机器比这里的工程师还厉害,没人能比得上他。

这让卡哈厂长心花怒放,听说卡哈还准备提拔他当技术员。由于他出类拔萃的修理技术,设备极少再出故障。现在的车间,机器每天转得"呼呼"直响,一车车棉花包已经运往全国各地。

卡哈也因为近期棉花价格持续走高,银行的存款又多了好几位数。一赚钱,他的脸就成了一朵绽放的太阳花,见谁都笑。这时他会显得很大方,不但给食堂加餐,还没完没了地请有用的人到酒店里大吃大喝。

卡哈只要一开心,见了我就会挤着小眼睛吹牛皮。

"沙沙,别看我眼睛小,却是一双识人的慧眼。我就是一伯乐,千里马打我眼皮子下经过,我只需瞟一眼就能认出。别克就是一匹汗血宝马,有时间你可得好好跟我学两手。"

一见他吹牛皮大言不惭的样子,我身上立即就起了一层鸡皮疙瘩,于是我就故意让他不痛快。

"一匹马的好坏要拉到赛场上跑一跑才知道,一个人的好坏得在人群里打听一下才知道。马在柔软的草地上最容易栽跟头,人在甜言蜜语里最容易被蒙蔽双眼。"

果然,卡哈还没听完,便沉着脸一声不响地走了。

看得出大家都喜欢上了别克,唯有我疑心重重。哪儿不对劲我说不清,我总觉得这家伙非常怪异，总会莫名其妙把你带向死胡同。

"你从哪里来？"我问。

"每个生命都是一个轮回的过程，我们注定要在轮回中跋涉。"他回答。

"你有老婆吗？"我问。

"每个人的爱情都值得被尊重。真正的爱情就像荒原上原始的花朵，它开放的地面越贫瘠，越令人赏心悦目。"他回答。

"你结婚了吗？"我问。

"婚姻是爱情的坟墓，婚后则是两个人一同扫墓。"他回答。

这家伙真是个另类，他故意不好好回答我的问题。我一生气就扯出他身份证的事，这时候，他会立即变得很清醒，他的回答更像一个哲人。

"我是谁，我来自哪里，为什么人的生命要和一张纸片片纠缠不清？"

"为什么你会选择来这里？"我又问。

"瓜果成熟的季节，我闻到了一股熟悉的味道，我看到心爱的姑娘站在孔雀河边向我招手。"

"你在这里开心吗？"

"我是一枝燃烧的麦穗，即使在天堂里也会痛苦地燃烧。"

他把我搞晕了，于是我猜想，这家伙确实和其他人不一样。于是我便去找艾尔肯，和他谈谈别克。

"艾尔肯，你有没有发现别克和我们不一样？"

结果，艾尔肯令我很失望，他对别克的来历丝毫不感兴趣。

"西琳，你不要总戴着有色眼镜看人，别克是个很有思想的哲学家。"

"可他的思想已经超出了现实，是诗中的现实，你不觉得很奇怪吗？"我还是不甘心。

"每个人都有秘密，只是没有诉说的天空。也许他只是不愿告诉你，但他会向风诉说，向季节诉说。"

"难道现实不比诗歌更伟大？生活远比哲学更完美。"

"孤独是最好的避风港，没有人愿意把内心最脆弱的一面暴露在阳光之下。"

"那么你呢？艾尔肯，你怎么看我？"

"你是我心中带刺的玫瑰，我把你每一片花瓣都写在我身体的日记里，它们

随时抚摸我动荡不安的心。"说着，艾尔肯为他虚伪的表白没心没肺地笑了起来

"艾尔肯，你真的在意过我吗？"我心里很乱，每一种情绪都左右着我的判断力。

"哈哈哈，我在给你开玩笑呢。西琳，你紧张的样子既可笑又可怜，像只愤怒的小鸟，我可不敢再招惹你。"说完，他朝我打了个很响的响指，吹着口哨溜了。

人真是一个奇怪的动物，越是神秘越让人好奇。我简直成了克格勃，逢人就打听别克。

知道我还在查别克，卡哈气得直朝我翻眼皮子。接着，他拿出厂长的架势狠狠教训我。

"吃饱撑得了，不就是一张纸片片嘛。"

"可这年头哪有人出门不带身份证的？"

"你到底想要干什么？敢把我的人才吓跑，信不信明天我就让你下车间！"

我一听吓得屁滚尿流，马上逃跑了。

我还是喜欢盯着别克，真是个奇怪的人啊！还不到两个星期，他已经完全变了个人。刚来的时候还像一个流浪汉，转眼间已变成了车间最帅气的男人，甚至比艾尔肯还要好看。

他那头乱蓬蓬的长发早已剪短了许多，一件时尚的蓝色格子衬衫，一条蓝色的牛仔裤，再加上他那棱角分明的五官，猛一看竟有点像贝克汉姆。他那宽宽的肩胛让他走起路来潇洒自如，他那洒脱的舞姿更令人着迷。他不仅在很短的时间令我刮目相看，同时也让很多人都喜欢上了他，有好几个女人已经毫无抗拒地迷上了他。

别克身上有种我熟悉的东西，到底是什么呢？我说不清楚。

七

这段时间，艾尔肯的葡萄一下子多了很多。

不能否认，艾尔肯是个充满魅力的男子。他的魅力不仅来自他那帅气的外表，还源于他洒脱自如的个性和艺术才华。我发现这里的女人也好色，她们常常对长得好看的艾尔肯笑得花枝乱颤，并且不断地塞给他葡萄。看着他一副得意忘

形的样子，我甚至怀疑他对那些女人有意思。

嘴里嚼着葡萄，大概让艾尔肯回忆起女人们的美好。

"我有好多女人你知道吗？"

"真的吗？"

"你也可以成为我的女人。"

我知道他迄今为止还没有一个老婆，望着他深情的眼睛，我又想起了阿里木。

"你是我的阿里木哥哥吗？"

"真是个勺子，干吗总揪着无聊的问题不放？那些问题会让你变得像个傻子一样。"

他用力地把一粒葡萄扔进自己嘴里，然后咬碎。接着又找出一颗更大的葡萄塞住了我的嘴，果然就避开了这个令人不开心的话题。

"我们还是去找些更有意思的事做吧，晚上一起出去疯狂下怎样？"艾尔肯就是这么简单快乐的人，他从不被无聊的事情所牵绊。

"太好了，在什么地方？"

"一个你意想不到的地方。"艾尔肯用力打了一个响指。

他果然说到做到，天刚擦黑他便把我带到市里一个喧哗的闹市。

原来是一家地下舞厅，舞厅极具民族特色。刚走到门口，就听到乐曲声、笑声震耳欲聋，前来跳舞的人们个个打扮得光鲜亮丽。男人们穿上了花里胡哨的衣服，时尚而又帅气；女人们身着长裙，包裹着丰满胸部，显得高挑而又风情。霓虹灯下，人们不再彬彬有礼地微笑，而是把最真实的喜怒哀乐裸露脸上。

既然是舞厅，就离不开舞曲。

欢快的舞曲，几乎把窗户震碎。人们尽情跳舞，开心而又快乐。

此时，我的心情是复杂的，毕竟头一次来这样的场所，里面全都是少数民族人。和艾尔肯在一起，我怕遇到熟人，更怕引起误会，尽管这里没人认识我，可我依然心怀鬼胎。为了掩饰我的心虚，我刻意将头发烫成无数个小卷，羊羔毛似的披在肩上；我把眉毛描成两只飞鸟，眼睛画成了深深的黑洞。没人能认出我是谁，是什么民族？

艾尔肯很亲热地用手搂着我的腰，像搂抱一个黏熟已久的情人。对于他的亲密举动，我却没有反感，甚至有种说不出的渴望和刺激。许多人都在看我俩，从他们的眼神里不难看出，我们是一对极为出众的俊男靓女。

可没过多久，我便为自己的出现感到后悔。

原来，这里竟有许多艾尔肯的老相识。见到他，他们亲热地喷着酒气甩着响指。他们饶有兴趣地盯着我的脸，像哥伦布发现新大陆。接着他们跟艾尔肯开着我听不懂的玩笑，口气充满了暧昧。

我一向很低调，此刻更不愿成为这里的焦点。

我心虚地用半生不熟的民族语言应付着，随后便把嘴死死闭紧。而艾尔肯则很得意地向别人炫耀我是他的新女朋友，为了证实这一点，他还故作亲热地用力搂紧我的肩。

音乐很响，每个人都在震耳欲聋的乐声中尽情放纵自己。艾尔肯则和朋友们大口喝啤酒、大声说着粗话。

富有节奏的舞曲再次响起，人们纷纷跳了起来。艾尔肯也拉着我一起对跳，只是他跳舞跳得帅极了，简直就是这里最棒的舞星。跳到兴奋时他会潇洒地一扬头，给我来个飞眼，让我沉醉其中乐此不疲。

与他相比，我却成了一只可笑的丑小鸭。

我也很喜欢各种民族舞，尽管闲暇时我也常和工人们一起跳，然而我的水平就连中等都算不上。可艾尔肯并不介意，一曲又一曲地拉着我。当我与他彼此回眸时，我发现他那好看的大眼睛正含情脉脉地望着我，看得我心慌意乱。真是个迷人的男人啊，我的心"怦怦怦"地跳起来。

我一犯迷糊，艾尔肯就更加放肆。

当他带我旋转时，我感到了他紧贴着我的身体和一阵滚烫的热浪。他突然把脸贴近我说："西琳，你是清晨带露的玫瑰，你把我迷住了，我真想和你一直这样跳下去。"

我没有来得及陶醉，突然一把被人强行分开了。

一个嘴唇猩红、粘着长长假睫毛的女子一把搂住了他，接着一双手蛇一般缠住了艾尔肯。女子眼睛并不大，可一头长发、身材丰满的她，却有一种野性的美。一上来，她就抱住他朝他脸上狠狠亲了一口，我顿时呆住了。

"来吧，认识一下，这是我的好友茹仙。"艾尔肯很随意地拍了拍她的肩。

不知为什么，我心里竟然酸溜溜的。

难道艾尔肯刚才的表白全是假的？我有些伤心，喝了酒的男人情欲总是张开的。回到座位上，我用力喝了一大口酒，这种浓烈的伊犁特白酒，一下子把我呛住了。此刻，他俩就坐在我对面，看到我狼狈不堪的样子，毫不掩饰地大笑起来。

看来茹仙并不想走，而是紧挨着艾尔肯坐了下来。看见茹仙丰满的胸部紧贴着艾尔肯，我真想一把把她推开。然而，当茹仙那瀑布般的长发恰到好处地垂到艾尔肯胸前时，艾尔肯却蛇一般地躲开了。

见他躲闪，茹仙并不妥协，而是频频给他灌酒。

我的心情一下子坏掉了，仿佛心爱之物被他人夺走一般。这是怎么了？我生气地给自己狠狠倒上一杯白酒。

音乐还在响，艾尔肯却和茹仙同时消失不见。

灯光骤熄，四周一片黑暗。跳舞的人们纷纷回到座位，大厅在我身后寂静下来。"嗵"的一声巨响，烟雾弥漫，舞台蓦然灯光闪烁。

"有请艾尔肯乐队闪亮登场。"主持人高声宣布道。

掌声、口哨声，尖叫声瞬间淹没了激动的人群。

吉他手、鼓手、琴手、伴舞……我愣住了，竟是艾尔肯和他的朋友们。艾尔肯帅气地朝着我打了个响指，接着一个飞吻。这是我再熟悉不过的动作，他是在意我的，我的眼睛有些湿润。音乐响起，一阵低沉、沙哑的歌声在舞厅深情回荡。

可爱的一朵玫瑰花 赛地玛丽亚

可爱的一朵玫瑰花 赛地玛丽亚

那天我在山上打猎骑着马

正当你在山下歌唱 婉转如云霄

你的歌声迷了我

我从山上滚下 依呀呀

你的歌声好像玫瑰花……

歌声低缓深沉，我被迷住了。

多么熟悉的歌声啊，那曾是阿里木哥哥送给我的歌。他就是阿里木！此刻，台上的歌声并没有停止，而是一首接一首地唱下去，时而如草原烈马奔腾，时而如夜间玫瑰盛开，时而又如情人深情诉说，《可爱的姑娘》《黑眼睛》……我听醉了。

当听到茹仙与艾尔肯深情对唱时，心里不由泛起一种妒忌与难受。我狠狠为自己斟满一杯酒，一口便喝了下去。不知何时，我已醉得不成样子，而艾尔肯正微笑地盯着我。

"你是阿里木哥哥吗？"我问艾尔肯。

"是，当然是，也是你的艾尔肯哥哥。"他扶着我，用手温柔地抚摸着我的长发。

"你说过等我长大要娶我做妻子的……"

"是，我一定会娶你的。"他一把抱住我。

第二天，酒醒了，我却什么也记不起来。

这是个美好的清晨，凉风习习，微风拂面。艾尔肯一见我，老远就热情地和我打招呼。

"你好，西琳。"

"你好，艾尔肯。"

"昨天你醉酒的样子可爱极了，我真想把它们都录下来。"他望着我忍不住笑出声来。

"是吗？有那么可笑吗？我却什么也不记得了。"我的脸上冷冷的，想立即拔腿就走。

"哈哈，看来你真的什么都忘了，我有必要帮助你回忆一下。你昨天主动向我投怀送抱，还要做我的妻子……"他果然不肯放过我。

"你这个爱占女人便宜的坏家伙，快离我远点。"我终于想起了昨晚的窘态，不由尴尬起来。

"你怎么了西琳，翻脸跟翻书一样快。"

"你这个大骗子，明明是歌手，为什么不告诉我？为什么还要到这里混日子。"我故意岔开话题。

"我骗你了吗？我在这里可以帮助更多的民族兄弟找到工作不好吗？我可不是什么大骗子，我觉得我现在做的事比当歌手更有意义呢。"

"狡猾的狐狸不可交，好色的男人不能撩。"

"你在说我吗？你说我是狐狸？"

有时在艾尔肯面前说汉语也是一件危险的事，因为只要你说他的坏话，不管你说什么他都能听懂。就为这个，他差点和卡哈厂长打一架。因为卡哈老说他是一只该死的扎巴依（酒鬼）。

"再狡猾的狐狸，也难逃捕兽夹。你是歌手为什么连我也要隐瞒？"我终于成功地将昨晚喝醉的话题岔开，他可真是又简单又好哄。

"你又不是我老婆，干吗什么都让你知道啊！你不知道的事情还多着呢。我唱歌还得过不少奖呢，这些事我只告诉我未来的妻子。不过如果你愿意，我也可以告诉你。"艾尔肯脸上的一对酒窝笑起来更加迷人，说着他借故拉着我的手。

"做白日梦吧，我可不稀罕你这个花心大萝卜，会唱歌的百灵往往靠不住，甜言蜜语往往只会让人掉进陷阱里。"我想趁机把手抽回来，可抽了半天没抽回来。

"那你喜欢谁，阿里木还是企鹅般肥胖的卡哈厂长？不过我看你最好还是对卡哈死心吧，别看他钱多得能堆成山，人家可是有老婆的人。再说他身子重得像石头，当心把你压成肉饼。"

"你胡说什么！我怎么可能喜欢他？"

"哈哈哈，我在跟你开玩笑呢。西琳，你生气的样子很可爱。说实话你跟我们的女人长得一模一样，如果你愿意，我可以把你娶回家去，和我的一堆老婆一起做姐妹。"

"贪婪的隼，往往容易失去爪子。我可不想做你老婆，你这个花心大萝卜。"

"宝石布满大地，可不动手就到不了怀里。"

"苍蝇总贪甜食，最终会死在蜜里。"说完，我拿起书挡住眼睛。

"你喜欢我！西琳。你不敢看我的眼睛，说明你心里藏着秘密。要知道你看书的样子特别迷人，我喜欢看书的女人。"他歪斜地躺在我眼前，故意盯着我看。

与他四目相对，我顿时心跳加速。也许他说中了我的心事，不知从何时起，他已令我心神不安。

"老鼠的目光不要总是盯在麦粒上。"我垂下眼睑不再理他。

见我不理，他吹着很响亮的口哨走了。

八

节日到了，卡哈厂长大方地给全厂人放两天假。

这可真是个好消息，为了这次放假，卡哈提前进行了总动员。工人们在他的激励下，加班加点直至把场上的棉花加工得所剩下无几，零星的小棉堆在阳光下显得空空荡荡。

今天是个好日子，艾尔肯邀请许多人到他朋友家去做客，我也是被邀请其中之一。

为了体面地去做客，大家都换上了漂亮的衣裳，艾尔肯与别克换洗干净后显得更精神了。我终于又看了茹仙，她远远地挎着艾尔肯的胳膊，像是一对情侣。这令我很不自在，我忙把眼睛放在了别处。

卡哈厂长也来了，也许昨晚被人灌了酒的缘故，他的一张大胖圆脸在阳光下红光满面、油光发亮。

"肥仔，快叫哥哥姐姐好。"卡哈一把从身后拽出了一个大胖小子。

一个滚圆的脑袋突然从卡哈的胳肘窝里冒了出来，吓了我一跳。果真是肥仔，吓得我忙后退几步。

果然，这小子一见我，就很得意地塞给了我一个节日礼物——一只巨大的灰蜘蛛，我立即吓得花容失色。

"肥仔，不许那么没礼貌！这小子真是个调皮的家伙。"

卡哈亲昵地拍了拍这颗大脑袋，而他却躲在父亲身后一个劲地朝我做鬼脸。

我很讨厌这小子，这个肥嘟嘟的家伙是卡哈唯一的宝贝儿子。35 岁才得子的卡哈，已经把他惯得不成样子。他可不是一般的坏小子，他是个超级热爱小动物的坏家伙，只是他的爱好可把我折腾惨了。只要他一出现，我的抽屉里不是多只癞蛤蟆就是多只老鼠。有一次，他竟然把一只活蜥蜴塞进我的皮包里，吓得我把包甩出老远。而卡哈却在一旁哈哈大笑，并没有责备他。

这家伙不仅常常捉弄我，还喜欢捉弄其他人。

有一次，他把一只虫子偷偷放进别克的菜盘里，别克看也没看一口咽了下去；当他把一只虫子同样放进艾尔肯的碗里时，艾尔肯把他揍得屁滚尿流，可他依旧改不了捉弄人的坏毛病。

看得出卡哈今天心情极好，他一脸和气地对着艾尔肯和别克说："啊哈，今天天气不错，小伙子们和姑娘要不要来我家好好喝上几杯？我家可有上等的好酒。"

一提起好酒，艾尔肯便被吓住了。据说卡哈那里存有假酒，有一次艾尔肯不慎喝了之后，一连两天都没从床上爬起来。所以一听卡哈又要请他喝酒，吓得他直摆手。

"不了，不了，今天妈妈从遥远的伊犁来，我要带几个漂亮姑娘去看妈妈。老人家身体不好，但只要一看到姑娘们，她的眼睛就会像看到金子一样闪闪发光。"

一路上，我们坐着手扶拖拉车，包裹着馓子、馕、烤包子，打着手鼓、唱着民歌，快乐无比。

艾尔肯朋友家果然很热闹，硕大的院子早已被打扫得一干二净，熟透的葡萄挂满头顶，无花果在叶片下伸出圆圆的黄脑袋，五颜六色的月季花、红艳艳的指甲花让整个院子生机勃勃。

庭院里非常热闹，已经来了不少人。此时，木卡姆的鼓声、冬不拉的弦子，还有长胡子老人的清唱，一种欢悦的气氛让整个大院喜气洋洋。我喜欢这样的氛围，人们的笑容简单真诚。

金灿灿的阳光洒在屋顶上，铺着花毯的餐桌上早已放满了各种美食，烤羊肉、手抓肉、大盘鸡、拉条子、米肠子、面肺子、馕……那些新疆特有美食发出的香味，正浓烈地刺激着人们的味蕾。

手鼓声震耳欲聋，人们开心地跳舞。

一进去，我便立即受到了主人的热情款待，两个上了年纪的女人狠狠拥抱了我。待艾尔肯领我们坐定后，男人们开始相互敬酒，女人们则亲热地扯着闲话。我一边吃一边喝，也许由于他们太过热情，还没等我弄清哪个是艾尔肯的母亲和朋友时，我已被灌得醉眼蒙眬。

与我不同的是，别克和茹仙一来就把这里当成了自己家。别克和男人们大口喝着酒，眉飞色舞地说着我听不懂的笑话；而茹仙则热情为大家端茶倒水。我第一次见别克这样开心，喝着喝着，他突然放下酒杯弹起了都塔尔，又唱着那首我熟悉的歌。

可爱的一朵玫瑰花 赛地玛丽亚

可爱的一朵玫瑰花 赛地玛丽亚

那天我在山上打猎骑着马

正当你在山下歌唱 婉转如云霄

你的歌声迷了我

我从山上滚下 哎呀呀

你的歌声好像玫瑰花……

一开始别克一个人唱，唱着唱着男人、女人、老人、孩子们一起唱。我被感染了，也忍不住跟着唱了起来。这一刻我终于明白《可爱的一朵玫瑰花》并不是属于阿里木哥哥一个人的，它是属于整个西域的。

这时几个老人用力打起了手鼓，欢快的舞曲再次响起来。

男人女人纷纷从炕上的餐桌旁走了下来，男人们耸肩，女人们昂首、挺胸、立腰，舞姿优美舒展、调皮幽默、洒脱自然，令人百看不厌。茹仙早已被拉进跳舞的人群中，她那丰满的曲线充满诱惑力，她那轻盈的脚尖飞快旋转着，让人眼花缭乱。不少男人被她迷住了，我也被她迷住了，我发现被迷住的还有别克。只见他放下手中的酒杯，拉着茹仙一曲接一曲地跳了起来。

"西琳，你喜欢这里吗？"我正专心致志地看跳舞，一股浓浓的酒气扑面而来，不用看也知道是谁。

"喜欢，喜欢极了，前世我一定就是你们的姑娘。"我把身子靠近艾尔肯，肆无忌惮地笑了起来。我终于不用再故作矜持一本正经。

"以后你就把这儿当成家吧，这里的大门永远为你敞开。"艾尔肯一手拿酒杯，一手动情地搂住了我。

"你是阿里木哥哥吗？"小院、葡萄架、无花果、梨树、指甲花，我沉醉在散发着羊肉汁、浓郁果香的庭院里。

"你总忘不了你那些该死的问题。"他随手递过来一杯酒。

我醉了……

突然，艾尔肯不见了，别克不见了，所有人都不见了。

沙漠，连绵起伏的沙丘。火辣辣的太阳把大地点燃，光秃秃的沙丘上什么也没有，只有一棵烤焦的胡杨在热浪中翻腾……

一位裹着面纱的女人走在沙漠上，怀抱着一个幼小的女孩。风掀起她薄薄的面纱，露出她那深邃的眼睛、细长的眉毛、高耸的鼻梁。微风拂动下，一张美丽的脸上挂满泪花。

"妈妈，渴、渴，水。"女孩拼命挣扎着。

女人跪倒在沙粒上，抱紧女孩伤心地抽泣着。女孩用手抚摸母亲的泪痕。突然，女人离开女孩，起身朝另一个方向离去。女孩一把抱住了她的腿，大声哭喊着。

"妈妈，妈妈……"

女人一把推开女孩，继续往前走，直到女孩的身影越来越远。不知过了多久，女人突然回来，她一把抱住女孩，失声痛哭起来。看着女孩那张满是沙颗的脸，她缓缓解下面纱，蒙在女孩脸上。白色的面纱上清晰地绣着两个蓝色的字母，接着她推开女孩，毅然离去。

"妈妈，妈妈……"女孩放声大哭。

女人一步一回头，没有纱巾包裹的长发，在风中任意飞舞。

"妈妈，妈妈……"女孩大声哭喊着。

女人已不见踪影。

黄昏的沙丘，空旷寂静，暮色仿佛把整个沙漠吞并。坐在昏黄的沙梁上，女孩绝望地望着远方，一种可怕的孤独令她不知所措。

"丁零零"一行驼队出现，一群人正骑着骆驼缓缓而行。其中一个绿衣女子突然指着黑影大声惊叫起来。

"看呀，那里有个孩子！"

女孩依旧坐在沙丘上一动不动，她呆呆地望着母亲离去的方向。

"你是谁家的孩子？"绿衣女子问。

"妈妈，妈妈……"女孩放声哭了起来。

梦醒了，月光很美，披着一层银灰色的薄纱，我怎么又哭了？

艾尔肯什么时候把我送回来的我不知道，疼痛的大脑让我出现了间歇性失忆。

我知道我又开始做梦了，梦境里，我不必和任何人说话，而梦中那些面孔清晰而又真实。她们是谁？为什么总出现在我梦里？黄昏、沙丘、胡杨，还有那个蒙面的长发女子和女孩为何如此牵动我的心？

我是谁

087

驼背上那个瘦弱的绿衣女子又是谁？

月光透过窗棂洒在床上，床头的镜子照出一脸苍白的我，弯弯的月眉、深邃的眼睛、笔直的鼻梁，竟然和梦中的女人一模一样，难道我就是那个女人？

九

阳光很好，我躲在棉花堆里继续偷懒。当温热的阳光一寸寸抚摸我雪白的肌肤时，令我昏昏欲睡。

我正眯着眼准备入睡时，远远地看见艾尔肯正朝着这个方向走来。我不由得兴奋起来，急忙滚起一堆棉球，就等艾尔肯靠近时，下一场出其不意的棉球冰雹。

还没等我的棉球冰雹滚下来，突然听到一个温柔多情的声音。

"茹仙，你的眼睛像黑葡萄，你的嘴唇像红草莓，你是一个美丽动人的姑娘。"

我往下一看，竟然是别克和茹仙。他们就离我不到五米的地方，从棉花里伸出两个懒洋洋的大脑袋。

"是吗？西琳和我到底谁更漂亮？"茹仙显然被这样的讨好迷住了。

"你比她漂亮一百倍，你多像我妹妹啊！你长着一双与她一样黑葡萄般的大眼睛，你永远都是我心中最美的姑娘。"

该死的别克，竟然不惜出卖我来拍茹仙的马屁。他的眼睛一定瞎了，竟把茹仙一双不大的小眼睛比作了黑葡萄。

"你的妹妹现在在哪里？"

"她可是个爱读书的姑娘，此刻她一定站在温暖的教室里，领着一群孩子念书呢。"

"哈哈哈……"我忍不住笑出声来。也许我的笑声太刺耳，竟把两个刚有好感的男女吓了一跳。看到我，茹仙立即如同惊弓之鸟般跑掉了。

别克却不走，呆呆地望着茹仙的背影说："我们都是大地的孩子，为什么不能够在一起？这个世界多么的不完美，相爱时，我们不得不选择分离；分离时，我们要忍受相思的煎熬。"

我呆住了，再也笑不出声来。

是啊，地球的磁场一直吸附着我们走向别处，圆梦之路却在另一端。

不出一个月，艾尔肯和别克便成了形影不离的好朋友。

我很奇怪两个性格截然相反的人竟然能走在一起。艾尔肯非常阳光，无论走到哪里就把火一样的热情带到哪里；而别克却常常沉默寡言，越是人多他越一言不发。

傍晚的晚霞红透了半边天，橙红的余晖毫不吝啬地洒向大地，万物被披上一层金色的外衣。

忙碌一天的人们，终于卸下了一身的疲惫。这时候的艾尔肯，总喜欢跑来约我去羊肉摊吃烤肉。当然，一起被邀请的还有别克和茹仙。

"西琳，我猜一定是你母亲生孩子时不小心把你抱错了，不然你怎么那么像个少数民族姑娘。要不你就是个路边没人要的野孩子。"艾尔肯看我吃东西狼吞虎咽的样子忍不住说。

"你才是个野孩子。"我佯装发怒，可美味的烤肉很快让我忘了不快。其实我早就发现了自己的与众不同，尽管人们都说我是个漂亮姑娘，可我的眼睛太大、鼻子太高，怎么看也不像汉族丫头。若不是一口流利的普通话，谁会认为我是个汉族姑娘呢？

我喜欢民族美食，爱跳麦西来甫，更热爱每个热情豁达的人。我是那样喜欢他们的纯朴与善良，跟他们在一起我成了一只快乐的小鸟。

看我一副饥不择食的样子，艾尔肯眨眨眼睛不怀好意地说："西琳，干脆你就嫁我这样的男人吧，婚后我保证会把你的肚皮管得饱饱的。"

"我可不敢嫁给你，那样我会吃一个大胖子。"

"那有什么？奶奶常说：要看日子旺不旺，就看老婆胖不胖！"

"在我们那里，老婆越胖，日子越旺。"

别克与茹仙也跟着一起大笑起来。

坐在烤肉摊前，我们边喝酒，边开心地吃烤肉。这种孜然、辣椒粉与羊肉的有机混合，散发出一种原始的香味，让我百吃不厌。

喝着卡瓦斯，我突然发现别克的眼睛正死死盯着茹仙丰满的身体。茹仙的穿着总是那么风情万种，很容易把男人的眼睛黏在上面。果然，别克的眼睛再也离不开，就好像茹仙是一盘美味佳肴。

"别克，你看女人贼兮兮的样子，一看就是个情场高手。如果把茹仙和一盘金子放在一起，你选谁？"我忍不住问。

"我只要工作。"别克的回答总是莫名其妙。

我忍不住哈哈大笑起来，他竟然不怕茹仙生气。

"你脑子坏掉了，难道工作比美女和金钱还有意思？"我直摇头。

"世间无论什么喜悦，都是来自他人的快乐；世间无论什么痛苦，都是来自自己所得不到的快乐。"别克自言自语道。

"为什么你总想要工作？"

"当你强壮而健康的时候，从来不会想到疾病会突然降临。但它却像闪电一般，莫名地来到你的身上。"

额的个神啊，我惊呆了，这家伙不是诗人而是个哲学家。他真不该留在加工厂整天修那堆该死的铁疙瘩，应该坐在大学课堂里为一群不知所措的孩子校正脑子。

茹仙显然汉语水平不高，听深奥的哲理更是费劲。也许她听得一头雾水，只好把兴趣转移到艾尔肯身上。

"西琳，你觉得我们艾尔肯怎么样？他到现在还没讨老婆。如果是你，你会嫁给艾尔肯吗？"茹仙突然问我。

我顿时噎住了，嗓子里如同堵了团棉花，半天说不出一个字。

艾尔肯却像没听到似的，一个劲大口喝酒。他是个追求自由和享受的家伙，对于他来说美妙的食物比什么都重要。

见艾尔肯不表态，我很有些扫兴。于是故意说："好马不需要马鞭就能跑得快，好男人不需要媒人姑娘自己就会跑到家里来。"

"西琳，艾尔肯是个很有魅力的帅男人，你不喜欢我喜欢。"茹仙风情地看着艾尔肯，边说边故意搂着艾尔肯的腰"咯咯咯"地笑起来。

"茹仙，艾尔肯和别克你到底喜欢哪一个？"我突然问道。

因为我发现别克已经喜欢上了茹仙，可茹仙的眼睛却离不开艾尔肯。她身子如同一块粘鼠板，一有机会，就粘在艾尔肯身上。这种肆无忌惮的表达方式，令我非常不满。

听到我的问话，茹仙竟呆呆地没有回答。

别克突然自言自语道："人心总是善变的，善变就隐藏在我们捉摸不定的心性里，它往往被我们急速变化的情绪和意念所蒙蔽。像一阵强风，随时可能把乌云吹走，露出光芒四射的太阳和广阔的天空一样。"

真是个奇葩的家伙！

今晚大家玩笑开得很疯，只有艾尔肯一直萎靡不振。这家伙肯定喝醉了，明显快要睡着了，烈酒烧红了他的鼻头，让我闻到了葡萄熟透时腐烂的味道。

待我们相互搀扶着回去时，已是深夜一点。

喝了酒的别克脑子却格外清醒，非提出要去车间转一转，他现在可是个很有责任心的技术员。

路过棉花堆场时，只见场区四周一片漆黑，除了大门口两盏忽明忽暗的大灯外，其他地方黑得能藏住鬼。当我们从棉花堆场穿行时，不时有两个黑影从棉花垛里钻出来。

"他们在干什么？"我奇怪地问。

"他们在棉花里面谈恋爱。"茹仙大声笑了起来。她鬈发里别着的玫瑰发卡因笑声而上下抖动，非常好看。

我盯着茹仙的玫瑰发卡愣住了，因为艾尔肯一直说要送我一支玫瑰发卡，不知这支发卡是否与艾尔肯也有关系。这个问题现在当然不能问，我还没愚蠢到要当众戳穿他们。此时的我，更对那些藏到棉花垛里的秘密感兴趣。正想问个清楚，突然传来了卡哈厂长的咆哮声。

"一个个都死哪去了，他妈的，老子用钱养了一堆懒驴。车间都成了哑巴了，管事的人一个也见不着。等老子揪住你们这帮浑小子，看我怎么收拾你们！"

见到我们，卡哈的公鸭嗓子吼得更响了。

别克像只偷油的老鼠刚想偷偷从他侧面溜过，就被他一把揪住了领子。

"啊哈，我终于逮住你这个偷懒的小子了！可以呀，生活不错嘛，羊肉吃上了，小酒也喝上了，机子坏了，也不管了。信不信我他妈的明天就能叫你滚蛋。"因为愤怒，卡哈原本就肥胖的身体此时更像只打足气的皮球，只需外界稍稍给点力，就会"嘣"的一声爆炸。

"我会好好工作的，一定会好好工作的，我今晚不睡觉也会把机器修好的。"别克可怜兮兮地。

"你他妈就会嘴上说得跟唱山歌一样好听，你好好工作了吗？你又吃又喝，把自己喂成了一只大肥鸭，走起路来一摇三晃的。"卡哈依旧不愿放手，勒得别克满脸通红。

"卡哈厂长，快躲开！叉车来了。"我忙岔开话题，只见一辆叉着棉花包的叉车正肆无忌惮地朝这边开来。

"我他妈的就不躲，没看到老子还没训完话吗？"卡哈那滚圆的身体顿时撑掉了衣服的两个纽扣，胖胖的肚皮一下子露了出来。

开叉车的小伙子压根没想到卡哈看到叉车竟没躲开，来不及踩刹车的他猛然将方向盘用力一打，叉车死死撞在一堆棉花包上。紧接着，几只沉重的棉花包"呼呼啦啦"地滚了下来。就在这时，两只棉花包飞快地朝着卡哈滚过来。

所有人都惊呆了，卡哈像座雕塑般愣在了那里。

眼看我们就要被一捆滚过来的棉花包击中，只见别克一把用力推开了卡哈，艾尔肯则飞快地把我拽进怀里躲到了一边。接着，两个坚如磐石的棉花包交错碰撞着从别克身上滚过去。

我被吓坏了，卡哈跑过去一把抱住别克大声问："别克，你怎么样？"

别克躺在地上一动不动，却咧着嘴笑了："厂长，我没事的，我会好好工作的。"

"你工作很好，你是全厂最好的工人。你救了我的命，要不是你，我不被砸死也砸成残废了。我一定会好好报答你，我说到做到。"卡哈紧紧抱住别克。

也许是棉花包在滚动时的相互碰撞的缘故，别克的伤势并不严重。身上除有几块淤青外，全身上下竟没有一点事儿。

真够惊险的！

五天后，别克迅速被提升为不干活的协管员，从此代替艾尔肯。

艾尔肯则被发配到车间干杂活，再也没时间与我调侃。我还以为他会深受打击借此离开，谁知他却留了下来。

傍晚，艾尔肯还像从前那样坐在房前弹吉他、唱歌，还和别克好得跟兄弟一样，没事还大碗喝酒、大口吃肉。

"难道你不生气吗？"我问。

"为什么要生气？离群者会被熊吃掉，分裂者会被狼吃掉。砖连砖成墙，瓦连瓦成房。最伟大的力量就是齐心协力。"艾尔肯回答。

自从别克担任协管员后，常常在各个车间走来走去，可他远不如艾尔肯受欢迎。遇到车间工人有矛盾时，那些被艾尔肯带来的人总会大吵大闹说："我们要艾尔肯来帮我们解决问题，我们不要别克。"

艾尔肯却劝阻他们道："别克也是我们的兄弟，谁来管都一样。"

可大家都心知肚明，做协管员别克比艾尔肯差远了。别克远没有艾尔肯那样能说会道，遇到问题，他总搬出大家都听不懂的哲学，在该死的哲学面前，人们成了一群不知所措的傻子。

我对卡哈厂长说："别克根本不适合做协管员，他技术确实很厉害，可要让他给大家讲道理，如同对牛弹琴。还是把艾尔肯换回来吧，他远比别克更合适。"

卡哈却说："沙沙，你不要用有色眼镜看人嘛，喜欢艾尔肯就排挤别克。别克可是专业技术人才，学问技术样样都很棒，现在工厂正需要这样的人才。我还想提醒你，没事别总想和艾尔肯这臭小子混在一起，两人又不谈恋爱，让别人看了说三道四。"

卡哈一向就是条变色龙，谁都知道他喜欢变来变去的。他曾经也这样夸艾尔肯。

我一向把卡哈的警告当作耳边风，想起那晚艾尔肯救我的场景还真感动。我决定晚上亲自去慰问一下艾尔肯，顺便表达一下我的感激之情。

夜晚的棉花堆场光线昏暗，尽管一边各装一个大灯泡，可堆场太大，被灯光忽视的地方依旧漆黑一片。

我正在四处张望寻找艾尔肯，冷不丁一团硕大的东西从棉花堆上滚下来，吓得我急忙闪到一边。仔细看却是一对男女，两人由于搂抱太紧更像一团白乎乎的棉花团子。难怪我把他们看成了棉团子，我忍不住笑出声来。女人远比我更开心，她放肆地尖叫着，两人很快又钻进一条人工挖掘的棉花隧道。

我好奇地躲在后面，想看看究竟是谁？过了好一会儿，女人才从隧道里钻出来。竟然是茹仙，她身上还粘着几朵棉花。接着男人也跑了出来，竟然是别克。

我再也忍不住，哈哈大笑起来。

笑声还没止住，只听头顶一个很大的声音唤我："西琳，快上来。"我抬头一看，艾尔肯正躺在高高的棉堆上居高临下地望着我，见我看他还唱起情歌。

那天我在山上打猎骑着马，

正当你在山上歌唱婉转如云霞，

歌声使我迷了路我从山坡滚下哎呀呀……

我终于爬了上去，一上去便忍不住说："早晨唱歌的人往往都缺少爱情，夜晚唱歌的人往往都有烦恼。你属于哪一种？"

"我哪一种也不是。"他得意洋洋地望着我。

"猜猜我刚才看到什么？"

"你这个调皮的姑娘，一定又看到了不该看的东西。"

"棉花隧道里藏着一个男人和一个女人。"

"一对男女在棉花隧道里能干什么好事情呢？"艾尔肯笑得很暧昧，像在鼓励我继续说下去。灯光下，我发现艾尔肯的牙齿很白，像一块上等的和田玉。

"那是一场浪漫的爱情故事，银色月光下，他们把自己裹成一个巨大的棉球，从高高的棉堆上滚下来。"我无比兴奋地说，艾尔肯也满怀笑意地听。

"你知道他们在里面做什么吗？"艾尔肯突然眼神极其古怪地盯着我问。

"还能做什么？不就是滚棉球嘛。"我有些扫兴，不高兴地白了他一眼。

"那么就让我来告诉你他们在做什么吧！"他突然极诡秘地靠近我。他脸贴得那么近，热气几乎喷到我脸上。我顿时心乱了，连呼吸也急促起来。

正当我揣测他要干什么时，突然，一股热浪扑向我。接着我被一双手臂紧紧箍住，一股巨大的力量带我从高处滚了下去。我的身子在下坠，我被热流包裹得透不过气来，全身一阵酸软，任由身体无休止地滚下去。

"啊……"我吓得大声地尖叫起来，紧张、恐惧、刺激，让我死死地贴着那个身体。可还没等落地，便被一个声音呵斥了。

"谁呀？快滚出来。谁在那里胡闹？看我不把你们这些坏小子揪出来好好收拾个够！"不远处，卡哈厂长沙哑的嗓音像驴叫。

我的嘴唇猛然被一张滚烫的唇死死堵住了，我的身子随之陷入热浪之中。

十一

"你这个骗子，带上东西快滚吧，能滚多远就滚多远。"

一大早，临时工宿舍发生了八级"地震"。一群人围着别克，一向视他为兄弟的艾尔肯，竟然把他的行李和东西统统从宿舍里扔了出来。

发生了什么事？我和卡哈忙赶了过去。

"这个家伙竟然欺骗我们，还欺骗我们的姑娘。"艾尔肯气愤地把一张纸片摔在别克脸上。

"我们坚决不同骗子住在一起。"

我终于看到了那张我想要的纸片，一看顿时也傻眼了。原来这张身份证上的照片确实是别克的，只是那个名字不是别克，而是阿里木。

"这里面一定有什么误会。"我被一场滑稽的闹剧搞糊涂了。

"你这个假别克，根本不是我的同胞。说说吧，到底怎么回事？"艾尔肯显然气坏了。

"每个人都有属于自己的秘密，我也一样。"别克不解地望着他。

既然我们都知道了他的真实身份，那么他就不再是别克，而是阿里木了。

"阿里木，你为什么要欺骗我？"

"名字不过是个代号，不管我是阿里木还是别克，又有什么关系呢？"

"阿里木，你为什么要抛弃茹仙？"

"我只忠于自己的心，她虽然长着像妹妹一样的眼睛，可她并不是我妹妹。"

"不管怎么说，你是个不诚实的骗子，再也别想让我相信你。"说着，艾尔肯一股脑儿地把他的东西统统扔了出去。

原来，阿里木的身份证一直就藏在被褥底下，被跑来玩的肥仔无意中翻了出来。一开始，这小子还以为他藏着什么值钱的玉石呢。

可他为什么要隐瞒呢？不管他叫别克还是阿里木又有什么关系呢？无论怎么问，阿里木始终一言不发。至于为什么要抛弃茹仙，阿里木更不愿解释。

所有变数的背后，都藏着我们所不知道的真相。

我第一次发现艾尔肯竟如此在意茹仙，几乎把她当作自己的亲人。我也突然发现自己其实并不了解艾尔肯，他是那样在意自己的民族，无形中我看到了那道立在我们之间深不可测的鸿沟。我只是个汉族姑娘，他是真心喜欢我吗？回想起艾尔肯对我的种种表白，现在觉得不过是拿我穷开心而已。

这个发现令我很痛苦，不知从什么时候起我已经爱上了艾尔肯。

阿里木的假身份暴露后，卡哈没法再让他做协管员，还是继续让他做技术员。

这件事情过后，艾尔肯竟跟没事人一样，继续用烤肉、米肠子、面肺子来喂养我的肠胃。只是我们之间的话题已经变得小心翼翼，而且尽量避开阿里木这个名字。从他漫不经心的态度可以看出，似乎他不想再提那个曾被他唤作兄弟的人。

茹仙也不再理会阿里木，一起钻棉花隧道成了一段浪漫而又遥远的往事。阿里木不知在哪儿找了个新住处，艾尔肯的冷漠和无情，让他很受打击，他变得更加沉默，几乎拒绝与任何人交往。

我想安慰他，却又不知说什么才好。

"阿里木，人们都在议论你，被人冷落的滋味一定不好受。"见他一个人，我悄悄走过去与他搭讪。

"当黄昏来临时，暮色总喜欢给灵魂涂上阴影。只有此时，人们才会像瞎子般抚摸别人看不到的孤独。"他说。

"阿里木，你要振作起来。"

"我是谁？人心为何如此复杂？我逃避了所有的眼睛，却还是没有一个藏身之地。"阿里木自言自语道。

"你为什么这样做？为什么不肯坦白自己？"

"生命的真相往往蒙上了阴霾，我们只能一次次在沉默中保持苍白的尊严。"

"阿里木，你孤独吗？"

"死亡也是复活，复活也是死亡，人类根本就无孤独可言。"

"你恨艾尔肯吗？"

"每个人只是宇宙的一颗微小的分子，一个人的喜怒哀乐甚至生死根本微不足道，我又何必要在意这些小事呢？"他的目光有些忧伤。

"你失望吗？"

"夜是鸟，鸟是森林，森林是黑色，黑色是大地……"说完，他头也不回地走了。

阿里木又变回了从前的样子，头发一天比一天更长，他又重新变得萎靡不振。他时常一个人孤独地走来走去，走得我心烦意乱。听到他那心碎的声音，我与他一样痛苦不堪。

艾尔肯重新做回了协管员，又恢复了往日的快活。因为不用干活，他有大把的时间到处闲逛，见了男人乱开玩笑，见了女人还打情骂俏，没一点正经的样子。唯独见了我，他立即稳重起来。一见我来，便紧跟着钻进我的办公室。其实办公室又小又挤，而且只有我一个人。可他根本不在乎，恨不得最好只有我们两人。

大概吃了太多的蜜汁一样的水果，艾尔肯的嘴巴甜得如同果浆一样发腻。

我咧嘴笑时，他夸我的嘴角像月亮；我生气哭时，他说我的眼泪像珍珠；我看他时，他说我的眼睛像黑玛瑙；我不理他时，他说我像朵风信子。

跟他在一起，既快乐又痛苦。

不知为什么，我们变得越来越敏感，彼此的话题也不再随心所欲。我们时常会试探彼此的心意，可每到关键时刻又戛然而止。随着他离开的时间越来越近，一种莫名的忧伤地弥漫在我们之间。

"你会娶茹仙做老婆吗？"我故意问。

"我才不想娶她做老婆，那是个疯婆子。"

"将来你会娶什么样的女子做老婆呢？"

"我喜欢安静的、爱看书的女人，比如说西琳你。"

"可我们不是同一个民族。"我艰难地说。

"不，你是我的女神，西琳。"艾尔肯深情地望着我。

"没有人能接受我们在一起。"我难过地说。

"我总忘不了和你在一起的那些美好的夜晚，我常常能梦见我们在一起，我想和你在一起……"

艾尔肯正说着，突然一个声音打断了他。

"有人吗？"

门"咣"的一声被推开了，挤进一个40多岁黑皮、大脸盘，腰粗得像水桶一样的女人。

"你找谁？"

"刘主任在吗，我是来找工作的，我是卡哈厂长的小姨子。"

"我就是。"

女人嗓门很大，让艾尔肯向我伸出的手，立即像被开水烫了般地缩回去。来人打断了艾尔肯美好的告白，令我十分沮丧。这间办公室总与那些该死的工作纠缠不清，我迅速调整好自己的状态。

来人叫马丽，一听是卡哈的小姨子，我不得不拿出了十二分的热情来款待她。尽管我一向不喜欢一脸横肉的胖女人，可为了讨好卡哈，我没经请示直接将她安排进了食堂。

马丽一听我安排她到食堂工作，厚厚的嘴唇一下子就咧得像朵喇叭花，并毫不羞耻地对我说："这辈子我啥爱好也没有，就喜欢吃。"

"乖乖，这个爱好很好满足，食堂很大，想吃多少就吃多少。"艾尔肯开心地调侃道。

马丽并没听出艾尔肯的弦外之音，而是非常满意地离开了。

打发完马丽，艾尔肯无比感叹地说："现在我才知道女人为什么会发胖？原来胖女人都是吃出来的，这样的女人恐怕打死也干不了多少活。因为她腰上已经捆了块大石头，动一动就会要老命。"

"这跟你什么关系呢？她吃她姐夫的，又不吃你的。"

"可她太能吃了，干半个人的活，却吃了两个人的饭，这太不公平。"

"真是瞎操心，工厂即使养着她卡哈厂长也乐意，谁让她是他的小姨子呢。"

"还是说说我们自己吧，刚才说到哪儿了？"

"我已经不记得了。"

十二

马丽的为人远没有名字那么富有诗意，从她翘起的嘴唇我便判定她是一个是非之人。

果然，就在她工作的第二天，便爆料出一条新闻。

那天，马丽没敢偷懒，因为食堂安排她打饭的工作令她非常满意。别看她长着一双小绿豆眼，却有过目不忘的本领。人说小眼睛聚光，所以只要打饭的人朝她眼皮子底下过一遍，她便牢牢记住了他们的长相。

于是，阿里木就成了瓮中之鳖。

当阿里木来打饭时，她死死地把两个小眼珠扣在他身上一动不动，像研究一个怪物。不出一顿饭的工夫，她便得出了结论：阿里木曾坐过牢。

这条新闻顿时在全厂引起了轰动，阿里木也上了厂里的头条。

"千真万确！他确实坐过牢。"

马丽的大嘴巴，有鼻子有眼地向每个前来打探的人传播着。才一顿饭的工夫，各种说法已经遍及厂子的角角落落。

六年前，阿里木是在一家棉花加工厂出事的。

那是个风调雨顺的好年景，所有的农作物都丰收了，棉花也不例外。

一天，棉花场由于交售棉花的人太多，等待时间过长，一个农民竟然偷偷躲在棉花场角落抽起了烟。其实农民抽完烟后并没有马上离开，而是将烟屁股踩灭后才放心走开。

可那天风太大了，躲在烟屁股里的火星在风撩拨下，竟然死灰复燃。火星被风带到了棉堆上，棉花一点点燃烧。那堆棉花是个死角，一开始并没引起人们的注意，等人们发现时已经一发不可收拾。

"着火了，快去救火！"

随着人们的喊叫声，正在车间修理设备的阿里木立即采取行动。

作为车间的管理人员，阿里木大脑里冒出的第一个念头就是去拿灭火器。灭火器就搁在三楼的拐角处，天天在车间工作的他再熟悉不过。正当他取下灭火器准备下楼时，眼前突然被一个木桩挡住去路。他很着急，顺手一推，木桩便"咕咚"一声掉了下来。

谁知，那不是木桩而是个人。三楼虽不高，可那人却一头栽了下去，顿时满头是血，当场毙命。

火势虽然很大，很快被人们扑灭。可阿里木却因过失杀人而被判刑。

"你是干什么吃的，竟然招了个杀人犯。"马丽叉着腰气势汹汹地站在办公室门口，扯着嗓门大声喊道。声音很愤怒，大到所有的人都听到了，我恨不能拿只茄子堵住她的嘴。

"额的个神呀，厂子竟用了个杀人犯！沙沙，你的眼睛是不是钻进沙子了？万一哪天他把厂子也点着怎么办？"厂里的是非女人们也跟着大呼小叫，仿佛工厂真失火似的。

我毫无表情地坐在那里，内心却惶恐不安。不知为什么我很担心阿里木。尽管坏消息对他很不利，可我仍心存侥幸，说不定卡哈会不在乎。

可我还是想错了，晚饭还没吃完，我便受到了卡哈的传唤。

"阿里木杀过人你知道不？"

"可他是为了救火。"

"为了救火也不能杀人！现在你知道他为什么甘愿到我们这样的小厂做临时工了吧。"

全成了我一人的错，我可不想让他把账都记在我头上。

"可厂长您不是一直夸他是稀缺人才嘛，您可是个厉害的伯乐。"

"伯乐也有看走眼的时候，以前不知道我不怪你，可现在你必须马上让他走。"卡哈显然很不耐烦。

"能让他去哪呢？他身上没有钱，离开这里如同杀他一样。"我试图博得卡哈的同情。

"我可管不了这么多，反正我不能再用他。"

"可他还救过您呢，要不您让他下车间干最累的活吧。"

"那也不行，有他在我心里就不踏实。"

"有什么不踏实呢？留下他只会给您创造财富。"

"赶快让他走！"卡哈大声吼道。

人心果然是善变的，我很难过，不知该怎样对阿里木说。我终于明白当初他为何要隐瞒身份了，可我不得不向他宣布厂里的决定。

车间很吵，阿里木正忙得两手油，他睁着一双无辜的大眼睛盯着设备，还不知道他正在面临失业的不幸。

"今天你去财务科结算工资吧。"我艰难地说。

"为什么？"

"最近工厂人员富余了。"

"为什么富余的人是我？是不是我工作得不够好？"

"你干得很好，就连卡哈厂长也夸你干得好。"我艰难地夸他，听起来更像是讽刺。

"是不是我最近犯了什么错误？"他继续盯着我的脸问。

"不是的，因为技术员这活有人干了。"

"我可以不当技术员去干别的，这里所有的活我都会干。"阿里木有些可怜巴巴地望着我。

可我不能把卡哈厂长也出卖了，只能胡言乱语地说些连自己也听不懂的借口。

看他难过的样子，我迅速从包里把所有的钱掏出来给他。尽管我知道这些钱什么问题也解决不了，可我只能这么做。

"你真是个善良的姑娘，可我不想要你的钱。我只想找个工作，我好腿好脚在厂里干什么都行。"

"你是个非常能干的人，可以去其他地方再找工作。"

他迷惘地望着窗外，突然自言自语道："我走到了同一条街，人行道上有一个深洞，我已经看到洞在那里，可我还是掉了进去。这不是我的错，我立刻爬了起来……"

我顿时愣住了，很多时候我们并不懂得如何善待别人。等发现时，却已后悔莫及。

十三

"我有一个大院子，那里有玫瑰、月季、葡萄、无花果……西琳，如果你愿意，我们可以一直生活在那里。"艾尔肯拉着我的手动情地说。

"艾尔肯，我们真能在一起吗？"

"你是一束光，每天推开门的一瞬间，我只想看到你。"

"可未来有太多荆棘，我们怎能越过？"

"很多年我在流浪中不断迷失自我，直到遇见你，你让我找到通往未来的大门。"

"我不敢渴望爱情，我只追求生命的长久与美好。"

"你就是我生命的长久与美好，如果前路漫漫，我希望你能陪我一直走下去。"

"世间的美好总是稍纵即逝，我们真能抓住吗？"

"只要你愿意，无论痛苦、疾病、灾难，让我们一起来面对。"艾尔肯紧紧抓住我的手。

夜晚，乌云遮住了月亮的眼睛，雪花纷纷降临北方大地。呼啸的风像一匹脱缰的烈马，将大地一扫而空，万物笼罩在冰冷的寒气之中。

深夜，不安的梦境再次袭来。

"这个女孩将会孤独一生。"一个声音诅咒着。

黄昏的沙漠、女孩的哭声、绣着蓝色字母的面纱……时而清晰时而模糊。

"妈妈，妈妈……"女孩拼命哭喊着。空旷的沙漠寂静无声，细碎的沙粒盛着她绝望的泪水。

醒时泪水再次打湿我的脸庞，我怎么又哭了？

我再也睡不着，坐起身提笔写下一首诗。

曾经一次次梦中遇见你，

以为你是此生最爱我的那个人。

依稀还记得你离开我的样子，

你紧紧拉着我的手，

说永远别回头……

梦中的你，

是否还站在胡杨边眺望；

梦中的你，

是否还注视那个老地方？

梦中的你，

是否有过牵挂，有过心伤？

梦中的你，

是否早已走进美丽的天堂？

紧握着手，

说你别离开！

高声哭喊着你的名字，

你却不肯再回头……

风有力地敲打着窗外的铃铛，让我感到了世间的孤独与惶恐。我想起了我的母亲，雪夜里，她总是忧伤地注视着我，有一种难言的苦涩。我想妈妈了，我再也睡不着，我要回去看妈妈。

阳光很好，我拉着艾尔肯沿孔雀河畔行走。

这是我的母亲河，漫漫岁月里它始终吟唱着一首千年不变的歌谣。翻过孔雀河，是一片又一片被积雪覆盖的棉花地。几只羊正啃噬着空空的棉秆，被骆驼刺挂掉的羊毛，在风中零乱地飞舞着。

一辆车飞驰而过，两只小羊惊恐地在雪地上奔跑起来。

家并不远，越过果园就到。雪中的连队，有一种孤独与冷清，如同孤立于世界之外。推开小院的木门，母亲那单薄的身影在窗台前闪动着。坐在窗下，母亲永远都喜欢手里捧着一本书，金丝边眼镜让她显得恬静而又文雅。

"妈妈，我回来了。"我大声喊道。

"看到了，你总喜欢大喊大叫，你永远也改不掉风风火火的坏习惯。"母亲淡然地望着我。

"妈妈，看我带谁来了？你一定会喜欢他，这是艾尔肯。"我大声对她喊道，生怕她没看见。

"有什么大惊小怪的，不就是一个小伙子嘛，你永远都学不会矜持。"母亲终于放下了书，眼神有一丝明显的不悦。

"艾尔肯可是个帅小伙子，他还是一位不错的歌手呢，他的歌声能把百灵都比下去，妈妈你要不要听一听？"

"我可不想听，会唱歌的百灵往往靠不住。"

"艾尔肯还会跳舞呢，他可是舞厅里最闪烁的明星。"

"那又怎样？美妙的歌舞往往只是海市蜃楼。"

"妈妈，这样的小伙子难道你不喜欢？"

"沙沙，你真是个任性的孩子。"

也许我太兴奋了，根本没注意到母亲眼中的敌意。尽管艾尔肯像只小绵羊似的一直小心翼翼对母亲赔着笑脸，可母亲却并不搭理他，并用一种不友善的目光一动不动地盯住他。仿佛艾尔肯不是我领来的男朋友，而是个夺门而入的盗贼。我丝毫不在意母亲的冷漠，反而带着艾尔肯飞快地穿过小院，走进那间属于我的小房间。

关上房门，一股温热的气流让我感到舒服极了。

"艾尔肯，你不用那么拘谨。妈妈是这世上最慈爱的母亲，她也会成为你的好母亲。"我上前拉了拉艾尔肯的手。

"可她并不欢迎我，我让她想到了阿里巴巴故事里盗窃宝物的贼。"

"她对我从前带来的朋友可不这样。"

"可我跟他们不一样，我是个一心一意要把你从她身边带走的人。"艾尔肯从身后轻轻揽过我的腰，把脸贴在我背上。隔着衣服，我感到了他冰凉的肌肤。

"沙沙，你疯了，你知道你在干什么吗？""咣"的一声，母亲手中的面盆摔在了地上，她惊愕地站在我对面大声喊道。

"妈妈，我喜欢艾尔肯，我想和他永远在一起。"

"收起你那愚蠢的念头，这不可能。"母亲似乎吃了一惊。

"妈妈，求求你，让我们在一起吧。"

"你疯了，你是个上过大学的高材生，而他只是个浪迹天涯的歌手，你简直在拿自己的幸福开玩笑。"

"我可不管这个，反正我就是要和他在一起。"我固执地说道。

我一直以为母亲是位有知识、有教养、有见解的开明女性，从什么时候起，母亲开始会变得如此势利？

"沙沙，过几天你就去相亲。我已经为你安排好一位研究生，跟着他你会过上好日子的。"

"我才不要什么研究生，我只要和艾尔肯在一起。"

"没有亲人的祝福，你是不会幸福的。"

"我们一定要在一起。"

"只要我活着，你想都别想。"

母亲今天怎么了？我第一次见她这样失态。她把我吓住了，我呆呆地望着她。我一直认为感情是很个人的事，今天才知道不是。

"阿姨，我很爱她，我会一辈子对她好。"艾尔肯可怜巴巴地望着母亲。

"你们的生活习惯根本不同，你的家人会同意吗？"母亲一动不动地盯着她。

"我会说服他们的。"

"你也知道他们不会接受一个汉族女孩。"母亲残忍地说。

"只要你同意，我一定会说服家人。"

"除非我死，否则我绝不允许你俩在一起。从现在起，你们就从这里滚出去！"说完，母亲"啪"的一声关上了门。

没想到事情会变得如此复杂，我们又该何去何从？

十四

滚滚红尘，我们只是一粒渺小的尘埃，谁也无法主宰命运。

冬天到了，风越来越猛，无情地将最后一片残叶也一扫而光。办公室的玻璃早已抵挡不住强劲的北风，我每天只能躲在火炉旁烤着一双冰凉的手。

很久没见阿里木了，我越来越担心他。

就连艾尔肯也不知躲哪儿去了，看不到他，我很怀念他曾留给我的水果和枸杞子。

就在我日日思念艾尔肯时，他终于冒了出来。乱蓬蓬的头发如同顶着一只鸡窝，黑瘦的脸庞几乎差点让我认不出来。我问他到底去了哪里？他却把脸贴近问我是不是想他了。我问他有没有看到过阿里木，他却一本正经地说他饿了。

看着我忧心忡忡的样子，艾尔肯终于收起了嬉皮笑脸的样子。告诉我不用太担心，他给阿里木在附近工地上找了个活，虽然苦点累点但是包吃包住。

一个星期不见，恍如隔世。我真想扑进他怀中，告诉他我不能失去他。

见我如此担心，吃完晚饭后艾尔肯便带着我去了工地。

工地并不远，就在加工厂的边上。寒风中，阿里木正在那里砸钢筋。太阳早已落山了，可他还依旧忙个不停。他的皮肤很粗糙，看得出头发已经很久没打理，几缕飞起的长发在风里飞舞。他那冻红的手指像一个个熟透的红萝卜，指尖明显裂着几个血口。

见到我和艾尔肯，阿里木显得很高兴，老远就招呼我。

"你来了真好，西琳，看见你就像看见了正午的阳光，你像一树夜来香，给寂寞的黄昏带来了甜蜜的芳香。"

好久没有听到这诗一样的语言了，我的心里充满了温暖。

他住的地方简陋极了，四处透风，跟外面的世界一样寒冷。里面有许多床铺，只有阿里木的被子干净而又厚实。我这才发现艾尔肯把自己的被褥全都送给了他，他们又像兄弟一样了。进出的男人很多，他们不时地盯着我看，像看一个雌性动物。只有阿里木的表情，快乐得像个孩子。

我担心地问阿里木："在这里你快乐吗？"

阿里木的声音如天外来客："把喜悦绑缚在自己身上的人，反而毁灭了长着翅膀的生命；当喜悦飞去而吻别人时，将活在永恒的朝阳之中……"

"你觉得痛苦吗？"我又问。

"执着是一切痛苦的根源，而我们每个人都处在天堂和地狱之间，偶尔的靠近和远离，会令我们惴惴不安。"

"你难过吗？"

"短暂的漂泊和孤独，是游荡在黑夜深处的幽灵。太阳升起的时候，它们都会一一散去。"

从工地出来的时候，我问艾尔肯为什么会这么帮他？艾尔肯则回答说无论什么民族都是兄弟，就像大漠中的胡杨和沙漠一样，谁也离不开谁，缺少一个便不是完美的风景。我不由从心底对艾尔肯敬佩起来。

"艾尔肯，我爱你。"

"西琳，我也爱你。"我们紧紧地抱在一起。

十五

冬天的夜漫长而又死气沉沉，阵阵寒气里透露着一种死亡的气息。

不知为何艾尔肯不再找我，而且沉默了很多。他远远地躲着我，如同躲避一个瘟神，这令我很伤心。

"艾尔肯，你怎么了？"我不明白他为何会这样对我。

"西琳，其实我不是你的阿里木哥哥。"艾尔肯脸色难看地说。

"我知道，可我还是喜欢和你在一起。"

"我的妈妈也不是你的阿娜尔罕妈妈。"

"我早就知道，可我还是想和你在一起。"

"西琳，你母亲已经找过我了。她不会让你嫁给我，她是为你好，我们分手吧。"

"艾尔肯，难道你也这样想？"

"我已经答应了你母亲，我们真的不能在一起了。"

我哭了，艾尔肯也哭了，我们望着对方不能言语。

原来，一直坚守的东西竟一碰就碎。我撕碎了艾尔肯写给我的情诗，被撕毁的还有我们执着的爱情信念。不得不承认人类是个复杂的群体，每个人只是孤独的个体，即便离得再近我们只能遥遥相望，无法靠近。

我们都尽力了，却什么也改变不了。

一个人时，我总是来回翻着一本书，眼睛却依然盯着艾尔肯。有好几次，当我从窗外看到茹仙与艾尔肯打情骂俏时，心里就像刀割一般，有一种不明所以的痛。

我白天强颜欢笑，晚上把戴着的面具摘掉。

爱情有时就像一场梦，梦醒了，心却碎了。往日的傍晚，是我最快乐的时候；而今，我只能孤独地望着窗外。

就在我独自发愣时，卡哈突然闯了进来。

原来很多工人都跑了，他却找不到艾尔肯。他把胖脸憋成了猪肝色，对我不停吼叫道："别让我找到艾尔肯这懒小子，不然我一定会撇断他的两条细腿。他妈的全车间的机器都成了哑巴，他却不知跟哪个女人快活去了。"

手机打不通，这家伙真不知去哪了，我只好自己去找他。

天还没完全黑透，一堆堆方方正正的棉花垛隐约可见，进出的人影老远就能瞅得见。我是个怕黑的人，可我还得不停寻找。我们好久没说一句话了，没人知道我有多想他，哪怕只言片语也好。逮住这个机会，我想好好向他表白。

正当我快走到堆场中间最大的一方棉花垛时，我明显地听到了一声熟悉的尖叫。只见一个男人飞快地从一条棉花隧道中钻出，脑袋上还顶着几朵棉花。当男人与我四目相对时，竟然是我要找的艾尔肯。我刚准备与他搭话时，里面又跑出一个人，是和他一样顶着一头棉花的茹仙，我顿时愣住了。

我从来没像此刻那样恨自己长着一双又大又亮的眼睛，我多想什么也没看见。

艾尔肯惊慌极了，像只受惊的小鹿。而我却如同一个失魂落魄的疯子，转身冲进黑暗。

十六

天空湛蓝，大地无声，我却被世界抛弃了。没有了艾尔肯，我像被抛在无人的岛屿。我像阿里木一样也爱上了富有哲理的哲学，看到这段文字时，我浮躁的心渐渐平静了下来。

"任何时间和空间都是有生命的，当时间凝固与空间割裂时，它只会带来一种结果——不是欢愉，就是痛苦。"

很多时候我们只能活在自己虚幻的快乐里，现实却令我们很痛苦。

合上书，我走出房门。

傍晚的天空，有一种明丽的红色。苍山在夕阳映射下，被罩上一层薄薄的红晕。绚丽的晚霞，让我感到了世间的美好。

当我走出工厂时，双脚却不知不觉地来到了阿里木干活的工地。它像一种暗示，冥冥之中指引我前行。此刻我多想听听他那富有哲理的语言，哪怕只言片语。

我以为我会找到一处心灵的静地，可来到工地上，我才发现我错了。不知什么时候这里已经站满了人，艾尔肯、茹仙，就连卡哈也来了，一群人乌泱泱地聚集在未完工的建筑下面。

这里怎么了？难道这些爱酒的家伙全都忘了酒香的味道？最奇葩的是每人都保持着同一种很傻的姿势——脖颈伸长、向天仰望。

他们都在看什么呢？总会看到一些特别的东西吧！

我立即也伸长了脖子，还没等我冒出更离奇的想法，那惊心动魄的一幕便闯进眼帘，一幅只有电影里才有的惊险场景。

只见头顶上十几米的高处，在两个未完工的建筑物之间，竟生生地卡着一个孩子。从那胖胖的圆脸和嘶哑的号叫声中，我很快便认出那个孩子是肥仔。天哪！这孩子真能恶作剧，怎么可以愚蠢到把自己卡在半空中呢？尽管我平日特别讨厌这小子，可听到他那撕心裂肺的哭声，却怎么也幸灾乐祸不起来。

不知这小子是怎么爬上去的？

架子很高，平时工人干活都是吊车吊上去的，可这里早已停工，开吊车的司机早就不知去向。高高的木架上，肥仔的哭声格外凄惨，他那一张胖脸冻得满脸通红。眼看就要天黑了，他的哭声更加响亮。显然，他对即将来临的黑夜充满了恐惧。

"救救我的孩子，你们谁上去救救我的孩子！"卡哈捂着胸口号叫着，仿佛肝肠寸断。要不是被艾尔肯和茹仙搀扶着，他一定会瘫倒在地。

十几米的高度，仅有两块单薄的木板，此时没人愿意轻易冒险。即便卡哈自己，他也只能眼睁睁地瞧着。此时，他多像个无助的老人，满脸泪痕地大喊大叫。

突然，在木板的另一头出现了一个人。

仔细一看，竟是阿里木。不知他什么时候爬上去的，这可不是一般的冒险，吊在半空中的木板很窄，而且很不牢固，略不留神就会把命丢掉。我无比佩服他的勇气与爱心，只见他两脚慢慢在两条狭窄晃动的木板上移动着，整个身体却悬在半空。

男人们顿时屏住了呼吸，女人们吓得捂住眼睛。

半空中，阿里木一直努力地张开双臂，好让身体保持平衡。尽管木板下面只有两根空荡荡的钢筋，可他似乎很执着。他是那种为了他人能将生命置之度外的人，这是我眼中的阿里木。

木板依旧在空中左摇右晃，每走一步都十分艰难，人们的心也都被晃动的木板提到了嗓子眼里。足足二十多分钟，仿佛行走了漫长一个世纪，阿里木终于靠近了肥仔。只见他小心翼翼地把木板用力掰开，那卡在木板里的小脚一下子就被抽了出来。接着他又抱起肥仔，往另一端安全的地方走去。

每个人都把目光死死盯在高空中的两个人身上，就连卡哈也停止了哭泣。

天已经黑下来，由于抱着肥仔，阿里木显然走得很慢、很艰难。又是一个漫长的过程，眼看就要靠近筑台，人们终于松了一口气。可就在要离开高空木板的一瞬间，肥仔突然向前一跃，一下子就跳到了平台上。"嘣"的一声巨响，毫无防备的阿里木顿时如同一只大鸟般从十几米高空中跌落下来，人们顿时惊呆了。

时间静止了，一个鲜活的肉体重重摔在地上。

黄昏很落寞，工地很安静。

我是谁？

我究竟来自哪里？

每一个夜里，

我的心都与黑夜长谈生命。

在黑暗与光明的缝隙中，

我是活在时间尽头的生命共同体。

黑暗阻隔了我们陌生的命运，

我是谁

109

无论我们多想挽留，

离开，

是生命最后的姿态……

当我看到阿里木笔记本中这首诗时，我难过地哭了。在人生最后的尽头，他像一片干净的落叶，带着遗憾飘向大地。

生命有时轻盈得像天空飘来的一片云，短暂停留、短暂欢娱、短暂真实，随后又消失无影。人们往往在失去时才懂得珍惜，卡哈一直活在自责里，他整夜守在阿里木身边泪流满面。最后他终于做了件像样的事：他带着自己的小姨子找到了阿里木的父母，并把两位老人接了过来。

死亡的气息弥漫在晦涩的雾气里，我看到了两位伤心的老人。

他们相互搀扶着，像两片凋零的枫叶，跌跌撞撞走在人群中。我一直不敢注视他们红肿的眼睛，生怕自己会被他们巨大的悲伤所淹没。

阿里木是家中唯一的儿子，面对孩子的突然离世，两位老人一直用手擦着红肿的眼睛。

阿里木的父亲是个高鼻子、黑脸庞的男人，他强忍住悲痛安慰自己可怜的女人。可女人始终哭泣着，不时把头埋进双臂中。

"阿娜尔罕，别再哭了，让阿里木安静地走吧。"男人不停地劝说道。

这个名字和阿娜一模一样，我不由得抬头看了看胖女人。

女人的脸已经有些浮肿，眼角边一颗褐色的痣伴着泪水上下跳动。多么熟悉的一张脸啊！宽宽的额头，厚实的嘴唇。就在我们目光交织的那一瞬间，我全身如同电击一般。

"你是阿娜尔罕妈妈吗？你是我的阿娜吗？你是不是曾经有位古丽女儿？"我盯着她问。

"古丽，哪个古丽？是我花朵一样好看的女儿吗？你怎么知道？"她呆呆地望着我，细细端详我。

"阿娜，我就是你当年的小古丽啊！"我大叫一声扑倒在她怀里。

"你说什么？你就是我的小古丽？可我怎么一丁点儿也认不出来了？"

"阿娜，是我啊，你好好看看我，为什么连你也认不出我来？我长大了，却把你们弄丢了。"我已泪流满面，紧紧抱住我的阿娜。

"孩子，这些年你都跑去了哪里？快来看看你的阿里木哥哥吧！他死了，他活着的时候一直在到处找你，可他却再也见不到你了……"阿娜一把把我拉到阿里木僵硬的躯体前，泪汪汪地瞅着他。

"什么，他是我的阿里木哥哥？你都说些什么呀妈妈！"我简直不敢相信自己的耳朵，我痛苦得快要疯了，难道这才是我苦苦寻找的阿里木，我伤心地扑过去。

原来他一直就在我的身边。

他嘴里的妹妹原来就是我！我却傻傻地什么也不知道。我真是个傻子，太愚蠢了，我的肠子都快悔青了。如果早知道他就是阿里木哥哥，我一定会好好保护他、照顾他，不让他受任何伤害。

可不管我怎样后悔又有什么用呢？人总是在平安的时候忽视隐藏的危险，命运的变数是多么的不可思议啊！

阿里木死了，我的哥哥死了，我失声痛哭起来。

十七

冬季在无限延伸，可怕的咒语再次响起。

"这个女孩不会有好运的，她将孤独一生。"梦中，我又听到了那个熟悉的声音。

"西琳，我要走了，跟我一起走吧，我们永远在一起。"

当最后一朵棉花塞进机器时，艾尔肯也要离开了。他抱着吉他，带着他那声势浩大的队伍。

"我们能去哪呢？"我问他。

"不管去哪里，总之我可以养活你。我可以唱歌，还可以做各种工作，只要我们在一起，让我做什么都可以。"艾尔肯一把抓住了我的手。

"可妈妈怎么办？我不能丢下她。"我茫然地望着他。

"她会理解的，跟我走吧，我们可以生一群孩子，到那时她会原谅我们的。"

"别傻了艾尔肯，我只是一个汉族女孩。"我推开了他，泪水却怎么也止不住。

"艾尔肯，我们走吧，没有人会接受她。"茹仙走上前，坚定地挽着他的手臂，像对即将浪迹天涯的情侣。

"西琳，再见了，希望你能幸福。"他艰难地站了起来，向我挥挥手。

"艾尔肯，别丢下我！"我大声喊道。

艾尔肯突然站住了，他用力地弹着吉他，用他沙哑的声音唱道：情人啊，你是来把我瞧瞧／还有为了把我燃烧／莫不是让熄灭的情火又在我心田燃烧？

我被情火烧死也无妨／和你见面是我一生的心愿／不见你是我永世的遗憾／愿望破灭心极伤……

他站在那里唱着唱着，声音哽咽得再也唱不下去。我哭了，茹仙也哭了。

十八

黑夜那样令人恐惧，当它垂下迷幻的眼睑时，一切可怕的梦境又会来得悄无声息。当它再次与我纠缠不清时，仍令我不寒而栗。

天空昏暗，风扬起女人的面纱，女孩大声哭喊着。

"妈妈，妈妈，妈妈……"

女孩的哭喊声，一次次令我悲伤，一次次触及我内心最柔软的地方。我想妈妈了，我像个黑暗中迷途的孩子，我必须回到妈妈身边，一种强烈的愿望让我再也睡不着。

冬天的风刀子般割着我的脸，也剥割着大地和万物。艾尔肯带着他的人走了，也带走了所有的喧嚣。往日热闹的宿舍，只有一把瘦风呼呼地吹着。

没有了艾尔肯，这里对我是一座空城。

我回到了母亲身边，企图从她身上找回点温暖。

可母亲病了，病得很重。当我见到她时，她身体有一种植物霉变发出的腐烂气息。可怕的乳腺癌不知什么时候缠上了母亲，死神正离她越来越近。

我恨自己从前为何没能好好陪伴她，看着母亲羸弱的身子，我第一次主动投进她怀中，此时我是那样孤立无助。

"妈妈，别离开我。"

"没有人能永远陪着你，陪伴你走到最后的只有你自己。"

"妈妈，别吓我，我害怕。"

"人都会死的，每个活着的人也在寻找最后的归途。"

"妈妈，我爱你。"

"沙沙，去见见那个研究生吧，他会让你幸福的。"

"不，妈妈，我只喜欢艾尔肯。"

"很多时候，我们渴望的幸福永远无法抵达，灵魂里私下的微笑与痛苦，会来自一种不明所以的血缘。"母亲痛苦地望着我。

我决定留下来陪伴母亲，可死神面前，母亲越来越脆弱。她紧紧拉着我的手不放，太多的秘密搅得她整夜无法安睡。

"其实我不是你的母亲。"

"你胡说什么呀妈妈。"我一下子难过起来，妈妈怎么病糊涂了。

"你就是沙漠里那个哭泣的孩子，当年你的母亲抛弃了你。"母亲表情古怪地微笑着，缓缓从枕头下掏出一块白色的面纱放在我面前，上面赫然绣着两个蓝色的字母。

多么熟悉的字迹啊，我顿时惊呆了。

"这是梦，这不是真的！"我喊道

"这不是梦，这是真的。"母亲微笑着

我的精神瞬间崩溃了。原来它从来就不是一个梦，而是我童年的经历。

"她为何要抛下我？"

"每个人都有不得已的苦衷，痛苦隐藏在我们看不见的地方。"

"我的母亲是谁，她又在哪里？"我一把抓住母亲的手。

"忘了你身上流淌的另一种血吧，它会让你一生都惴惴不安。"她忧郁地望着我。

"我是谁？我来自哪里？"

"沙漠是隔断你和母亲最后亲情的地方，你不是汉族女孩，你去找艾尔肯吧，把一切都告诉他。"母亲笑了，她终于说出了她一辈子也不愿意说出的秘密。

"不，这不是真的，你是我的母亲。"

"我不是。"

我捂着脸，大叫着跑出去。我冲出门外，大声问我是谁？我又该去哪里找我的母亲？没有人回答。

空旷的天庭下，只剩下我孤零零的一个人。我感到无限悲哀，茫茫人海，我竟不知我是谁？如同一只漂泊的蒲公英，生命的母体早已离我远去，而我却不知根在哪里。

"我们的存在就像秋天的云那样短暂，看着生死就像看着众生移动的脚步。"阿里木哥哥在天上望着我。

我们始终都以自己的方式让生命之花开放，不管我是谁，都是这片土地的孩子。我不明白现在的我和从前的我又有什么不同？

我要去找艾尔肯，没有什么能阻挡我们在一起。

一个星期后，我冲出了家，冲出了那个叫梨城的城市。春天，人们在田间播种；夏夜，人们在葡萄树下欢唱。可无论我走过多少城市乡村，却始终找不到艾尔肯。

"你终将孤独一生。"夜幕里，我又听到了那个可怕咒语。

我去把阿娜尔罕妈妈和大叔接过来，我要和他们永远生活在一起。

又一个秋季到来，我守在那扇熟悉的窗口，静静地等候着艾尔肯的到来。可他始终没有来，冬天到了，只有漫天的飞雪卷着落叶在风中飞舞……

一年过去，又一年秋天来临，他还会来吗？

再生一个娃

一

宣传部的副科长逢文职，最近突然对宣传报道上了瘾。

五天前，机关组织了一次学习，乐得逢文职从早到晚欢天喜地的，逢人就夸这次学习组织得好啊。连一向都不看好他的李政委也头一回夸他：小逢的政治觉悟越来越高了嘛！说完照他头上捋了一把。

李政委是团机关副政委，分管团场宣传工作。不看好逢文职不是因为别的，是因为他对文学的热情远远超过了新闻报道，这可是宣传工作的大忌啊。对主管宣传工作的李政委来说，这叫不务正业！为此，李政委也常黑着脸旁敲侧击地点拨他："小逢啊，你不好好宣传团场发展的大好形势，整天像个娘们儿似的整那些张家长、李家短的家务事有啥意思，就算你的小说上了兵团《绿洲》杂志头条又咋着，还不照旧是个团场的副科。"

这话逢文职一听就火，于是一犯倔他便硬生生地顶了回去。

"李政委，你说得不对，那雨果的《巴黎圣母院》还闻名世界呢，如果没有雨果，哪有人知道巴黎圣母院在哪。"

"每次我跟你说正事呢，你都东拉葫芦西扯瓢。那雨果是个啥玩意？能吃吗？"李政委很不满。

"雨果怎么会是个吃的呢，是法国著名的大文豪，你连这都不知道，真是猪八戒摇扇——不知春秋，我跟你说话是抱着琵琶进磨坊——对牛弹琴。"逢文职哭笑不得。

肥头大耳的李政委，最讨厌人说他像猪八戒，一听"猪八戒"三个字就来了气。"你说谁是牛，谁是猪八戒？你少给我关公面前耍大刀，信不信老子明天就能叫你从宣传科滚蛋！"

真是秀才遇上兵，有理说不清，吓得逢文职掉头就跑。

可就在第二天，李政委便消了气。不生气的原因是一向清高的逢文职这回主动找李政委低声下气地认了错。

按说这不符合逢文职的做派，他一向恃才傲物，绝不向人低头。比如面对上司宣传科长张子豪，逢文职就从来不低头。谁让他的顶头上司是李政委呢。过两天兵团有个作家写作营邀请他参加，文联已经提前跟他打好招呼，时间为一个星期。一个星期啊，没有李政委点头他无论如何也去不了。

这是逢文职期待已久的活动，不仅能见到他慕名已久的顶流名家，还能和兵团的作家交流交流。这些作家里有他的蓝颜知己，还是他的红颜知己。尤其女作家小裴，不光人长得漂亮，而且文章也写得漂亮，那是逢文职非见不可的。

再说他又不是个孩子，不能什么时候都那么任性。人在屋檐下，不得不低头啊！于是，他便低头了。逢文职并不后悔，就连骆宾王还得为五斗米折腰呢，更何况他一个无名小卒。

这么一想，他就不委屈了。不仅不委屈，还有点阿Q的洋洋得意。

真是今朝不同往昔啊。就在今天，李政委不仅表扬逢文职了，还顺手捋了一把他的脑袋，让他瞬间心花怒放。要知道李政委可不轻易捋哪个人，被他捋过的人，都是他非常喜欢的人，比如说那个张子豪。

虽说逢文职平时眼里容不下一粒沙子，可张子豪这粒沙子他不容也得容。张子豪是逢文职的死对头，又是机关办公室主任兼宣传科科长，就这两层关系便压得逢文职抬不起头来。

此时张子豪也在一旁站着。见李政委夸他，便阴阳怪气地附和上了："这小子是晒裂的葫芦也要开窍了。这次全国人民代表大会召开，咱亲家也开始积极要求进步了。"

这种不入流的附和让逢文职并不领情，他最烦张子豪叫他亲家，一气之下一脚就踢翻了椅子。

"谁和你亲家，真是老母猪吃星星——不知天高地厚。想和我做亲家，除非太阳打西边出来。"

"好好好，我嘴贱，不叫亲家叫逄科长，这下总行了吧？"

这小子不教训两下就是不行，见张子豪败下阵来，逄文职扭身走了。

走出办公室，他依旧心潮澎湃。

原来，这天一大早，天蒙蒙亮，全机关人就赶到了机关大楼观看视频直播。新疆的太阳比内地晚两个小时起床，内地人都上班了，可新疆人还在睡觉。于是刚从暖被窝里爬出来的逄文职就火冒三丈，学习为啥不能利用正常上班时间进行啊，非得一大早把人从热被窝里拽出来。

气归气，可学习照样得进行。

就在他打开照相机捕捉这具有纪念意义的一瞬间时，浑身的热血顿时沸腾起来。虽然天还没大亮，可会议室里黑压压的一大片，没一人缺席，满满一会议室人，都庄严肃穆地收看电视讲话，就连最爱拖拉的食堂管理员王老头也早早就坐在会场角落里。这个场面可太感人了"咔"闪光灯一闪，留下了永久的画面。

第二天，逄文职的新闻照片早早上了师市报纸头条。

一连上了几篇新闻报道，李政委的态度来了个180度的大转弯，见了他笑眯眯地直夸："小逄，最近表现不错嘛！照这样子下去，咱团宣传工作年底也能去师里'戴上大红花'了。"说完亲热地捋了一下他的头。

团领导也开始捋我了，逄文职很是得意。

在团机关，平时挨捋挨得最多的是张子豪。没办法，谁让人家会拍马屁呢，而且次次还拍得恰到好处。别看张子豪平时粗声大嗓的，可在李政委面前，声音如同关关雎鸠那般缠绵，听得逄文职一身的鸡皮疙瘩，可李政委就好这一口。每当李政委听到动情处还不自觉地伸出手来捋一把，像捋自己的弟弟。每逢这时，逄文职便如同打翻了的酱醋瓶，五味杂陈。看着酸溜溜的逄文职，得意的张子豪直挤着眼睛朝他坏笑，气得他脸拉好长。

尝到了甜头，逄文职便对宣传团场上了瘾，想停也停不下来。

想上报纸，就得挖掘题材。为了寻找到更有价值的新闻，他每天都要把学习资料看一遍，依照本次会议精神，再找出当前团场经济发展的亮点。可学习资料就那么几页纸，翻烂了也再翻不到新内容。怎么办？好在这年头网络信息很厉害，只有你想不到，没有你找不到。逄文职如果离开电脑，几乎等同于慢性自杀。

一开始他只想找些惠民政策，看别人如何把团场红红火火的职工生活展现给

再生一个娃

117

大家的。谁知就在他绞尽脑汁地找题材时，一行大字抓住了他的眼球，"国家鼓励生二胎"几个明晃晃的大字闪烁着，激动得他差点从椅子上掉下来。这是真的吗？国家要鼓励生二胎了，那么自己就又可以生儿子了！

提起生儿子，逢文职便有一肚子难言之隐。

四十岁的逢文职，标准的小知识分子外形，中等体格，白净的脸上架着副眼镜，使他看起来文质彬彬。逢文职除了平时喜欢舞文弄墨外，并没啥特别爱好。逢文职家庭平和，不好也不坏。虽说没儿子，可女儿也是他的宝贝疙瘩。女儿今年十八了，水汪汪的大眼睛像她妈，白嫩的皮肤像他，人见人夸。可只有女儿的逢文职心里有一块硬伤，如果是个男娃该有多好！

别看逢文职读过不少圣贤书，可传宗接代的思想依旧根深蒂固。

逢文职出生在甘肃武威一个穷山沟沟里，家里虽说好几个孩子，却只有他一个儿子。想当年，他可是村子里飞出的金凤凰，村里的头一个大学生。

他至今还清楚地记得十七年前回家探亲的那一幕。

那时，生了女儿的逢文职还没意识到问题的严重性，而且还格外得意，特地请假回老家去报喜。为此，他好好捯饬一番。真是人靠衣装马靠鞍，皮肤细白，架着金边眼镜的逢文职，穿上西装，打上领带，顿时显得风度翩翩的，一看就像是个吃公饭的人。

体面不光给自家看，还得做给全村看。

逢文职当年可是全村的骄傲，为了给自己撑足面子，回村时还特意租了辆农村人平时都见不到的出租车。

果然，当红色的夏利在村中央一停，村里人立马乌泱泱地将他围了个水泄不通，就像当年送他上大学那样。农村人并不知连队政工干事是个多大的官，可看到派头十足的他，认定他已经混出了名堂。于是个个都夸文职妈有福气，生了个有出息的好儿子。

就在文职妈洋洋得意时，村里人冷不丁问了句戳心窝子的话。

"生了个啥？"

"女娃。"逢文职声音轻得像蚊子哼哼，可村里人还是听明白了。

"几个？"村里人又问。

"一个。"逢文职回答得怯怯的，像犯了错的小学生。

要知道在农村老家，男人才是一个家里的顶梁柱，没有男娃的家叫绝户头。

"没有男娃可不行，抓紧时间赶快再生个，不然死了都没人摔老盆！"村里的老娘儿们不由得撇撇嘴。

"现在时代不同了，团场生男生女都一样。俺两口都有死工资，以后不靠儿女养老。"逄文职忙小声辩解道。

"啥时代没有儿子也不行，没儿子你逄家就绝了后。你看你表弟都生了仨。"村里的二舅立即跳起来反驳道。

浑身的鲜亮气刹那间被那不争气的女儿夺走了，逄文职顿时蔫蔫地耷拉个脑袋不说话了。

不生儿子决不罢休！晚上，父母坐在逄文职屋里轮番上阵，说得可怜兮兮的。

"娃啊，咱逄家势单力薄，就你一个独苗苗还跑这么远，你可不敢把咱老祖宗的姓氏弄丢了。"母亲哀求道。

"老话说得好，不孝有三，无后为大。你不生儿子就是对不起咱逄家列祖列宗。"

父亲口气很硬，给他撂下了狠话，逄文职不得不低头听着。

那次回家探亲本来兴高采烈的，可生女儿这事却让逄文职丢了面子，走到哪都如同做贼一样，生怕别人再问起他女儿。后来他干脆躲在家里不出门，谁要问他生了个啥，他就干脆不回答。

探亲假还没到，他便灰溜溜地踏上了回疆的火车。

一离开家乡，逄文职很快也就忘了不开心的事。毕竟连队生女孩的人家几乎占一半，而且生女儿的人家还个个乐得眉开眼笑的。回到团场家中，一见到女儿那张粉嘟嘟的小脸，家乡的不快早就被他丢在了爪哇国，他捧着女儿的脸狠狠地亲了一口，这才是他的小宝贝。

女儿生完，妻子李桂兰便上了环。

逄文职在新疆待久了，其实也不像农村人那么计较生男生女的，但老乡张子豪的炫耀让他怎么也咽不下这口气。

张子豪也是甘肃武威人，而且两家还离得还很近。按理说老乡见老乡两眼泪汪汪，可两人非但没培养出一点老乡感情，反而跟两只斗鸡似的斗来斗去。

大概前世就是冤家，遇到了张子豪，逄文职只能自认倒霉。

在连队时，逄文职是书记，张子豪是连长。逄文职是个白面书生，说话斯文，平时就爱看书读报，典型的小知识分子。张子豪只比逢文职大两岁，可块头足足比逢文职大一号，一米八二、人高马大，说起话来两只眼睛瞪得像张飞。对于这位连长，连队职工其实并不喜欢，没事爱叫他"上眼皮"，意思是他眼皮爱往上翻，爱走上级路线。送这个绰号其实一点儿也不夸张，平时张子豪见了领导就低头哈腰，一副奴才相；可对底下人却野蛮粗暴，开口闭口他妈的。连队不少职工怨声载道说，这哪里是干部啊，分明就是土匪山大王。张子豪虽不得民心，可搞人际关系却很有一套，经常请上级领导吃吃喝喝，喝点酒就五马长枪地跟团领导称兄道弟，颇有点儿梁山好汉的侠骨豪情，上级领导都夸他是讲义气的宋江。

啥眼神嘛，难怪逢文职不服气，明明是《智取威虎山》里的坐山雕，怎么还变成了宋江？真是牛眼看人高。

不服气也没办法，因为他说了不算。

工作上，张子豪常常一人独大，啥事都他一人说了算。对待逢文职也是如此，连队大事小事很少和他这个书记商量。可他是连长，大家谁都拿他没办法。更可气的是当着众人的面，他还故意管当书记的逢文职叫小逢。好像这么一叫就把他叫小了，也显出了自己的威望。还有最可气的是只要逢文职决定搞什么活动，张子豪准会拿连队经费紧张推诿，搞得逢文职啥也干不成，还落下一肚子气。

不是冤家不聚头，想躲都躲不掉。

五年前，由于逢文职文笔出色，在人才匮乏的团场很快脱颖而出，被宣传科相中当了干事。刚到宣传科那会儿，逢文职热血沸腾，文章不但频频在当地见报，甚至还上了省报。正当他准备甩开膀子大干一场时，张子豪也神不知鬼不觉地调到了机关。

冤家路窄，两人又在机关暗暗较上了劲。

跟比赛似的，逢文职刚升职当了宣传科副科长，张子豪就当上了办公室主任。正当逢文职向科长进军时，张子豪不知走了哪门子关系由办公室主任兼上了宣传科科长，把逢文职活生生地挤到了一边。从此，逢文职如同泄了气的皮球，再也提不起一点儿精神。

张子豪不光在工作上处处打压逢文职，在生活上也压他一头。

张子豪的老婆叫奚文英，长得浓眉大眼，一头漆黑短发，很是漂亮。当年，身体结实的奚文英与瘦小的李桂兰一同怀孕，本来是件好事情，可年轻的奚文英从丈夫那里沾染了霸道的习气。与挺着大肚子的李桂兰狭路相逢时，硬叉着腰不让道，把李桂兰挤到了渠帮子上，害得她当场就摔了个屁股蹲儿，还差点流产。

可老天有眼，奚文英的霸道非但没让她赢得领导和同事的好感，反而让谦和厚道的李桂兰得了便宜，被调到团机关计生办，成了奚文英的顶头上司。

本来逢文职这下该扬眉吐气的，谁知人家奚文英偏偏生的是儿子，在生丫头的李桂兰面前继续耀武扬威，这让逢文职在张子豪面前也不由得矮了三分。那张子豪为了显摆自己有儿子，还专门起了个格外扎眼的名字叫张扬，好像故意气他似的。

人多的时候，张子豪常常故意奚落逢文职，说他是阳气不足、阴气有余，生就一张老丈人的脸。还调侃说两家都是甘肃老乡，搭个亲家正合适。等儿子长大就娶他的宝贝女儿做老婆，到时候连他女儿也一并成为张家人。

说得逢文职火冒三丈。

要知道在甘肃老家，说男人天生就一张老丈人的脸是一句很歹毒的咒语。每逢这时，逢文职便在心里暗暗发誓：女儿就是当一辈子老姑娘，也绝不嫁给他儿子张扬。

二

有了心事的逢文职，还没等下班就急着往家跑。

其实逢文职一向很敬业，从不提前溜号。因为在机关，宣传并不算是他的主业，他的主要任务是写材料。给大领导写完给小领导写，给上面写完给下面写，机关会议一个接一个，材料就多得像路边地头上的杂草，一茬接着一茬。

好在逢文职是个多面手，不管写啥都难不倒他。不光写散文、小说、评论，就是写新闻、材料也是一把好手。对他来说任何文体都有各自的套路，写材料也不例外。在宣传科干了多年，他早就摸出了各行的门道。比如给领导写材料，首先要讲工作、说事情，为什么干、干什么、怎么干，思路明确、条理清楚；其次就是要多看报纸，掌握当前形势、政策导向、最新流行语，这样才能深入浅出、水到渠成。

这些都是工作，对逢文职来说不过是信手拈来的一碟小菜。而他最想写的不是这些，而是他最最心爱的小说。而这些小说必须在他出色完成好工作任务之后，才能偷偷进行，否则会落个不务正业的骂名。

今天与往日不同，看到了新闻的逢文职得在第一时间把消息与老婆一起分享。

"今个真呀真高兴！"一路上，逢文职唱得酣畅淋漓。

人逢喜事精神爽，眼里看啥都是好的。今天的团场在逢文职眼里全是好风景，高大的白杨、一望无际的棉田、绿郁郁的青菜，咋看咋好看。这里许多树还是他刚工作时亲手栽下的，而今已经长成了参天大树。那时候的连部除了几排小平房，光秃秃的一片荒滩啥也没有。是老连长带着他们挖了渠、开了沟、种上了小白杨，还把周围的荒地都开成了果园。如今这些小白杨都已经长成参天大树，那一片片果园里，桃子、杏子、梨子早已挂满了枝头。

团场发展多快啊，一年一个样。

等他一口气跑到家时，老婆已经在家了。逢文职四处一看，房间不但没收拾，就连厨房还是干锅冷灶的，老婆一点做饭的意思也没有。这要搁在平时，他早就怒发冲冠了。可今天他得压住火，不能让坏脾气破坏了他的生孩大计。其实从农村来的逢文职，一直还改不了大男子主义的坏习惯，平时在家就是个甩手掌柜，家务活几乎不参与，这些都是小时候母亲给惯下的坏毛病。在当地还有句顺口溜：甘肃洋芋蛋，不吃大米饭，身上披的烂毡片，炕上坐的死老汉。这个死老汉就是懒老汉的意思，说的就是甘肃男人不做家务。母亲从小就在他耳边唠叨说：大老爷们儿只管忙外面的，家务活全是女人的事。所以如果平时老婆下班还不做饭，他早就又蹦又跳了。可今天，揣了心事的逢文职在老婆面前乖得像只小绵羊。

听到他回来，老婆并没搭理他，依然抱着手机打电话。

"子娟啊，明天上午十点开会，学习国家的二孩政策。"

"文英，明天上午十点开会，团场要加大宣传鼓励生二胎的力度。"

哈哈，没想到政策来得这样快。他怕听错了，端着菜盆子蹑手蹑脚地贴在门缝偷听。明明是天大的好消息，可从李桂兰嘴里蹦出，声音平静得如一汪湖水。

不知老婆会不会改变主意？逢文职套上围裙，嘴上忍不住大声又唱《今天真高兴》。有了生儿子的动力，浑身就有了使不完的劲，逢文职得先炒两个小菜犒劳犒劳老婆。因为生儿子的事光自己想不行，得老婆一起想才行。可他知道老婆根本不想生二胎，这事儿还得从长计议。

从来不做家务的逄文职，突然忙得满头大汗，让李桂兰看了顿时生疑。

"你今天咋突然这么殷勤？"

"我听说团场鼓励生二胎了。"

"这跟你有啥关系？"

"这下咱不也能要儿子吗。"

"想都别想，也不看看我都多大了。"

"四十算个啥，人家五十还生呢。"

"要生你自己生去，真是黄鼠狼给鸡拜年没安好心，我说你今天咋这么勤快？"

"没事我就不能做家务？你也太小瞧我了。'三八'节快到了，我也得好好表现表现不是。"

"哄鬼吧，离'三八'还有一个月呢，无事献殷勤，非奸即盗。"李桂兰瞄了他一眼，仿佛一眼就看穿了他的把戏。

"真是好心当成驴肝肺。"

话不投机半句多，李桂兰身子一扭，一屁股坐到电脑跟前加班去了。

怎么办？老婆不想生，自己再急也没用。人是活的，明的不行就来暗的。

碰了钉子的逄文职满脑子还是生儿子的事，吃好晚饭便躺在了沙发上，眼睛虽还盯着书，可大脑早早跑到李桂兰身上去了。人们常说男人四十如狼，五十如虎。可才四十多岁的他，早已活成了坐怀不乱的柳下惠，老婆李桂兰就是一杯温吞吞的白开水，一点风情也不解。他现在除了文学，对啥都提不起一点儿兴趣。

可想要再生一个儿子，他就不能对啥都没兴趣了。

老婆虽不是餐桌上的大鱼大肉，却是盘养眼的青菜，看起来也清新素雅。李桂兰长得普普通通，皮肤暗黄，一双杏眼，不漂亮也不难看，个子不高一米六，对自个来说刚刚好。年轻时老婆也是个随风摇摆的水蛇腰，如今腰粗得连点曲线也找不到了。为了照顾她那点自尊心，他从不敢跟她谈论腰上的曲线，只有偶尔在她情绪好的时候，他才会盯着电视机，借此评价某个女明星的肥臀细腰真好看，摆得像春天里的杨柳。

虽说老婆生活很潦草，但对工作的狂热令逄文职佩服得五体投地。

再
生
一
个
娃

这女人别看平时不温不火，只要一沾上与工作有关的事，立马跟着了火似的，不管多晚都要赶过去。为此逢文职常常讥笑她是救火队员，又叫她勤勤恳恳的老黄牛。一天到晚不着家，对别人家生孩子的事比自己家还上心，不是开会就是下连队检查工作，不是老黄牛是什么？

不管叫什么，李桂兰硬是装着没听见，一天到晚只顾忙自己的。

这是个啥老婆呢？逢文职盯着她很不满。四十岁的李桂兰肚子早已没了一点儿弹性，只有一肚子软嘟嘟的泡泡肉。多少年前，逢文职就已经失去了看它的心情，可今天，他突然觉得这是一片多么肥沃的土地，只要撒撒种、浇浇水，就会孕育一个可爱的新生命。

狼喜欢关注羊，并不代表羊也时刻关注狼。

见蹑手蹑脚突然闯进来的逢文职，李桂兰竟吓了一大跳。她抬了一下有些松弛的双眼皮，很不高兴地告诉他没事别来打扰她，今晚她要加班到一点。

逢文职一听就来气，可一想到自己此行的目的，也就不生气了，还不得不夸上老婆一句。

"我发现你的肚子长得真好看。"

李桂兰一点表情也没有，两眼又直勾勾地盯回电脑。逢文职还以为老婆没听到，不得不又强调了一遍。

"我今天发现你的腹部很性感。"

"神经病！"李桂兰看也没看他一眼。

热脸贴了个冷屁股，逢文职自讨没趣，只得转移注意力。老婆不理就找女儿。女儿咪咪今年要高考了，俗话说：女儿是爹的心头肉。那是搁在从前，可现在的她见了他总是爱理不搭的，不管他做什么都如同隔着黄河送秋波——自作多情。

一想到女儿，他就忍不住想给她打电话。尽管在女儿面前他总有点低三下四的，可一听到女儿的声音他还是忍不住殷勤地迎了上去。

"吃饭了吗？"

"没。"

"作业写完了吗？"

"没。"

回答真金贵，就一个字，他顿时来了气。

"这孩子，多说一个字会死？"

这次连没也不回答。没办法，逢文职继续厚着脸皮。

"最近好吗？"

"好。"

"钱够花吗？"

"够。"

难道我就这么不招人待见？气得逢文职恨不能跑过去给她两个耳刮子。现在的孩子都怎么了，就像她才是他爹，关系颠倒了。都说女儿是爸爸前世的情人，这哪是情人，分明就是讨债鬼，除了要钱啥时候都不热情。女儿的态度让他很伤心，又勾起了他想再要个孩子的欲望。

心动不如行动，行动不如主动。

夜晚，等忙完的李桂兰刚一钻进被窝，逢文职立马一团火似的包围了上去。谁知，李桂兰利索地转身，把他晾在了外面，麻利地用被子把自个身子卷成了一团。

"我今天不舒服！"

"你哪天舒服？"

"我腰疼得直不起来，环戴得太久了。"

李桂兰背对着他，好像她一转过身他要把她吃了似的。

"那就赶紧去掉吧。"

"我也这么想，明天开完会就去。"

真是天助我也，想什么来什么！黑暗中的逢文职，忍不住得意地笑了。

三

一大早，整个科室闹哄哄的，张子豪正在召集人马开会。

一听说开会，科室里的几个小科员就议论纷纷。之所以议论，是因为他们总盼着有什么新鲜事发生。可逢文职太了解张子豪，他开会纯粹闲扯淡，不知今天又想放什么鸟屁。

果然，人刚坐定，张子豪便挺着将军肚，胖手一挥说："同志们安静一下，大家听我侃两句。"

逢文职知道这是他一贯的开场白，他一侃可不是两句，而是犹如滔滔江水一发不可收拾。果不其然，接下来他侃得又臭又长，先侃会议精神，就好像他一人学习了似的，又侃领导讲话，再进行自我分析，足足侃了两个半小时。再后来就侃得没边没际了，什么中国现在要增强国力，要加强科学技术进步，研制卫星上天、人造航母。还加了个自觉挺幽默的话，随着科技的发展，将来母猪上树都有可能……

什么乱七八糟的，逢文职对这家伙整天不学无术、只会溜须拍马死瞧不上。

记得去年年底同事聚会上，逢文职与几位同行正在探讨余秋雨和王小波的文学作品，这家伙竟然不知两位乃当今国内赫赫有名的大作家，一个劲儿地伸了脖子乱打听："那余秋雨和王小波是师里哪个部门的领导？"一桌子人顿时笑翻，其中逢文职的笑声最响。

为了报复逢文职让他失了面子，事后张子豪在会上大讲特讲："有的人不务正业，不好好钻研新闻宣传怎么搞，净扯什么余秋雨、王小波。"

不过，张子豪的学问也让逢文职佩服得五体投地的。

就拿喝酒来说，张子豪满嘴的顺口溜："不会喝酒前途没有，一喝九两重点培养；只喝饮料领导不要，常喝不输领导秘书；一喝就倒官位难保，一喝就跑升官还早，全程领跑未来领导。"

张子豪喝酒时，特别会活跃酒桌气氛，尤其会讲黄段子。可一到这种场合逢文职就成了木瓜呆鸡，不仅话不会说而且酒也不会喝，见有人来敬酒连忙推杯子，害得李政委直骂他榆木疙瘩，从此再也不带他。每逢接待李政委总把张子豪带上，还连连夸张子豪有意思，不但会活跃气氛而且一瓶子不倒，俩人双管齐下，为此搭上了不少社会关系。

其实逢文职也很清楚官场上各种盘根错节的人脉，都是仕途上的人力资源，自己这些年来一直还是个副科，不就因为他在人际关系上一直是"狗咬刺猬，无从下口"。可他不在乎，与花言巧语相比，他更愿意靠真本事吃饭。就是不升职又能咋样，他不还有自己心爱的宣传工作和文学事业嘛。

一想到这些，逢文职照样我行我素。

听到张子豪满嘴跑火车的鬼话，逢文职就忍不住开始哈欠连天。还没等他捂住自个的嘴，便看到了张子豪不满的眼神。可如果他不打瞌睡，他怕这些鬼话会让他忍不住笑出声来。

果然，逢文职很快便为自己的傲慢行为付出了沉痛的代价。

张子豪继续侃道："我们科室工作总体情况是不错的，可我还是要提醒个别人。有些人自命不凡，整天把谁都不放眼里，不好好钻研业务，净搞那些歪门邪道。不去宣传团场的大好形势，为了挣俩稿费净整些歪门邪道的小说，这和团场发展有什么关系？我已经三令五申文艺稿不算任务，可有些人就喜欢自以为是，到处铺天盖地撒网。就算你在国家级杂志上发表了又怎样，还不是成不了名作家，照样得老老实实坐在办公室里写材料！"

狐狸吃不上葡萄就说葡萄酸，逢文职很不服气。

这不是睁着两眼说瞎话吗？团里大大小小的领导讲话稿哪个不是出自他之手，团场外发稿任务一半都是他完成的。而张子豪也就是挂羊头卖狗肉，挂着宣传科长的名头，屁也写不出一个。不过，逢文职对他这套鸡蛋里面挑骨头的做法早就见怪不怪。他用眼角扫了一下其他几个小科员，只见小文一脸虔诚地聆听着张子豪的教诲，还不时地认真做着记录。逢文职暗想这小妮子真不简单，别看才二十八九岁，对人情世故如此老到。

小文是三年前分到科室的本科生，身材修长，眉清目秀，说话嗲声嗲气的，是个人见人爱的小姑娘。可小姑娘到现在连个像样的男朋友也没有，让逢文职感到不可思议。听说看上她的小伙子不少，可她愣是一个也没看上。现在的小姑娘不知咋了，三十岁不找对象还不急，一副稳如泰山的样子。

女人三十豆腐渣。这丫头要搁在老家，就是大龄剩女，就是老姑娘，要遭全村人嘲笑的。可她倒好，还活得逍遥自在的，真是皇帝不急太监急。

散了会，逢文职刚想溜号，林政委就推门而入。

五十来岁的林政委是两天前才调进团机关的新政委，跟逢文职一样白净的脸上也架了副眼镜。一见逢文职想溜便截住了他。

"小降啊，刚才我在办公室把你们科室的花名册看了一遍，就觉得你这个姓不好，你说它降什么不好干吗要降职呢？还降文职。"原来，林政委把他的逢念成降了。

张子豪在一旁忙添油加醋道："林政委，你批评得好啊，他这个姓氏不但少还没底气，叫什么都不像回事。不像我们张家，全世界拉出来有一个多亿，就是叫个张三都是响当当的。"

逢文职平时最恨别人念错别字，尤其别人老把他的"逢（旁）"念成

"降"，这让他更加无法忍受。士可杀不可辱，还当政委呢，连个中国字都认不清楚……他想说两句怪话刺激一下林政委，但转念一想，新政委刚到机关不了解情况，现在正是张子豪这种小人得志的时候，锋芒太露只会自己吃大亏。再说谁叫自个祖先不争气，没把逢氏发扬光大，十人见了九不认识，害得自己在这儿瞎受窝囊气。于是，他忍不住替自己辩解。

"林政委，你念别字了，我姓逢（旁）不姓降。"逢文职一本正经地说。

"是吗，小逢批评得对，下次我一定纠正。"林政委怔了一下，然后表情尴尬地作了自我检讨，随后向张子豪要他新上任的发言稿。

"讲话稿已经准备好了，我马上就给您送去。"张子豪殷勤地把林政委送出门。

送走林政委，张子豪立马拿着逢文职写的发言稿单独找林政委斧正去了。逢文职眼睁睁地看着自己的成果被别人拿去溜须拍马，犹如一块大石头压在胸口上，压得他喘不过气。谁说他什么都不在乎，他同样也有作为男人虚荣的一面，也想得到领导的赏识，可却偏偏不会和领导套近乎。

等他们一走，逢文职又想起了刚才那个关于姓氏的误会，独自一边生闷气。

在一旁的小文看出了他的不悦，立马殷勤地给他递来了当天的新报纸。他接过小文递给他的新报纸，看也不看，一把揉成个团狠狠丢在地上。痛定思痛，他下决心从他做起，一定要把逢氏发扬光大。想到这他立即给老婆打电话，可李桂兰的声音听起来有气无力的，原来她刚做了取环手术，正躺在医院难受得直不起腰。

表现的时候到了，逢文职一听马上放下手头工作，骑上摩托车直奔医院。

医院并不远，五分钟就到了。当他找到李桂兰时，只见她一手捂着肚子，一手扶着楼梯，逢文职一下子又来了气。

"咋不叫我呢，一个女人家家的，没事逞啥能！"

"平时一叫你就忙得很，我哪敢为这点小事打扰你？"

"这是小事吗？身体是革命的本领，还等着你为逢家传宗接代呢。"

"就知道你是黄鼠狼给鸡拜年不安好心。"

"我想要儿子就不安好心了？"

"我都这把年纪还生什么生，说出去让人笑话。"

"没儿子才让人笑话呢！"

说完，逄文职用力踹了一脚油门，摩托车就"嗖"地一下子飞了出去。

既然去了环，就有怀孕的可能了。

逄文职必须得好好表现表现。回到家，刚放下老婆，便立即骑上摩托车直奔团部农贸市场。要想苗儿壮，必须肥当家，他得大鱼大肉好好把老婆补一补。

正是夏季，团场农贸市场很红火，蔬菜的品种丰富多彩，西红柿、茄子、辣子应有尽有，红黄白绿，想啥有啥。下了班的人们正挤在菜市场里买菜，人来人往，热闹非凡。

虽然各种新鲜蔬菜很多，可逄文职只想买些肉食。三只老母鸡、两公斤排骨，两条新鲜大草鱼，200元转眼间就花完了。给老婆花钱他不心疼，只要老婆给生个儿子，花多少钱都值得。

刚走出市场，逄文职迎面撞上一个人。

男人装束很古怪，一头长发，一袭道袍，一看就是个算命的半仙。逄文职平生最讨厌地摊上各种算命糊弄人，可今天他也鬼迷心窍，见着老头就不想走了，非拉着他给自己算上一卦。

老头显然很认真，摸摸手，又摸摸脸，然后把生辰八字在指头上掐来算去。

过了好一会儿，老头才若有所思道："你这辈子有福啊，有儿有女的，工作体面，家庭和睦。"

几句话把逄文职直乐得龇牙咧嘴，一甩手给了老头50元。

可等逄文职转回一圈后，发现老头还站在原地给人算命，说的还是刚才那一套，他便知上当受骗了。跟他相比，半仙是走南闯北的老江湖，一个眼神便知道他心里想要什么。

50元能买两只老母鸡了，逄文职心疼得恨不能把算命先生揪过来揍上一顿，谁叫自己盼儿心切呢，没办法，他只能自认倒霉。

一路小跑跑回家，李桂兰已经强撑着身子在厨房里收拾碗筷了。这女人真是不要命，逄文职吓得忙把老婆按到床上，把被子盖到李桂兰身上，又仔细掖好每一个被角。李桂兰一下子被感动得红了眼圈。

"你这是干啥呀，又不是生孩子坐月子，休息休息就好了，没那么娇气！"

"从今往后你啥都别干，只管躺着，把身子养好再说。"

连日做家务，逄文职这才深切体会到老婆平日的辛苦与不易。他很后悔自己平日在家整天像个老爷似的，不管妻子再忙，他啥时候手里都捧着一本书，老婆一叫他帮忙，他就推说忙着呢。

知错就改还是个好同志，为了伺候老婆大人，他把书统统收了起来。

李桂兰不是他肚子里的蛔虫，还没等他再次吐露要娃的想法，手术后的第三天，就骑上自行车风风火火地下连队了，气得逢文职背后直骂她是个傻女人。

可骂归骂，逢文职回到家照样忙着操持家务。

四

星期六休息，女儿活蹦乱跳地从学校回来了。

还没等逢文职向女儿嘘寒问暖，便接到电话。原来团里要搞一场书画比赛，逢文职只好不情愿地加班去了。

来到会场，只见林政委和张子豪已经到了。逢文职老远就看到张子豪贴着林政委正笑眯眯地开玩笑。见他来，忙拿起一张纸说："亲家，快来欣赏欣赏领导的书法。"

逢文职没事也喜欢写两笔，而且书法颇有几分张旭狂草的味道。可今天一见林政委的字才发现自个差远了，简直不在一个级别上。林政委练的是王羲之，那行书如同行云流水、洒脱自如，于是忍不住连连夸好！

不过，看到林政委的书法，逢文职终于明白了张子豪为何急于办一场书画比赛，原来就是为了迎合这位新政委。看清了张子豪的用意，逢文职就想躲开。

"小逢啊，怎么见我就想躲呀，我是老虎要吃人吗？你的散文小说我找来看了，相当不错嘛。没想到我们团还有位大才子，这在整个兵团也不多见啊。"林政委走上前，一把握住了逢文职的手。

逢文职不由得大吃一惊，这令他受宠若惊。

这个林政委的态度可和以前的李政委完全不同啊，自己创作文学作品由于常受张子豪吹冷风的缘故，一贯被团领导认为不务正业。现在突然受到新领导的重视，逢文职一时竟不知所措了。

"林政委，你真看我的散文小说了？"

"那还有假，你写出了咱团场的鲜活人物，非常生动嘛。"

"我们亲家本就是咱机关公认的大才子，作品上了很多省级杂志呢。"太阳打西边出来了，就连张子豪也跟着一起夸。

逢文职被夸得晕乎乎的，不敢相信这是真的，可大太阳正在天上高高挂着呢，他这才相信一切都是真的。

"小逢啊，好好干，团里会大力支持你，有机会也好好给咱团写本书。"林政委拍拍他走了。

千金易得，知己难求啊。逢文职眼睛一热，林政委道出了他的心声，这正是多年来他最想做的事啊。逢文职望了一眼张子豪，很想看看这家伙的表情。

马屁拍到了马蹄子上，想唱戏却给别人搭了台子。逢文职知道这并不是张子豪的初衷，他不但不同情，还有点幸灾乐祸。他原以为林政委一走，张子豪就会变脸。谁知，张子豪竟笑眯眯地给他赔着笑脸。

"亲家，咱两家老乡没事好好坐一坐吧。最近我发现我儿子和你家咪咪挺好的。咪咪这孩子打小我就喜欢，温柔大方，不像你呆头呆脑的。将来要是给我家做儿媳妇，我一定亏待不了她。"

什么话？逢文职一怔，难怪今天态度不一样，原来这家伙在打女儿的歪主意。两个孩子什么情况，我咋不知道呢？他一下子就来了气。

"我女儿今年要参加高考了，你儿子没事可别去影响她，要是考不上大学我可跟你没完！"

张子豪却笑嘻嘻地没再搭理他。

事情好像没那么简单，逢文职虽然对自己的懦弱很不满，可对女儿咪咪还是很满意的。别看小妮子一副娇小姐的样子，却很聪明伶俐，比她老爸有本事多了。咪咪从小在张扬面前既蛮横又霸道，把个张扬收拾得服服帖帖。没想到张扬人高马大的还就吃这一套，从小像只尾巴似的跟在咪咪后面。

"张扬，给我掂书包。"

"张扬，给我拎水壶……"

把个张扬使唤得团团转，气得他妈直骂这小伙没出息。为此逢文职心里得意极了，老子欠债儿子还，天经地义，要不咋说风水轮流转呢。

从办公室走出来，逢文职的心情一下子就坏了。

无风不起浪，张子豪的话绝非空来穴风，他不由得打了个寒战。什么时候两个孩子已经长大了呢？这年头的孩子太早熟了，下班路上，逢文职经常能碰到一对对的高中生，难道自己的咪咪也有此苗头？

其实逢文职并不讨厌张扬，甚至还很喜欢张扬，之所以反对是恨乌及屋。张扬这孩子挺不错，一米八的个头，长得也帅，学习也好，和咪咪从小青梅竹马形影不离。可再好也不能成为他女婿。谁让他是张子豪的儿子呢？如果哪天他的外孙姓了张，就是把他的老脸放在地上用脚跐了跐，他可丢不起这个人。

刚到家门口，他一眼就看到张扬的自行车歪倒在自家楼前的大树上，像躺自己家似的舒坦。门没关，他蹑手蹑脚地走进去，只听两个孩子笑嘻嘻地在打闹。

"我爸说咱俩还没出生就定亲了。"张扬说。

"净瞎说，我爸一直就不喜欢你爸，咋可能和你家定娃娃亲？"

"我爸妈可一直都喜欢你，他们还等着你将来给我们张家做儿媳呢。"张扬笑得很开心。

"想美事，我爸才不会答应呢。"

"那你呢，你也不愿意？"

"我可没说不愿意。"

两个孩子边笑边打闹着。

逄文职手一抖，一个箭步冲过去，不客气地下逐客令。

"张扬，立即收拾东西回家去，以后不许你来找咪咪！"

张扬顿时吓傻了，逄文职一上来就张牙舞爪惊涛拍岸，吓得张扬连忙抱头鼠窜，怕跑晚了逄叔叔真能给他拍个水花四溅。张扬走后，逄文职依旧余气未消，把余气就撒在了女儿身上。

"以后不许你俩有来往，再让我看见，小心我打断你的腿。"

可女儿不是那受气的小媳妇，根本不吃他那一套。

"你说不好就不好了，凭啥？"

"就凭我是你爸，我说不行就不行。"

"爸咋了，爸就能不讲理了。"

逄文职本来也只是敲打敲打女儿，谁知就在他转身准备离开的那一刻，突然一眼看到了女儿桌子上的大头贴。照片里女儿和张扬两个小脸靠得紧紧的，靠在一颗心里面。他的眼球顿时像被烫了一下。

"好呀，小孩家家的这都照上合影了，赶明还不知要干啥呢。"

"我的事情你少管，我已经是成年人了，喜欢谁不喜欢谁跟你没关系。"

没想到咪咪为张家小子还跟他犟嘴，这让逄文职认识到了问题的严重性，他脑子里一下子跳出了张子豪那张得意洋洋的大胖脸。

"你喜欢谁都行，就是不许喜欢他！只要我活着一天，你俩就甭想在一起！"

"你说了不算，这辈子我还就喜欢他了。"

女儿倔倔地看着他，一点屈服的意思也没有。谁叫她是女儿呢，死孩子从小像他，越不让干啥越要干，天生就有一身反骨，而且跟他一样喜欢吃软不吃硬。这下好了，真跟张家小子混一块儿了。

逢文职伸手就是一巴掌。女儿没料到他会打她，"哇"的一声哭着跑了。

逢文职自己也愣了，这是怎么了？这可是他的宝贝疙瘩呀。可他还不是为她好，都是他把她宠坏了，这还是自己一直捧在手心里长大的女儿吗，现在竟然帮着对头来气自己。

吃晚饭时，女儿一直躲在房里不出来。李桂兰叫了一遍又一遍，女儿这才黑着脸走出来，父女俩绷着脸谁也不说一句话。

逢文职心里也很委屈，睡觉时，他紧紧搂住老婆的腰，正盘算着如何才能让老婆怀孕时，只听李桂兰说她想过段时间要把环戴上，顿时把他吓出一身冷汗。得赶紧把娃种上，免得夜长梦多。

他一把抱紧了老婆。

五

两个女人，一时间让逢文职忙得焦头烂额。

两件事都很棘手，但又必须解决。明的不行就来暗的，谁说要手段都卑鄙，那诸葛亮对付曹操用了不少手段呢，最终还千古流芳了，自己对老婆使点手段算不得什么。这样一想，逢文职心里就很坦然了。他从网上收集到不少怀娃的秘诀，比如：在女方排卵高峰期同房最容易怀孕等等，不看不知道，一看吓一跳。难怪老人常说隔行如隔山，原来各行都有各行的道。

晚上，到了吃饭的时候，逢文职故意又挑起话头。

"那个三毛家又要了二胎，李文彬的老婆肚子也大了……"

"啥，都四十了还要二胎，疯了吧。"

"传宗接代是人生大事，如果都不生，谁来建设兵团，谁来保卫国家。"

"放着好日子不过，不是自找罪受吗？"

再生一个娃

见试探不成功，逢文职顿时泄了气，他发现老婆跟自己目标压根不一致。怎么办？

事在人为，他是个男人，大男人就得逢山开路，遇水搭桥，他也只得勇往直前。逢文职是个行动力极强的人，只要他想干的事再难也不怕。他悄无声息地戒了烟，又去市里找老中医悄悄地抓了几服中药，提前熬好带回去端到老婆跟前，美其名曰要老婆大人好好补补身体。每天晚上睡觉时他一定要抱紧老婆，两人仿佛又回到了二十年前。

老夫老妻的抱抱又如何呢，于是李桂兰也只能半推半就了。

只是事情并没那么顺利。由于没戴环，每次亲热时老婆总是躲躲闪闪。可逢文职是下了狠心的，千方百计地用甜言蜜语引诱她，没想到女人还就吃这一套。

整整两个月，李桂兰竟然没来月经。

这让逢文职兴奋不已，同时又小心翼翼，他怕事情败露，更怕空欢喜一场。而且除此之外，老婆一点怀孕症状也没有，这又让他如坐针毡。

月经一向不准的李桂兰，自己倒没放在心上。可怜的她压根没看出丈夫的阴谋诡计，还以为他良心发现学会心疼老婆了呢。她哪知道丈夫正酝酿着一场阴谋。

不管怎样，要尽快知道结果。很快，逢文职就从网上查到了测试早孕的方法。办法很简单，只需花十元钱买张测孕纸，将试纸往尿里一插，15分钟就能知道结果。一条红线，没有怀孕；两条红线，就是怀孕了。

这个方法简单得不能再简单，就是小学生也会用。

很快，逢文职又想好了招数。让老同学以帮助老婆检查身体为由，骗取老婆的尿液。果然没心眼的李桂兰便上当了，乖乖地接了尿交给逢文职。一拿到尿样，他便做贼似的钻进了卫生间。

结果让他很激动，跟预测得一模一样——两道杠。那就是怀上了！真是喜从天降啊，从卫生间出来的他一把紧紧抱住了李桂兰。

"你有病啊。"

"你才有病。"

逢文职沉溺于自己的秘密之中，还沉溺得洋洋得意。

老婆的事情解决了，就得腾出手解决女儿的感情问题。这件事，同样也很麻烦。张扬是他从小看着长大的，逢文职从前尽管很讨厌张子豪，但一直还是很喜欢张扬这小子的，可现在知道张扬和女儿早恋时便不喜欢了，这孩子如此不求上进，真真是上梁不正下梁歪。没这事时，他觉得这小子眉目清秀；有了这事后，他就觉得这小子跟他爹一样，就是个卑鄙小人。就好比癞蛤蟆想吃天鹅肉，癞蛤蟆想蟾蜍可以，想天鹅就是犯罪。

为了两个女人，逄文职已经把自己变成了克格勃。

一开始，逄文职并不想来硬的，十几岁的小女孩正是风吹草动敏感的年纪，闹不好会离家出走的。前院的小丽就是这样的，小丽是咪咪的同班同学。

前不久小丽不知为啥被父母打了两巴掌，脆弱的她便背上书包离家出走了。结果就在小丽出走的当晚，整座楼都被惊动了，大家集体找了一夜也没找到。就在小丽父母准备继续报警时，忽然传来了一个不好的消息，派出所通知小丽的父母去辨别两具刚从大渠里打捞出来的女尸。听到这个消息，小丽的母亲当场晕倒，父亲也差点心脏病发作。

幸好两具都不是，不然小丽的父母到现在还躺在床上起不来呢。

虽说虚惊一场，后来小丽自己回来了，可她父母再也不敢像从前那样了。别说打骂，就连说话都小心翼翼的。虽说小丽只是到小学同学家里躲了两天，可这两天让小丽父母度日如年。都是独生子女，万一有点闪失，不要了老两口的命吗？

有了前车之鉴，逄文职于是更小心，他可不想闹出第二个小丽来。小女孩儿的心灵太脆弱，于是他只得把功夫下在张扬身上。对付张扬很容易，他只需一动不动地盯着他，张扬就会吓得掉头就跑。别看张扬一米八的大个头，却胆小如鼠，被逄文职一瞪像偷了他家东西一样，赶紧绕道躲开。别说找咪咪，就连靠近也不敢。

逄文职现在害了心病，一到星期五下午，他就神情恍惚，必须提前早早下班。

下了班，他便直奔大路口，仔细观察女儿咪咪的最新动向。守了三个星期五，还好没有发现什么不好的苗头。女儿很听话，屁股后面再也没有了张扬那个小尾巴。可等到第四个星期，就出了问题。逄文职躲在大树后面，老远就又看见了一高一瘦两个熟悉的小身影，不用看就知道是张扬和咪咪。

两个小人背对着他靠得很近，咪咪还小屁股一扭扭地在笑。

他悄无声息地走到两人背后大喝一声："咪咪，你在干什么？"吓得两个小人立即分成了两条线。

"爸，你干啥呀，吓我一大跳。"咪咪不满地瞪着他，张扬立即骑上车子灰溜溜地跑了。

"你说我干什么，你想干什么？"他大声怒吼道。

"我和同学正商量作业呢。"

"你难道不知道两家势不两立吗？"

"啥叫势不两立，你就是个小心眼，自己跟自己过不去。"

"你到底是谁养的，真没骨气，还没成家就向着仇人说话，真是养了一只白眼狼。"

"你爱咋地就咋地，反正你们大人的事和我们孩子无关。"

"下星期起，不许你住校，开始走读。"

父女俩剑拔弩张地站在那里一动不动，逢文职最终使出了杀手锏。他就不相信了，由他天天看着女儿，还能让那坏小子得逞。

这次轮到女儿愣在那里了，她一声不吭，过了很久，耷拉着脑袋自己走了。

女儿再不搭理他了，一个星期父女俩不说一句话。坐在客厅里看电视机的逢文职常常一个人发呆，他不知自己图个啥？这段时间他迷上了电视连续剧《潜伏》，觉得自己就是那个余则成，每天鬼鬼祟祟，结果还费力不讨好。其实咪咪住在家里，最辛苦的还是他逢文职，一大早伺候了老的再伺候小的，自己的小说全丢到了一边，要知道那可是省级杂志约稿啊。

不过，也有一件高兴事，他发现张子豪如同霜打的茄子蔫不拉唧的。

三天前，林政委想了解一下该团历史，想找本团志看看。谁知找了半天也找不到，原来建团几十年，还连本团志也没有，气得他开会公开点名批评张子豪。

"一群人都是吃干饭的，简直就是在瞎混日子。没有团志说明什么，说明宣传科长很失职！"

林政委批评完，又话锋一转。

"我看小逢倒是个干实事的人。"

此消彼长，这个表扬来得格外珍贵，逢文职又激动起来。关于编撰团志，这次林政委和逢文职的想法不谋而合，这本是他的夙愿，为此他已收集了大量的资料。从前，他曾多次向李政委及张子豪谈过这个想法。可两人总以小人之心度君子之腹，在会上硬说他为了个人捞稿费，气得他心如死灰。

英雄所见略同，关于团志，林政委听到逄文职的一番想法后非常重视，光临宣传科的次数也越来越多，动不动用手捋捋他的肩，就像当年李政委捋张子豪。这个动作让他很喜欢，捋完肩还给他带来了一个好消息，编撰团志已报党委会，很快就会有眉目，令逄文职听了为之一振，他知道属于他的时代即将到来，他再也不是那只蛰伏在冬季里的棕熊，他得甩开膀子大干一场。

"逄科长最近印堂发红，一定是有喜事临门了。"小文这小妮子很会不失时机地拍马屁。

这个马屁拍得恰到好处，让逄文职不加掩饰地笑了起来。老天终于开眼了，林政委赏识他，就连科室的小丫头片子都能看出来了，这给他注入了一剂强心针。

还没等他嘴角合拢，张子豪就没精打采地走到他跟前说："亲家，咱俩得好好谈谈。"

逄文职知道他老葫芦里卖的什么药，心里早就准备好了潜台词。

"亲家，你说咱俩是既是老同事又是老乡的，你干吗整天跟我过不去啊。"张子豪突然说话不那么霸道了。

"你别老咱们咱们的，你是你，我是我，这么多年我跟你从来不搭界。"逄文职一瞅见他那张胖脸就来气。

"孩子今年要高考了，你天天对付我儿子算怎么回事？最近张扬跟丢了魂似的学习成绩一落千丈。"

"这跟我有啥关系？"

"俩孩子从小就要好，你现在硬棒打鸳鸯还说和你没关系？"

"你也知道高考不能分心呀，那就更不能让孩子谈恋爱了对吧？而且别以为我家咪咪就能成为你们张家人，做梦。"逄文职终于出了口恶气。

"好、好、好。以前都是我不对，我向你道歉，可你别总拿孩子撒气。我回家管教张扬不让他骚扰你家咪咪，可正常的交往总该有吧？"张子豪终于为了儿子败下阵来。

逄文职看他失落的样子，心里说没门，嘴上却说："正常交往我从来不反对，只要不影响高考咋样都行。"

下班时，张子豪开着四个轮子，逄文职还是两个轮子。张子豪自从开上了四个轮子就有一个习惯，每逢走到逄文职跟前都要把车"蹾"一下，然而伸出胖脸灿烂地笑笑，显摆一下再走。

今天，张子豪的四个轮子走到他跟前又毫无例外地"蹾"了一下，却没伸胖脸，而是"呼"地一下子开走了，害得他跟在后面吃了不少土。

"啥玩意儿，老子总有一天也让你吃吃土。"

果不其然，就像逄文职预料的那样，李桂兰发现自己怀孕后坚决要去做手术，吓得逄文职差点给她跪下了。

"我的姑奶奶，你就生了吧，没准是个胖儿子呢，你也知道我家几代单传，这个孩子我是一定要的。"

"你咋知道我怀的一定是个儿子呢？万一还是个女儿呢？"

"就是个女儿我也认了，只要能生你就是我们逄家的大功臣，以后我们全家把你像老祖宗一样供着。"

"我可不当你家老祖宗。"

"那就当奶奶。"

"难怪这段时间你表现那么好，原来是明修栈道，暗度陈仓啊，真够阴险的。"

一大早，李桂兰便嚷着要去医院做 B 超，吓得逄文职不得不请假亲自陪着，生怕医生哪句话不得体，自己的娃当场就毙命了。

到了医院，一个小姑娘给李桂兰左照右照，照了半天才说话。

"孩子太大，已经两个月了没法做流产，要做只有等到三个月来做引产。"

说得逄文职一颗悬着的心暂时放了下来。

回到家，女儿一听妈妈怀孕了，小嘴一噘很不高兴地说："妈妈真是太搞笑了，都这么老了竟然还要生小孩，我可不要什么小弟弟，被同学知道笑死了。"

气得逄文职大吼大叫："小孩家家地懂个屁！没有弟弟谁来继承逄家血脉，就凭你放不下那坏小子，将来让我的外孙也姓张啊？"

一提起张扬，女儿顿时如同泄了气的皮球，耷拉着脑袋一句话也不说了。

危险期还没过，说明危险随时存在。打李桂兰一怀孕开始，逄文职就做好了与老婆长期战斗的准备。家里没人时，他便悄悄打电话，先打给岳母，再打给母亲，挨个发动亲情攻势，他知道女性体内天生有种母性。果然，两个女人一听李桂兰怀孕了，都迫不及待地打探消息，逄文职就知道自己这招挺好使。

刚吃过晚饭，岳母就风风火火地跑来了。

"桂兰呀，这个孩子你必须要。四十怕啥，等你六十他二十，正好你面前又多了个端茶倒水的。"

"妈，我工作忙得很，哪有时间照顾孩子。"

"我就不信哪个单位领导会不让你生孩子，谁不让生妈去找他。"

逄文职两眼一热，自己的工作总算没白做。

岳母刚走，母亲的电话又打来了，母亲可谓声泪俱下。

"兰啊，这娃你可千万要留下，他可是我们逄家唯一的命根子，你可不敢让俺逄家绝了后啊！"

"妈，不是我不想生，工作这么忙，你看我哪里有时间带孩子？"

"兰啊，算妈求你了，你只管生，养孩子的事交给妈就行。妈向你保证，只要你把娃生下来，妈保证把他养得白白胖胖的。"

一句话，驳得李桂兰哑口无言，打胎的事也就放下了。

六

人逢喜事精神爽，自从老婆肚子有了娃，逄文职的眼睛笑成了两弯小月牙。

从前吃好晚饭，逄文职总是自顾自地找人东拉西扯。现在老婆有了身孕，逄文职每天耐心地陪老婆沿着团中央那条柏油马路散步。团部越来越漂亮了，夕阳从天边斜洒过来，照在路两边的果树上，隐隐约约闪着金色的光，空气里散发着迷人的果香。

自从老婆怀孕后，逄文职看什么都觉得好看，他责怪自己从前咋没注意到团场的风景这么美。一路上，老远一见熟人他忙揽着老婆过去主动跟人打招呼，并故意暗示对方看她的肚子。

"我老婆怀上了。"

"啥，咋看不出来呢？"

"刚怀上还没显怀。"

逄文职说着得意地盯着对方的表情，弄得李桂兰偷偷直笑他。

说来也奇怪，自从老婆怀孕后，逄文职突然对女人的肚子有了浓厚的兴趣。昨天，小文问他哪个女明星最漂亮？他想都没想就直接答道：哪个女明星都不漂亮，只有大肚子女人最好看。大肚子多美呀，那小小的一弯弓起的弧线，里面竟然藏着一个神奇的生命。

说得小姑娘笑得前仰后合。

有啥可笑的，没结婚的小姑娘屁也不懂。逄文职不以为然，还有什么比一个鲜活的小生命更有意义？

光盯着老婆的肚子，可没想到孩子竟出了问题。

一大早，咪咪哼哼唧唧地对他说："老师上午要让家长到学校去一趟。"

逄文职一听就感觉不是什么好事情。他把手头工作交给小文，就着急忙慌地往学校赶。刚进老师办公室，就看到张子豪也黑着脸正一声不响地坐在那里。人一到齐，老师便开始劈头盖脸地教训两个大男人，告诉他们这段时间两个孩子的学习成绩明显下降。尤其是张扬，本来是学校培养重点大学的好苗子，照此下去，别说重点，考个普通学校都难。

别看女老师年龄不大，可训起两个大男人来如同训不听话的小学生，边训还边指手画脚。把两个大男人训得一直蔫巴巴地低着头。

回来的路上，张子豪不满地截住了逄文职。

"小逄啊，你说这两家孩子好好的，你干吗非要搞破坏？"张子豪这回没喊亲家。

"我那是为女儿好。"

"就算你拦着，那孩子就能听你的？"

"你的儿子咋样我管不着，可我得看住我女儿！"逄文职也亮明了态度。

"哼，只怕到时你谁也管不了。"张子豪冷笑道。

两人不欢而散，张子豪气哼哼地开着车走了，愣没带他。他也不稀罕，他有他的摩托车。

到了机关，整个科室里面乱哄哄的。原来林政委通知几个科室一起开会。科员们不知道为啥突然召集开会，都在揣测林政委此次的议题跟啥有关。逄文职正好在走廊上碰上了张子豪，一仰头装着没看见，张子豪也气呼呼地虎着个脸，俩人谁也不说一句话。

这次会议，林政委没按张子豪准备的讲话稿，而是按照自己思路谈到了新团场的所见所闻，其中提到了团里的宣传工作。他不仅肯定了宣传部发挥的作用，同时还特意提到了逄文职近年来的一些文学成果，并拟定了一系列改革措施，将文学稿也纳入年度奖励范围。

听到这项措施逄文职心里顿时乐开了花。俗话说马无夜草不肥，乖乖，一年能奖上好几千呢。

　　说到这一条，很多人都扭头直看逢文职，逢文职也激动得满脸通红。这哪里光是钱的事，还有领导对自己能力的认可。会还没开完，张子豪就走了。逢文职瞥了一眼张子豪，只见他的脸阴得快能拧出水来。

　　回到办公室，小文一脸的讨好，悄悄告诉逢文职，最近林政委对张子豪这个只懂吃吃喝喝的宣传科科长很不满意，说一个宣传科科长竟然连条新闻都不写，简直就是笑谈。

　　听到这个消息，逢文职第一次觉得自己这棵弱苗，终于要成长了。

　　一高兴，他就唱上了《今个真高兴》。正唱得欢，林政委一脚踏进了宣传科，见逢文职得意的样子就问："小逢啊，有啥喜事让我也高兴高兴。"

　　逢文职说："我做梦梦到自己成了武松，和一个老虎打架，结果我把老虎打得落荒而逃。"

　　林政委没听懂他的一语双关，却认真地说："你这个'逢'字我好好查了一下，这个姓氏很特别啊，'逢氏'应该是炎帝的后裔。"

　　逢文职一听，心里顿时热乎乎的，领导哪里是在关心他的姓氏，分明在关心他整个人嘛。幸好上次没翻脸，否则就太对不起林政委这样注重人才的好领导了。

　　林政委同时还给逢文职带来了一条好消息，经上级领导批准，团志编辑工作可以着手开始了。临走前，林政委拍拍他的肩语重心长地说："小逢啊，你是个人才，好好干大有前途。"

　　逢文职最见不得别人夸他，一夸便又把自个当个人物了。此刻他觉得自己就是一匹千里马，而林政委就是伯乐。他这匹千里马终于要冲出地平线。

　　"看来我们的逢科长从此要交好运了，有好事可千万别忘了我。"小文在一旁狡黠地眨着大眼睛。

　　"那是，那是。"

　　小妮子啥都知道，真是个小人精。

七

　　逢文职回家的第一件事，就是要和老婆分享编团志的好消息。

谁知李桂兰远没他想象得那样兴奋，平平淡淡地告诉他过两天她准备把孩子做掉。

"啥？吃错药了！"

逄文职像被烫了一下，一把揪住她。可李桂兰只是静静看着他，脸上一点表情也没有。

闹了半天，张子豪为了缓和两家关系，给李桂兰弄了个去市里培训的名额，时间一个月。这样的机会李桂兰不知等了多少年，说什么也不肯放弃。马屁拍到马蹄上了，气得逄文职破口大骂，他觉得这辈子张子豪就是他的克星，啥好事一到了他那就变成了坏事。

眼看已经成功了一半，逄文职说啥也不干，又骗情、又威胁，口若悬河地说了两小时。李桂兰不吵不闹，但态度相当坚决，就是要学习不要娃。

"不生娃就离婚！"逄文职再也伪装不下去，他大声吼道。

晚上睡觉时，逄文职和老婆两个人背靠背，谁也不说一句话。李桂兰平时不爱发脾气，可脾气一上来比逄文职还倔。几天下来，逄文职不由得败下阵来。毕竟事情还有商量的余地，不到最后一刻决不罢休。不过，离婚对四十岁的女人毕竟也是个大事情，李桂兰也没敢真的就躺在医院的手术台上。

到了办公室，小文便给他出谋划策说女人最容易心软，再坚强的女人一遇到糖衣炮弹就妥协了。

逄文职也觉得老僵持着不是个事，自己一个大老爷们儿总不能老和一个女人斤斤计较。更何况，那女人肚子里还怀着自己的娃呢。前两天他才从网上搜到，女人心情的好坏直接影响到胎儿的健康成长。

舍不了孩子就套不到狼。

他一狠心咬咬牙把私藏的几千元稿费一下子全取了出来，跑到市里给老婆买了辆电动车。

这辆橙红色的新大洲是老婆看了很久的，整整4500元。价格太贵，逄文职一直磨磨叽叽不肯买。这次，他下手有点狠——不就是要学习嘛，实在不行就是让老婆天天骑着电动车去市里上课。市里离家6公里，20分钟就到了。

骑上了新电动车，逄文职也觉得这车真带劲！心里又开始骂自己真不是个玩意，都啥年月了，还天天让老婆骑着辆破自行车风里来雨里去的。

正如逄文职预料的那样，李桂兰一见到新电动车，一向面无表情的她激动得一把抱住了他，并喜滋滋地告诉他，到市里培训安排住的地方，怀孕对学习一点也不影响。逄文职这才终于长长舒了口气，真是有惊无险啊，要不是自己足智多谋，只怕孩子早就保不住了。

忙完家里的，逄文职开始全力以赴编团志，争取年底就拿出来。

八

暴雨过后，是风平浪静。

这段时间女儿很听话，每天放了学就坐在自己的小屋里，拉上碎花窗帘专心致志地读书。经过暗自侦察，逄文职发现女儿和张扬已经不大来往了。有好几次女儿从张扬跟前走过两人谁都不说一句话。

最让逄文职高兴的还是老婆的肚子，已经慢慢鼓起来。逄文职怕出事，平时不让老婆回家，免得跑来跑去出意外。隔段时间他会自己骑上摩托车去看老婆。每次去他都带个皮尺，量量肚子到底又大了多少，量得李桂兰哭笑不得。

逄文职却一脸堆笑说："那怕啥，我量我自个家的孩子，又碍不着谁。"

倒是女儿咪咪一提起自己未来的小弟弟嘴一噘，说他是个老古董，又落后又可笑，批判他就是个封建时代的老夫子，一肚子学问最终也没忘记传宗接代的事。惹得他又暴跳如雷。

"你懂个锤子，你能让你的孩子也姓逄？将来我们老了你养活？"

一句话卡住了女儿的喉咙，女儿和他疏远了。

这段时间为了团志，逄文职每天都要加班加点，两天当作三天用，进度很快，已进行到三分之一。他把写好的内容交给林政委，林政委很满意，没事经常过来和他共同交流看法。加之俩人都酷爱书法，还顺便比画两笔，这让逄文职如同找到知己的感觉。老婆不在家，逄文职是自由的，这一自由就让俩人常常谈到深更半夜还意犹未尽。尤其谈到团志和未来的宣传工作，逄文职便如同决了堤的水一发不可收，他把多年的设想恨不能一股脑儿统统倒给林政委。林政委也很爱听他说话，两人常常有种英雄所见略同的感觉。逄文职觉得和这个林政委越走越近，而张子豪经常失魂落魄地远远望着他俩。

逄文职越想越喜欢这个孩子，他发现自从有了这孩子后，他的好运就来了，不但张子豪给他穿小鞋的机会越来越少，就连林政委也对他刮目相看了。由于林政委知道材料都是他写的，张子豪也不好再拿他的成绩硬往自己脸上贴金。而且有一次，林政委竟当着整个科室人的面说张子豪实在不适合兼宣传科科长一职，只适合管管行办，这让逢文职在漫漫长夜中又看到了一丝曙光。

张子豪这座大山压得太久了，把他脊梁都压弯了，他企盼早早解脱。就连孩子名字他都想好了，就叫"鸿运"。这个名字有点俗，但他觉得他就是那么一个凡夫俗子，就跟团场普通男人一样，希望好好工作，能有一个儿子，平平安安地过日子。这么多年来，他一直为这个目标努力奋斗着。

每当贴着老婆的肚子，他能明显感觉到那个鲜活的生命不停冒出的小鼓包，他觉得这个世界上谁都没他幸福。

好不容易熬到了老婆学习结束，路过市场时，逢文职专门拐到小市场买了一堆鸡鸭鱼肉驮在后座，他准备给他未来的孩子好好大补一场。

可就在夫妻见面的那一刻，李桂兰又想把孩子做掉了。

几天前，团领导去市里开会时，专门去培训班找她谈了话，准备把她升为计生办主任。这可是她多年来的夙愿。要事业就不能要孩子，这次李桂兰的态度无比坚决，任谁来说都不好使。

逢文职再次如同遭到灭顶之灾，怒火一下子从头窜到了脚。

他把买回来的一大包猪蹄子狠狠摔在了地上，躺在沙发上直骂娘。他跟她躺在一张床上快二十年了，可他现在才发现自己并没有真正地了解过她。

这次李桂兰决心也很大，远比他想象得坚决。

当计生办主任一直是她奋斗的理想，她不吵不闹，自己挺着肚子去做饭了。该吃吃、该喝喝，一点也不搭理他。逢文职从没发现这个女人的内心如此强大，简直就是个武则天，别看平时轻声细语的，杀起自己的孩子来不动声色。

"我不过就是想要个儿子嘛，咋就这么难！"逢文职绝望地想。

明天老婆就要做手术了，此时的逢文职已经黔驴技穷，张子豪嘲笑的胖脸又浮现在他眼前。

第二天来到办公室，不知为啥前阵子还雄赳赳气昂昂的逢文职，一到张子豪面前顿时又矮了半截。因为，张子豪又跟他皮笑肉不笑地开玩笑了。

"亲家，我看桂兰都显怀了，这下准是个胖小子。啥时候生啊？我好给你包个大大的红包。"

他一叫亲家就准没好事，逢文职猜想这老小子一定也知道了他老婆准备打胎的事，故意拿话来激他。真是家贼难防啊！女儿咪咪便是这小家贼。

小文这些不知内情的科员，一听到这个重大的新闻也跟着一起瞎起哄。

"逢科长，到底是男是女呀？"

"肯定个儿子，错不了，这下逢氏终于有后了。"张子豪笑得像驴叫。

"逢科长，没想到你还那么重男轻女，你可是我们团的老学究啊，都啥年代了思想还那么封建。"一群人笑嘻嘻地打趣他。

逢文职脸拉得老长，蔫巴巴地一句话也不说，喉咙里像卡了根鱼刺。

张子豪的嘲笑让他恨死了自己的女人，他已经想好，只要李桂兰敢打胎，他就立即和她离婚，说到做到。

下了班，他无精打采地呆坐在自己的科室里，一点回家的念头也没有。他觉得自己现在就是那个亡命垓下的项羽，众叛亲离，四面楚歌。全室人都走光了，只有他还难过得一动不动。

"小逢，想啥呢不回家？"一个声音吓了他一大跳，抬头一看是林政委。

"我不回家，回家有啥意思？"他木然地望着林政委。

"走，不回家就一起去喝两杯，这段时间辛苦你了。"林政委拉起他就走。

饭店不大，两盏昏黄的小灯把人心都快晃醉了。逢文职平时酒量就不咋地，加上情绪不佳，灌了两杯白酒就晕乎了。逢文职喝酒有个毛病，一喝多就爱说话，而且尽说平时不敢说的话。今天也不例外，他开始数落张子豪的罪行，越说越来气。气愤之余从年轻时连队开展活动到宣传稿费，从怀孕生孩子到那个侮辱性的亲家称呼，不学无术、溜须拍马、打击报复……在林政委面前，逢文职把张子豪批了个片甲不留。

他不仅批张子豪，又批从前的李政委……想到老婆升职的事，他把林政委也批了进去。

醉眼蒙眬中，逢文职感到林政委一直笑眯眯地望着他，这又鼓励了他说话的欲望。他向林政委毫不保留地说起了自己当作家的理想，又说起了传宗接代的愿望，还说起了那个为了工作不要命的老婆。说到老婆，逢文职的伤心再也无法控制，像个孩子般"呜呜"地哭了。直哭得天昏地暗，仿佛要把多年的委屈一起全哭出来。

一觉醒来，天已大亮。

逢文职抬头一看，女儿早已上学去了，老婆准备好了早餐正等着他来吃。他揉揉眼睛定睛一看，老婆的肚子还在。他不清楚这个女人手术为啥没做成，可又转念一想，反正也是早晚的事。一想到这，他就再也不愿理这个女人了。

这次人丢大了！怎么回来的他不知道，只记得他一个劲地拽着林政委不撒手。一想到昨晚他又哭又闹的，恨不能找个地洞钻进去，再没脸见林政委了。

这下全完了，所有美好的印象毁于一瓶猫尿。

整整一天，逢文职一直忐忑不安地忙碌着，而林政委连个鬼影也没见。他很想找个机会向林政委好好解释一下自己的失态，可林政委愣是没露头。逢文职脑子里乱哄哄的，坐在电脑跟前，一天也蹦不出来几个字。

回到家中，老婆肚子依旧鼓鼓的，又烧水又做饭的，和平时没啥两样。她到底想干啥？虽然肚子还在，可他现在最不能看这肚子，一想到自己还没出世的孩子，他便心如刀绞。

第二天一上班，小文就悄悄告诉他，林政委让逢文职到他那里去一趟。

林政委叫他？逢文职放下的心"噌"地一下立即被揪了起来。这下完了，他恨死了自己这张臭嘴，怪不得老祖宗总说言多必有失呢。杀人也不过头点地，况且举刀的还是林政委呢。这么一想，逢文职硬着头皮就去了。

刚进办公室，只见林政委笑眯眯地望着他，笑得如同曹操见刘备，意味深长的。逢文职心想：完了，这回真是笑里藏刀了。

"小逢，我从前觉得你口才好，没想到你喝醉酒口才更好啊！"林政委拍了他一把。

逢文职立即浑身一抽，他觉得这好像是一句讽刺的话，他要大难临头了。

"对不起！林政委，我这人酒风不好，一喝醉就爱胡说八道。你大人有大量，别跟我一般见识。"逢文职赶快自我检讨。

"酒后吐真言啊。小逢，我来工作时间不长，听了你的话才知道平时对下属关心不够，这是我工作做得不到位啊。"

逢文职听得心惊肉跳的，他不知林政委这句话是啥意思。

"关于你想要二胎的事，前两天我已经做通了你爱人的思想工作，她答应要平平安安生下这个孩子。你爱人我早听说了，是位非常敬业的好同志。升职归升职，怎么能为了工作连孩子都不要了呢，这也不是领导提拔干部的初衷……"

原来如此，不知修了几世福才遇见这么好的领导。还没听完林政委的话，逢文职的眼泪"唰"地就掉了下来。

九

两个月后，团志终于有了眉目。

为了这本团志，逢文职花费了大量的心血，他四处奔走、考察、询问、收集材料，加上从前准备多年的资料，团志在他和几位同事的共同努力下一天天厚重起来。逢文职每天忙得昏天黑地，连女儿啥时候高考结束的竟不知晓。

自从和林政委的那次谈话后，他像吃了颗定心丸，一点儿也不担心老婆的肚子了。每天除了忙团志，逢文职没时间想其他的，经常忙到深更半夜，但忙得神采飞扬的。

唯一令逢文职有些不爽的是，张子豪又开始人前人后地叫起了亲家，他一叫亲家准没好事情。

咪咪眼看要去上大学了，整天不着家。不是逛街，就是风风火火地见同学，从早到晚神龙见首不见尾。团志也到了关键时刻，逢文职忙得没闲工夫去管她，只要不去找张扬，爱找谁就找谁！

直到女儿要走的那天，逢文职这才腾出工夫送女儿。

为了表达歉意，逢文职专门请了半天假。票是女儿早早就买好了的，一想到女儿要去大连那么遥远的地方，逢文职又忍不住难过起来。他一口气买了巴旦木、葡萄干等一大包干果，全是咪咪爱吃的。女儿这回很懂事，一个劲哄着他开心，说了很多甜言蜜语，可他还是一点儿也高兴不起来，泪珠子不停在眼圈里打转。

到了火车站，熙熙攘攘的。

逢文职买了张站台票正想把女儿送进去，忽然发现有几个熟悉得不能再熟悉的身影拎着大包小包，和他往一节车厢走去。

逢文职擦擦眼睛，那个挺着个威风凛凛的将军肚的，不是张子豪又是谁？逢文职虽然一向眼神不好，但认张子豪还是百米之外就能认出的。张子豪见了他老远就笑得龇牙咧嘴，走近时拍着他的肩膀热情地说："亲家，你也来送女儿呀。"

逢文职这才发现原来张子豪是来送儿子的，怎么这么巧？他开始又有种非常

再
生
一
个
娃

不好的感觉。

"你还不知道吧，选学校时俩孩子都商量好的，报的是同一个城市的学校。没想到老天还真长眼，两人真就被同一座城市的学校录取了。这下我可放心了，孩子以后出门在外相互也能有个照应。"奚文英美滋滋地说。

"啥，我咋不知道呢？"逢文职愣住了。等他抬眼看时，只见两个孩子手拉着手亲亲热热地上车了。

"亲家，孩子的事情你就别干涉了。他们都有自己的主见，你想拦也拦不住。"张子豪大大咧咧地拍着他的肩，一副旗开得胜的样子。

逢文职一阵晕眩，像被谁拿块板砖猛击一下。这场精心策划的阴谋，他竟然毫不知情。望着张子豪那张得意洋洋的大胖脸，逢文职沮丧极了，他觉得自己最终还是被敌人打败了。

女儿长大到底成了张家的人！想起宝贝疙瘩咪咪，他心里就格外难过，养女儿有啥意思啊，关键时刻还伙同外人一起来骗自己。

女儿走后，逢文职再心无旁骛，一门心思忙团志。

几个月后，团志已到了最后的冲刺阶段，逢文职忙得焦头烂额。这段时间，科室里总是静悄悄的，其他科员经常不在，他竟没留意科室里已悄然起了变化。

只有中午没人的时候，小文这才凑过来，悄悄说他傻。告诉他快年底了，每个人都在忙自己的事。

有啥大事忙呢？逢文职不解。

小文这才神秘地笑了，一语道破天机。原来机关有个习惯，一接近年底各部门的人事都要动一动，今年也不例外。每到这时，机关里总是人心惶惶，很多人都在到处找人、拉关系，只有他还在死心塌地地做学问。

原来，大家都在扑火，有点光亮都扑上去了，唯有他一人还无动于衷。

逢文职也是俗人，有好事情谁不想啊，他何尝不想动一动，可僧多粥少啊，何况自己还是粒空中飘泊的种子，刚接触上土壤，离开花、结果还早了点。

小文便鼓励他去找找林政委。

"光自个想不行，你得把自己的意愿让领导也知道。你得表现得很迫切，这样领导才能惦记着你。"

"这样能行吗？"

"那当然。"

逢文职茫然地听着，不由得感慨万分，小妮子真不简单，将来是块当官的料！

权力是种诱惑，可一想到要靠送礼溜须拍马才能改变，逢文职浑身就一下子又泄了气。从前李政委在时，他也尝试过走走关系，结果他拎着东西还没等走到领导家门口，自己的腿就先软下来，东西又原封不动地掂了回去。

不管了，听天由命吧，先把工作干好再说。

令逢文职欣慰的是，团志终于全部完稿，这本书几乎耗尽了他所有的精力。林政委也非常满意，印刷厂通过了校对已经准备开始印刷。

十

到了年底，大家都在热议这次的人事调整。

有人说人事部要动，也有人说宣传部也要动。机关的气氛变得越来越紧张，那些有想法的人，连呼吸都变得凝重起来。

传闻越来越多，像长了翅膀，只有逢文职还在埋头干自己的事。

几天后，机关人事果真进行了大调整，宣传部也不例外。团领导认为张子豪任职太多，他的能力更适合放在行办发挥特长，于是宣布他不再兼任宣传科科长一职。听到这个消息大家都很意外，逢文职也长长舒了一口气，身上的这座大山终于被搬走了。

不知谁来接任宣传科科长一职呢？

开会宣布那天，所有人都屏住了呼吸，逢文职心里也紧张得怦怦直跳。正当大家都在揣摩时，林政委上前揭晓了答案：基于逢文职在宣传科的突出表现，由逢文职担任宣传科科长一职……逢文职被这个突如其来的好消息激动得几乎不知所措，这个消息机关事先怎么一点传闻也没有呢？

接着，林政委又宣布了下一条任命：由小文担任宣传科的副科长。

这个消息顿时让整个机关炸开了锅。人们纷纷议论，这小妮子才二十多岁呢，不知摸到了哪根葱。一时间，关于她的背景众说纷纭，却无从考证。只有逢文职丝毫也不感到意外，因为他早领教过小妮子的厉害。

会议一散，大家纷纷前来庆贺。逢文职也为夙愿终于实现心里乐开了花，见谁都笑。坐在这间已坐了很多年的办公室，他从未觉得像今天这样亲切。眼前的那棵海棠都快长成小树了，他觉得他就像那一簇簇海棠花苞即将开放。

散会后，逢文职再没见到张子豪，此刻他很想看看这位多年对手是什么表情。不知为什么，一想到张子豪他并没有那种胜利者应有的喜悦，反而有种惴惴不安。尽管他一直都想打败他，可现在的他却觉得自个更像是个强盗，硬生生地把别人的好东西夺了过来。

回家的路上，逢文职一眼就瞟见了张子豪那辆他熟悉得不能再熟悉的黑色轿车。他忙往路边一闪想躲开，谁知张子豪却毫不客气地把车"嘎"的一声停在了他眼前，但表情却远比他想象的要好看。

还是那张大胖脸，小眼睛却眯成了一条线。

"亲家啊，高升了你得请我喝两杯。"

这个结局令逢文职怎么也没想到，于是他回答得也干脆利索。

"喝两杯就喝两杯，这个年头谁怕谁！"

"亲家啊，你还是那个牛脾气。你看咱俩斗了一辈子，可斗来斗去最后还不成了一家子。"张子豪笑得乐呵呵的。

"是你欺负了我一辈子，是不是一家子现在还不好说。"逢文职连忙借驴下坡，心里可又不想这么快就买他的账。

"亲家啊，说实在的这个职位非你莫属啊，是我一直占着茅坑不拉屎，你的书我看了，写得真好。看了你的书，一下子让我想起了咱们当年刚来团场那股子激情……"张子豪突然动了感情。

逢文职一下子心就软了，只要一有人夸他书写好他就贱得不行，突然觉得这个张子豪也不是那么讨厌了。于是大声说："咱亲家回头好好喝两杯，不醉不归。"不知为啥，逢文职这回也用上了"亲家"。

一溜烟，张子豪的黑色轿车屁股后面卷起了一层尘土。逢文职呆呆地望着他消失的车，这回没生他的气。

此刻，他心里有说不出的畅快，正准备往家去，医院打来电话，要他马上去医院，李桂兰要生了。

终于要生了，逢文职骑上摩托车一口气跑到医院。

当他提着头盔、拿着护膝刚走到产房门口时，就听到"哇"的一声，一个响亮的声音划破了医院的宁静。接着有个声音惊喜地喊道："是个儿子！"

"我看看我儿子，看看我儿子。"接着他听到了老婆李桂兰那熟悉的声音。

逢文职的眼泪一下子夺眶而出，竟然像个孩子般躲在墙角里嘤嘤地哭了。他没急着进去，而是提着头盔转身向外走。

此刻，他要立即打两个电话报喜，一个给母亲，一个给林政委……

开庭审理

一切的开始是个游戏；一切的结束又是一个新的起点。

一

一大早，像抽了风似的，兰心的左眼皮跳个不停，一下一下如同失控的发条，怎么也停不下来。

像有什么事要发生似的，能有什么事呢？兰心心里直犯嘀咕。

如今的小日子兰心还算满足，丈夫是市工商局的副局长，女儿明年考大学，儿子虽说是丈夫前妻留下的，可一直跟自己亲亲热热，外人根本看不出不是亲生的。才45岁的兰心，遇上学校改制再也不用上班了，这对像她这个年龄的女人来说真是求之不得啊。尽管自己每月工资只有2000元，可她有个年薪近15万的老公，虽说不能大富大贵，可一家人和和睦睦，日子也过得游刃有余。

自从离开单位后，兰心像一只脱了线的风筝自由自在，平时除了那点家务外，几乎什么也不用做，闲暇时也就做做美容、逛逛商场，虽说和那些有钱老板的阔太太没法比，但兰心从不是个贪婪的人。没事时她就爱看电视剧，剧中那些有钱的男人不是在外面花天酒地，就是找女人，而且那些活在豪门里的女人，不是防着老公，就是亲人之间斗得你死我活。这样一比，像她这样一个二婚女人，日子过得比嫁入豪门还要好。

知足者常乐，兰心常对身边的人讲。

兰心见过太多的再婚女人，没几个过得称心如意，自己的妹妹娅心就是一个很好的例子。

论工作、论能力，娅心在女人中可谓样样拔尖。本来娅心的小日子过得也蛮舒心的，老公是个水利工程师，自己是水利局的机关会计，女儿上大学，两口子一年有十七八万元的稳定收入，日子过得让身边很多人都羡慕。

可不安分的娅心不知哪根筋抽着了，有一天突然和丈夫离婚了，半年后又迅速与人闪婚了。不用猜就知道，娅心出轨了，出轨的正是新来的上司王科长。作为旁人，对娅心的出轨也很好理解，王科长长得高大帅气，而且才华横溢，对于一般女人确实有不小的杀伤力。虽说娅心的老公也长得高高大大，可搞技术的男人毕竟有点木讷，而且不解风情，日子一久，就像一杯白开水一样索然无味了。

谁都以为再婚的娅心会过得非常幸福，毕竟男才女貌嘛，两人一看就很登对，而且情投意合、志趣相同。谁知事情就是那么令人大跌眼镜，俩人过了不到一年就离了。这鞋子合不合脚只有穿上才知道，爱情和婚姻根本就是两码事，只有天天搅在柴米油盐里，才知道什么叫酸甜苦辣。

原来，各方面都很出众的娅心在家里一向被丈夫捧在手心里，做家务能力几乎等于零。而王科长的前妻虽然没有娅心漂亮，能力更是谈不上，却一直把他当老太爷似的供着，做家务能力更是没人能比，不但房子收拾得如同五星级酒店，而且还烧得一手好菜，水平堪比大厨。俗话说勤能补拙，要想留住男人的心，必先留住男人的胃，这句话简直就是颠扑不破的真理。天天满足了王科长的胃，王科长自然对妻子普通的外表视而不见。

可自从这个王科长和娅心结婚后，日子过得就不顺心了。别看娅心长得有几分姿色，在王科长眼里简直就是绣花枕头一包草，连个鸡蛋都炒不好，最让王科长不满的是娅心不仅不会做饭，还不喜欢收拾房子，这让有洁癖的他无论如何也接受不了。女人可以不做饭，怎么连房子也不收拾呢，这还是女人吗？真是驴粪蛋子外表光！看着乱糟糟的房子，王科长越过越糟心，娅心渐渐地在他眼里变得奇丑无比。原来老婆工作能不能干不重要，重要的是家务能力。认清了现实，一向行事果断的王科长这次同样也不心慈手软，杀伐果决地和娅心离了婚。

幸好痴情的老婆还在等王科长，两人一拍即合，不到一个星期就复婚了。

娅心可就没那么好运了，等她想再回头复婚时，老公早已经和别的女人结了婚。虽说木讷老公在娅心眼里不解风情，可在别人的眼里，有技术、收入高、不花心的他却成了抢手的金疙瘩，再婚的女人不仅长得漂亮，而且整整比娅心年轻十岁。更可气的是娅心的老公逢人便说："离婚好啊，离了婚才知道自己原来也是块宝，不但有人嘘寒问暖，而且吃饭穿衣全有人伺候，早知道这样早离多好，也不用伺候了别人那么多年。"现在的前夫不光精神抖擞，还被收拾得容光焕发。喜气洋洋的他见了娅心便装作不认识，好像她是一块破抹布，头昂得高得很，这下总算报了戴绿帽子的一箭之仇。

离了婚的娅心就苦不堪言了，不到一年，突然竟成了离了两次婚的女人，不仅要背负着轻佻放荡的骂名，而且心情也彻底坏掉了——两个前夫提起她，谁嘴里都没有一句好话。办公室是没办法继续待下去了，机关里可容不下声名狼藉的女人，这会有损于机关形象，不久她在领导的劝说下不得不主动申请下了基层。

154

"落地的凤凰不如鸡"，老祖宗的总结一向是颠扑不破的真理。下到基层的娅心，工资低、环境差，又苦又累，每天风里来雨里去，娇嫩的皮肤不到半年就荡然无存。

中国有句俗话："福无双至，祸不单行，"好像就是专说她的。上大学的女儿突然在学校昏倒了，去医院一检查竟然是白血病。听说女儿得了这样的病，急得娅心直上火，可再上火女儿治病要紧。白血病不是普通的病，要治疗得花一大笔钱，娅心只好找第一任丈夫去商量，毕竟女儿也是他的女儿。

谁知，娅心这次又想错了。刚得了儿子的前夫此时正在喜悦之中，得知女儿生病的事，远没有娅心想象得那样着急，不但不着急而且钱也不出，这让娅心伤透了心。也不能完全怪前夫，前夫一向不善理财，现在工资全被年轻老婆管着，不能说用就用。

娅心为了女儿的病一趟趟往医院跑，可病情始终不见起色，再加上工作本来就辛苦，娅心精神支柱彻底垮了，不到两年，再也看不到她溜光水滑的样子，人仿佛成了一下子被狠狠抽去了水分的老黄瓜，蔫不拉唧的。

从此，娅心成了亲戚朋友们的反面教材，但凡一有女人想动离婚的念头，大家就会拿出娅心来敲警钟，弄得娅心得了家庭聚会恐惧症。

一想起妹妹的情形，兰心就格外珍惜眼前的好生活，要知道再嫁的女人如同隔夜的菜，纵然再是山珍海味，也没有新鲜的青菜萝卜好吃了。

人啊，不能这山望着那山高。

收拾完房子，她的眼皮还突突突地跳个不停。左眼跳财右眼跳灾，不会有啥事发生吧？兰心惴惴不安。她并不是个迷信的人，可这几个字突然就从脑子里蹦了出来，如同生了根似的想停也停不下来。

眼皮跳得再欢，兰心照样得出门为母亲买药，看不到药，母亲会把手机打爆。母亲病了，需要一大笔手术费，已经长年不上班的兰心想想都闹心。虽说每月都有固定收入，可这点钱连家里最起码的柴米油盐都不够，更别说承担母亲的手术费了。人们常说经济基础决定上层建筑，这话一点也不假，虽然工资高的丈夫每隔一段时间会甩给她个千儿八百的，可平时家里的开销全得仰仗丈夫，经济大权自然也不在她手上，她不能拿着丈夫的钱常常接济母亲。

什么时候能有一笔意外之财就好了！

人在绝路上时总会冒出不切实际的想法。可天上又怎能掉"馅饼"呢？即便有"馅饼"，又怎会砸在自己身上呢？兰心觉得自己很可笑，真是想钱想疯了。

对于丈夫掌管家中财务这件事，兰心其实很理解。虽然丈夫工资比常人高出很多，可当领导的他整天外出应酬毕竟是要花钱的，而且儿子将来成家买房也要花钱，女儿将来上大学也要花钱，这些钱全靠丈夫一人承担。如果单靠她那点收入，全家人连饭都吃不饱，换了别人还不知该怎样拼命挣钱呢！她见过太多的再婚家庭，虽然大家都在一个锅里搅稠稀，可个个把钱袋子都看得紧紧的，而且大部分都是ＡＡ制，比起那些再婚的夫妻，自己不知要好上多少倍。

一想起母亲病恹恹的样子，兰心恨不能变成孙悟空，来个七十二变。

正胡思乱想着，手机响了，兰心夺下眼皮瞧了一眼，竟然是刘琴。怎么会是她呢？她以为自己看错了，仔细一看名字确实是刘琴。

电话会不会打错了？八百年不联系，这会儿打来肯定没好事！

兰心一向不喜欢早晨接电话，一大早打来的电话一定有什么事，而且这种突如其来的事情，往往把一整天的安排全部打乱。看到这个糟心的号码，兰心任由它"丁零零"地响着。

可对方好像早已看透了她的心思，电话一遍又一遍耐心地响着，吵得她心烦意乱，想不接都不行。

二

刘琴是谁，是兰心前夫的前妻，这关系够乱的。

但有一点思路是清晰的，就是两个女人共同拥有过一个男人——米东。不过一个在前，一个在后而已，可就是这两个先后不同的次序，当年让两个毫无关联

开庭审理

的女人斗得死去活来。

明明知道对方有家庭，可兰心还是义无反顾地扑了上去。难怪人们总说爱情是女人的毒药，一旦上了瘾想戒都戒不掉。恋爱中的女人，不是疯子就是傻子，兰心亲自验证过，女人只要一旦动了情，智商几乎等于零。这能怪她吗，哪个女人不是这样，王宝钏、崔莺莺、林黛玉，个个都是拔尖的人物，还不照样前赴后继地扑了上去！哪怕粉身碎骨。

明明知道男人已经离过两次婚，明明知道他就是个花心大萝卜，可娇嫩如花瓣似的兰心还是鬼迷心窍地跟他领了结婚证。有人说婚姻是爱情的坟墓，有人说婚姻是围城，其实兰心更喜欢后一种说法，那钱锺书先生不愧是大文学家，总结得够精辟、够深刻。他有一句最经典的至理名言："婚姻像座围城，外面的人想进来，里面的人想出去。"果然不假，兰心冲进去还不到两年就从围城里出来了。可钟锺书老先生是个男人，对于婚姻的概括也是站在男人的角度总结出来的，殊不知围城里面那些想出来的其实大多数是男人，而女人们则是真正的守城者，既想守住家里的男人，更想挡住外面的女人。

又有哪个婚姻是铜墙铁壁呢？

隔壁家的老王，别看长得尖嘴猴腮，仗着自己挣了两个臭钱，找了一个又一个，都离三次婚了，最近听说又要结婚了，结婚的对象还是个没结过婚的大姑娘。

兰心算是看透了，城外的女人这么多，这城墙谁也守不住！世上男人又有几个不爱美女，在他们眼里女人是多具风情的一个物种啊，高的、矮的、胖的、瘦的，于是守住了有才气的，守不住妩媚的，守住了风情万种的，守不住放荡不羁。哪个女人也不是孙悟空，再厉害也不能七十二变，把自己变成千年的妖精。

当年那个刘琴不也是个高鼻深目的大美人吗？可她遭遇兰心时照样没能守住自己的丈夫！自己当年好歹也是个校花，不一样败走麦城，甚至比刘琴逃得更狼狈。家花没有野花香，野花没有家花长。正因为如此，米东才不惜把一朵朵野花变成家花后，弃之若履。

往事不堪回首，一想起来一地鸡毛。

18年过去了，这个号码依旧还在？当年兰心之所以小心翼翼地保留着这个手机号码，不过是为了防范刘琴再度骚扰，就连她自己也没想到，尽管换了好几部手机，可这个号码却像生了根似的长在了她的手机里，删掉又冒出来。

18年过去了，还会遇到什么麻烦呢？再说自己早与前夫离婚17年了，那人和自己早没任何关联了。

一定是对方不小心按错了号码！要不便是个无意中的巧合。谁还会把一个号码用这么久？谁还会再提那么多年前的烂事？等到手机铃声响到第五遍时，兰心不得不接了。

"三儿啊，米东死了！"果然是刘琴那难听的号叫声，由于悲伤，沙哑的声音听起来如公鸭一般。

竟然真的是刘琴！米东死了？怎么会这样？

可米东死了给她打电话算什么？要不是看刘琴哭得那么伤心，兰心真想立即挂机。况且明明知道她的名字，刘琴一口一个"三儿"地叫着，就差没直截了当叫她"小三儿"了，就是故意恶心她。

一想起刘琴，兰心眼前立即浮现出第一次见面的情景。

那天，她正和米东手挽手情意绵绵地走在宽阔的马路上，那时的她还深深地沉迷于爱情之中。正当她感到无比甜蜜时，突然，冷不防跳出一个高挑的女人来，上来就狠狠地打了一个大嘴巴子，打得她瞬间眼冒金星。还没等她弄清情况，"小三儿""贱货""臭不要脸的""狐狸精"，一堆不堪入目的字眼顿时如排山倒海般呼啸而来，打得她毫无招架之力。等她片刻清醒后，她一下子便明白了对方的身份。她本身并不示弱的，更何况当众这么有力的几个巴掌，可一听到这个可憎的称谓时，她的身子顿时矮了半截，所有的愤怒化为胆怯，让她如同偷东西的贼一般夹着尾巴迅速逃了。

这是她有生以来第一次遭遇耻辱。

面对愤怒的刘琴，她又怎能不逃？她的的确确偷了别人的"东西"，偷的还是一个大活人！这是她这辈子干得最龌龊、最丢脸的一件事。她逃得如此手忙脚乱，让她这辈子都刻骨铭心。

20年过去了，这个称呼依旧没有变，刘琴到底想要干什么？今非昔比，以她今天的身份，不能任由刘琴张口胡叫。

"你找我有什么事？"兰心一心只想尽快结束谈话。

"三儿啊！听我说米东死了，可他留下一大笔遗产！咱姐俩必须见面好好谈谈。"刘琴立即止了哭声，语气也一下子变了，明显夹杂着兴奋。

看来时间会抚平一切仇恨都是假的！明知道这个带侮辱性的称谓会令兰心不

快，可她就是要旧事重提，她就是要让兰心知道，不管过去多久，兰心做过小三儿的这桩丑事永远也抹不掉！

"遗产的事你去找法院，找我干什么？"

"三儿啊，好几百万呢，我就不信你不动心？"

这才是刘琴的本色呢！狼又怎能掩盖吃羊的本性呢？当年的刘琴是当地出了名的母老虎，吵起架来不是摔碟子就是砸碗，而且据说动起手来，掂把菜刀撵得米东能跑出好几条街道。能不害怕吗？米东是一个极爱惜羽毛的人，万一擦破了点皮，如果恰恰又在脸上，那不是要他命吗？

牡丹花下死，做鬼也风流。

没想到母老虎遇到了西门庆，把刀砍在了棉花上还被弹了回来，一点作用也没有，根本吓唬不了风流成性的米东，米东照样逍遥快活地找女人。听说米东最后动用 8 万元就搞掂了刘琴。8 万块钱啊，在 20 世纪 90 年代末那可是一笔巨款，脑子不算够用的刘琴被这么大一笔钱迷了心智，放过了这个花心大萝卜。

可目光短浅的刘琴，并没有意识到 8 万元很快也会花完的。随着时光流逝，8 万元别说买房就连供女儿上学都不够！看来刘琴还是失算了。而这笔钱对财大气粗的米东不过是九牛一毛，不伤毫发。米东照样潇潇洒洒地找乐子，女人一个又一个地接着找下去，而刘琴只能带着女儿独自艰难度日，别说成家，就连再找个男人也困难。

尽管听到刘琴的声音如同吃了只恶心的苍蝇，可此时，兰心却不能挂电话，因为她带来了两个无比震惊的消息，米东死了，米东留下了几百万元的遗产。

三

"三儿啊，听说有六百万呢，也许还不止，八百万也有可能，确切的数字不好说！"

不好说是多少啊！兰心的手一下子停在了半空中。她的脑子迅速被这笔巨款套牢了，甚至忘了那个侮辱性的称谓。

即便没有 800 万，600 万也不少！二一添作五，最少也能分 300 万。300 万啊，天呢！真是喜从天降啊！兰心激动得心花怒放。此时刘琴主动来分遗产，可见对她并没恶意。即便有恶意，她也只能装作没听到。谁会跟钱有仇啊，只要能拿到这么大一笔钱，再难听的称呼也不觉得刺耳了。尊严毕竟是建立在物质基础之上的东西，平头老百姓，哪有这么多讲究。

一时间，刘琴竟在兰心大脑中久久挥之不去。

往事如烟，不堪回首。一开始，兰心并不明白米东为何守着这么漂亮的老婆还会出轨。平心而论，兰心长相上并不如刘琴，刘琴有一张女人少有精致的五官，如同欧式美女。可一次交锋下来，这个没有心机、强悍、粗俗的女人很快让兰心找到了她的短板。那文化不高的刘琴定然没有读过"回眸一笑百媚生，六宫粉黛无颜色"那样的妙句，否则怎会不懂柔情似水的魅力，而温柔对于男人来说如同东方不败的"葵花宝典"，化骨绵掌为利剑，俘获男人于无形。初中时就爱看《笑傲江湖》的兰心，深谙此道，米东就是被她这样一个妩媚的眼神俘获的。

其实，后来兰心又见过刘琴一次，那一次同样永生难忘。

那天，灰蒙蒙的天空一直阴雨绵绵，刘琴可怜巴巴地领着一个叫米福的小女孩，一直站在学校大门外。

那时的兰心刚结婚不久，而且才换了个十分满意的工作，在市重点中学教语文，正可谓事业、爱情双丰收。可这样的好心情却偏偏被堵在大门口的刘琴给破坏了。

那天，刘琴母子俩整整在学校大门口站了一天，也整整破口大骂了一天。别看刘琴文化程度不高，可骂人的字眼却层出不穷，很多都是她这个语文老师也从未听过的，令她自惭形秽。

看到那个楚楚可怜的小女孩时，兰心其实是动了恻隐之心的，可那时她也骑虎难下，她那稍凸的肚子里也装着一个米东的孩子。

这么大的动静想回避都不行，显然校门口进进出出的老师和学生全都听到了。好事不出门，坏事传千里，中国人一向疾恶如仇，一名人民教师，可以贫穷、可以生病，怎么可以当小三呢？这个形象与她老师的身份太不相符，以后她还怎么再为人师表呢？兰心很快受到了严厉的处罚，若不是她有个舅舅在教育局，她早就被学校开除了。做了丑事总归是要遮丑的，原学校肯定不能待了，不然还怎么教书育人，于是不得不走一条"曲线救己"的道路，由市重点中学换到偏僻的郊区小学。从此，她不得不每天坐一个小时的班车上下班。

这女人真厉害啊！兰心至今还心有余悸。

"三儿啊，咋不说话呢，你在听我说话了吗？我知道你一定在听！"

士别三日，当刮目相看。

更何况 20 年不见，那个刘琴也早已不是当年那个缺心眼的女人，看来自己还是低估了她，即便隔着漫无边际的时空，刘琴照样把她的心思看得一清二楚。既然看透了对方的心思，就没有必要太客气，怕兰心挂电话，刘琴又发话了。

"三儿啊，目前咱俩家孩子可是唯一的继承人，这么大一笔钱够你我花上一辈子的呢，咱姐俩可要好好合计合计！"刘琴的声音一下子提高八度，明显带着喜悦。

什么时候成了姐妹了？

"那好吧！什么时候？"一听到要分钱，兰心也有些迫不及待。

"明天咋样？越快越好！"

"那就明天！"

看来刘琴的伤心也是假的，一谈到钱，刘琴激动得恨不能张开翅膀立即飞过来。毕竟是 600 万啊，不是一两万的小数字，她们都是普普通通的小家小户，又怎能抵得住这样的诱惑？别说刘琴，就是自己的小心脏也承受不了。前几天，兰心刚在报纸上看到一则新闻，有个中了五百万彩票的男人，由于惊喜过度，竟然当场心脏病发作。爱财是人潜在的本能。同样，她兰心也不是什么圣人，就在此刻，她再也坐不住了，她的喜悦丝毫不亚于刘琴。

米东死了，他怎么能死呢？他才刚刚 55 岁，事业也正如日中天。只要一想起这个英俊高大的男人，兰心便心如刀绞！往事瞬间把她拽回到那个静谧的黄昏。

凉风徐徐，暗香浮动，那是个多么美妙的黄昏啊！

初次相遇总是美好的。正如无数怀春的少女一样，兰心第一次碰上了自己的白马王子，只是这个王子不是骑着白马，而是开着一辆白色的奔驰飞奔而来。

23 岁的兰心，情窦初开，便与情场老手米东撞了个人仰马翻。

一个 23 岁，一个 33 岁，年龄差了整整 10 岁。按理说，两人本不该那么快就产生情愫的，可命运之神却偏偏将他们安排在一起。那天月老一定和孙猴子一样，偷喝了王母娘娘的千年佳酿，醉得不省人事，错将两根不相干的红绳系在了一起。

阳春三月，春风荡漾，注定了一场浪漫的情事。

下午，刚上完课的兰心正准备开个小差溜出去逛街，却突然被教务主任硬生生地叫了回去。原来，一位语文老师的丈夫突然出了车祸，正匆匆赶往医院。既然是车祸，事情就一定不小，既然都是同事，就不能不出手相助！她一个单身姑娘，本来就没有多少事，更何况又刚来不久，正是在领导面前好好表现的时候，于是，她义不容辞地多上了两节课。可恰恰就是这两节课的拖延，让她遇见了米东。

这场突如其来的邂逅，竟然让她一见钟情。

上完课，正好赶上学校来新的辅导书，代完课的兰心理所应当地把新来的辅导书也发下去。一个班级40多个学生，40多本辅导书摞起来高高的一叠，于是便挡住了不该挡住的视线，更何况还是走楼梯，楼梯很宽，本来容纳两个人一点问题也没有，可兰心那天的视线偏偏被辅导书挡得密不透风。

一个要上，一个要下，按说兰心看不见对方情有可原，可米东那天恰好正在接电话，就这样，两个人毫无防备地撞了个满怀，也正因为毫无防备，且力度又悬殊过大，吃亏的必然是兰心了。一米八的米东在不足一米六的兰心面前犹如一座大山，况且此时兰心还抱着一堆东西，于是，顷刻间兰心顺着楼梯骨骨碌碌地滚了下去，跟着滚下去的还有米东，谁能想到惯性也能产生爱情，可爱情就偏偏在这一刻启动了。

问题还是出在米东这个浪荡公子身上，关键时刻也没忘记英雄救美，他紧紧地抱住了这个被他撞下的女子。抱在一起的陌生男女，处境非常尴尬，还是兰心的初抱。兰心本想发火，可抬头一望，竟如雷鸣电闪一般，心脏随之"怦怦怦"地跳了起来。

原来，眼睛与眼睛的对视也能如此美好。

这是一双欧式的大眼睛，深邃而又情意绵绵，再加上一对浓密的剑眉，高挺的鼻梁，这不是《乱世佳人》中的白瑞德吗？兰心前两天才看了一场《乱世佳人》，被片中的白瑞德迷得神魂颠倒，此刻似梦似幻，这男人分明就是梦中人，成熟、帅气、富有男人味，尤其男人那双一动不动注视她的眼睛，顿时令她意乱情迷。

也就那么短短几秒，情场老手米东一下子就锁定了眼前这个猎物。兰心确实也是个少有的美人，牛奶般皮肤，白净得能掐出一泡水，弯弯的细眉下一对极媚的细眼，再配上一张尖尖的瓜子脸，有种说不出的妩媚。

其实，一见钟情的概率并不高，据说仅为1%，也就是说100对情侣中才能有一对，而且这个概率往往发生在相貌相当出众的男女身上。可想而知，一见钟情纯属扯淡。因为即便相遇，不是大眼睛遇到了小眼睛，就高鼻梁遇上了小塌鼻，而大多数人则是小鼻子、小眼长相平凡的普通人。可兰心与米东却偏偏就属于这类人群，于是 1% 的概率就发生了，而且来得顺理成章。

这一撞，两人不但没有反目而仇，反而惺惺相惜，念念不忘。

真正打倒兰心的不是鲜花，不是豪车，而是一碗甜蜜饯。

米东知道兰心爱吃甜食，便把她带到了一家僻静的咖啡馆里。咖啡馆与其他酒店、饭馆不同，因为酒店、饭馆做生意时，那都是敞开大门灯火通明，吆五喝六的，唯恐里面不够热闹。而咖啡馆做生意，则光线暗淡、半遮半掩，有一种情调，一种说不清的暧昧。本来醉翁之意不在酒，俩人来都不是为了吃饭的，结果，还没到酒足饭饱，一碗甜蜜饯便打碎了米东的伪装。

兰心这样的猎物，对于米东简直就是小菜一碟，一碗甜蜜饯看似普通，不普通的是一枚蜜饯留在兰心的樱桃小口上，这便让他迫不及待地下了口，瞬间，俩人进入到耳鬓厮磨阶段。

单纯、没有任何心机的兰心缴械投降后，两人的感情迅速从正常的 36℃上升到了 40℃。面对这辆几十万的奔驰，兰心最后的防线也彻底击溃，坐在这辆昂贵的小轿车上，让她魂不守舍，最后深陷其中不能自拔。

40℃啊！那可是普通人发高烧的温度，很容易烧坏大脑的。正因为如此，兰心才面对可能遇见的各种危险都视而不见，明明知道他是个有家的男人，不仅有妻子，还有个女儿，可她还是奋不顾身地扑了过去。

事情一开头就不是什么好兆头，一场祸事带来的婚姻，从一开始就隐藏着不祥之兆，只是傻傻的兰心什么也看不见。此时，她已是一只飞蛾，明知前面是火，也要粉身碎骨地扑过去。

理想很美满，现实很骨感，这场突如其来的婚姻最终草草收场。

四

该来的终究躲不掉！十几年过去了，两个多年不见的情敌终于在一家咖啡馆里见面。

这次会面双方都大吃一惊。再见刘琴，兰心差点没认出来，当年那个身材高挑、五官精致的女人早已不见了，韶韶年华被取而代之的是一身不堪入目的沉重赘肉和一张黝黑的脸。这还是刘琴吗？岁月是把杀猪刀，竟将女人的青春和美貌杀得片甲不留。刘琴明显地老了，浑身上下再也找不出一丁点当年的美丽，看来这些年刘琴的日子一定不好过！

没有对比就没有伤害，情敌是一面最好的镜子。

在刘琴的映衬下，兰心依旧皮肤白皙，两只眼睛虽然爬上了细细的皱纹，却不着痕迹，若不细看根本看不出来。中年的兰心身材早已失去了窈窕风姿，而微微发胖的她反倒多出几分性感。相比刘琴，她的变化简直不值一提。

面对当年的情敌，心里原本是要恨的，可兰心并没有丝毫得意，反而冒出几分心酸。原来女人的美好是用对手的不堪来衬托的，兰心顿感中年女人的悲哀。相比男人，女人的好时光实在太短暂了。

果然，正如兰心想象得那样，56岁的刘琴仍旧孤身一人，漂泊在这座城市的最底层，没有工作的她一直四处漂泊以打工为生，不仅过得捉襟见肘，还要养活好吃懒做的女儿、女婿。谈起女儿，刘琴忍不住破口大骂："这个不争气的东西！从小就不好好学习，小小年纪就谈恋爱，没上大学一直在家游手好闲。真是鱼找鱼、虾找虾、乌龟找王八！找了个游手好闲的男人，两口子什么都不干，全靠我一个老太婆养着！真是作孽啊！上辈子不知干了什么缺德事，让老天爷这样惩罚我。"

没想到一向泼辣厉害的刘琴会有今天，兰心不由阵阵心寒，心里更加愧疚。可转念一想，错的也不是她兰心一人，那米东又岂是省油的灯？即便没有兰心，还会有甜心、美心……自己不就是个鲜活生动的例子吗？水嫩靓丽的兰心自以为找到了梦中的白马王子，可就在她肚子里还怀着孩子的时候，这个该遭天杀的男人就劈腿了，她所受到的伤害和打击一点也不亚于刘琴，比刘琴更甚。这是上天对她的惩罚，每每想起这些，兰心肠子都悔青了。

危机什么时候出现的，兰心没防备。

那是兰心一生中最幸福的时光，她被米东的铮铮誓言迷住了，那么多好听的甜言蜜语她怎么听也听不够。婚后的兰心与米东卿卿我我发誓要一生一世，可就在她怀孕才四个月时，娜娜这个名字莫名地冒了出来。

这个名字出现得很蹊跷，悄无声息的。之前毫无征兆，简直一出手就是一双铁砂掌，打得她措手不及。

这个对手实在太强大了，远比兰心更大胆、更不顾一切。

当年兰心与米东偷情时，毕竟觉得是理亏的、见不得人的，于是偷情的方式格外隐秘，一直藏着掖着。可这个娜娜正好与她相反，直接在他们的新婚床上就翻云覆雨，这种堂而皇之令她瞠目结舌。当兰心在新婚床头上发现那只沾满污物的避孕套时，顿感天旋地转。要知道此时兰心肚子里爱的结晶还没有胎动，就这样，他们的未来就被一只小小的避孕套给毁了。

从此，兰心天天泡在泪水里。

俗话说变了心的男人九头牛也拽不回来。悲痛欲绝的兰心早产了，可这个早产的婴儿非但没能留住丈夫的心，反而将他推得更远。最令兰心气愤的是离婚竟由米东主动提出，而不是她兰心。与当年米东死活不肯与刘琴离婚相比，她连个泼妇都不如，这让她身心受到了前所未有的打击。

人生的道路从来就不是一帆风顺的，骄傲的兰心一向太顺风顺水、自以为是，良好的家世，出众的美貌，卓越的才华，一切让她不管走到哪儿都享受着众星捧月的待遇，唯独米东给了她当头一棒，直打得她眼冒金星。是该有人给她好好上一课了，不然，她又怎知什么叫丑恶的嘴脸，什么叫人间险恶？

别以为她才是世间最美好的女子，强中自有强中手，一山更比一山高。不知那个娜娜施了什么魔法，米东奋不顾身地离家出走了，犹如风萧萧兮易水寒中的壮士—— 一去不回头。她兰心算什么？只有娜娜才是米东攻城略地要得到的美人！要不是《中华人民共和国婚姻法》中规定男人不得在女方怀孕期间提出离婚的话，米东恨不能第二天就去上法院。

兰心伤透了心，自尊心强的她就在孩子生下的第二个月，咬着牙坚决地离了婚。

那是一段如地狱般煎熬的日子，一个人躺在产床上，没有丈夫，没有亲人，只有孤零零的绝望。米东铁了心地不要她了，不仅不要她，还不要女儿。他那么明目张胆地彻夜不归，尤其当着她的面在电话里竟然让姐姐劝说娜娜嫁给他，兰心觉得天都要塌了，她恨不能立即跑出去，一头撞死在飞奔的汽车上。

娜娜是何方妖孽，有如此大的魅力，竟然还不愿意嫁给米东？

女儿的阵阵啼哭唤醒了她，她不能死，女儿还没能喊上一声妈妈，父母将来还指望她来照顾！看着怀里这个柔弱的小生命，兰心一咬牙离开了。尽管当时她身无居处，尽管她身体还那么虚弱，可她还是离开了，她不能把最后仅剩的一点尊严也丢在那里。

那一晚，雨整整下了一夜，整个城市都泡在雨水里，兰心抱着女儿在雨中瑟瑟发抖。

往事不堪回首，多年来，兰心从未后悔过自己离婚的冲动，她把他彻底看透了。江山易改，本性难移！她不信跟着他的女人会有什么好下场。

世界真残酷，人的成长往往靠的不是年龄，不是学识，而是苦难。就那么一瞬间，兰心像棵浇了水的茅草苗壮成长了。正如她所预料的那样，米东离开她，也没娶娜娜，而是继续跟其他女人厮混在一起，一个接着一个。至于为什么没娶娜娜，兰心不知道，但有一点很清楚，无论他娶谁，最终的结局都一样，这叫狗改不了吃屎。

看清了这一点，兰心就没有半点犹豫。

三年后，兰心跟一个叫陈实的男人结了婚。陈实是学校的教务主任，如同他的名字一样，脸庞黝黑、个头不高的陈实，其貌不扬，身体结结实实，做事踏踏实实，比兰心大 8 岁。

同在一个学校，两人抬头不见低头见，早就知道彼此。

按说两人根本不会擦出火花的，这要放在从前兰心打死也不会看上他。陈实不光人长得普通，前额还有点瓢，兰心一向不喜欢秃顶的男人，爱咬文嚼字的她形容男人最喜欢用意气风发、神采飞扬这样的成语，这些都和头发有关。在她看来，那一头浓密的头发象征着一个男人昂扬的斗志，可谢了顶的男人呢，有些萎靡，萎靡的男人又怎能推波助澜呢？

波澜不惊是在没遇到米东前，而被抛弃了的兰心，根本不再是什么白天鹅，这还不是最重要的，重要的是一段不幸的婚姻对于一个女人的精神摧残简直就是毁灭性的，它会改变了一个女人对自我的认知，尤其是被男人抛弃的女人，让她不自信到认为自己哪儿哪儿都不够好。

30 多岁就当教务主任，将来一定前途无量！人们纷纷来劝兰心。

中国人有句俗话："落地的凤凰不如鸡。"她现在哪还有资格挑剔别人？带着一个拖油瓶能有人收留就不错了。陈实虽然长相一般，还带着个孩子，可当教务主任的他将来前途定然一片光明，最关键的是他还有一套 120 多平方米的大房子，至少能为她遮风挡雨。

"两个二婚在一起很登对！"老师们在撮合他俩时再三向她提到这一点，一下子击垮了兰心心理上那道最为脆弱的防线。

女人往往被男人抛弃后才会清醒地认识到，太帅的男人靠不住！喜欢哲学的她更明白：人不能在一块石头上同时绊倒两次。这次她必须擦亮眼睛，再看陈实时，兰心一点也不觉得他丑了，那张平淡无奇的脸反而成了他最大的优势。

事实证明，群众的眼睛是雪亮的。自从两人结婚后，陈实如同坐上了火箭一般"嗖嗖"直往上蹿，如今的陈实，早已不再是一所小学的教务主任，而是市工商局大名鼎鼎的陈副局长了。

当然，那场失败的婚姻也不是毫无益处，至少教会兰心一件事，只有成为一只变形金刚，才能百战不殆，如今的她早已百炼成钢，刀枪不入了。

坐在落魄的刘琴面前，兰心明显有了优越感。当领导的丈夫，和睦的家庭，白皙的容颜，富裕的生活，这些都令刘琴望尘莫及。

命运真是个诡异的东西，当初因为这个男人，两个人不共戴天；如今，还是因为这个男人，两个人又握手言欢。死亡真能让人忘却伤害吗？

兰心的恨意早就消失得无影无踪，她微笑地望着刘琴，显得十分友好。

"这些年你过得好吗？"

"不好！你呢？"

"我还好。"

"咱们还是言归正传吧！"

是啊，她们之间根本没必要惺惺相惜，温情与友好都只是惺惺作态。

"姐，你说吧，我听你的！"大概是钱的驱动，兰心竟一下子放下了身价，恨不能把自己低到尘埃里去。

"知道吗？三儿，米东这些年做一直汽车维修生意，店铺一家又一家，很可能有上千万的资产呢！"说到钱，刘琴不由得瞪大了眼睛。

"这么多？"兰心也吓了一跳，几乎有点不敢相信。

"那当然，但具体多少我也说不清楚。"

"就咱们俩？"兰心如同做梦一般。

"就咱俩！我已打听得很清楚，跟你离婚后，这么多年米东一直没再婚，虽说他在我之前还结过一次婚，可两人根本没孩子。真正的法定继承人只有你女儿和我的女儿！"刘琴笑了，满是褶皱的脸如同绽开的花朵。

能不得意吗？这么大一笔钱。不要说能分到五百万，就是一百万兰心也心满意足了。

这笔钱来得正是时候！兰心很快暗自盘算了一下，只要能拿上这笔钱，立即先给母亲做手术，母亲的病不能一拖再拖，再拖就拖到阎王爷那里去了。

"姐，我听你的，你说咋分就咋分！"钱一下子拉近了她们的距离，两人俨然成了姐妹，既然是姐妹，必须团结一致同仇敌忾。

"三儿啊，只要咱姐俩齐心协力，很快就能拿到这笔钱！"

"米东总算做了件人事！"

"这是他欠我们的，就该他还！咱姐俩干！"

"啪"的一声，两只酒杯碰得很响，两个女人一饮而尽。

五

一个月后，这桩遗产案终于在市法院开庭审理了。

一大早，兰心便把自己收拾得利利索索。不就是两个孩子继承权吗？案子很简单，一人一半，这样最公平，也最合理。兰心一心盼着尽快拿上钱，免得节外生枝，这样既能瞒着丈夫，也能合理地占为己有。

最好别让陈实知道！在这笔钱上兰心是有私心的。

虽说两人是夫妻，可这笔钱毕竟是前夫留下的遗产，理所应当归女儿和她所有。并且，兰心更不想让丈夫误会她与前夫有什么瓜葛，最担心的还是女儿甜心，甜心至今还不知道陈实并非她的亲生父亲，如果知道麻烦可就大了。虽说两人都是再婚，各有一个孩子，可和原配没多大区别，尤其陈实，对待女儿如同自己的掌上明珠一般，就连陈实的儿子，也一直把她当作亲妹妹。这么多年都过去了，兰心可不想捅破这层窗户纸。

走进审判庭，兰心这才发现除刘琴外，竟多出了好几个人。除了米东的姐姐的米青外，竟连米青的女儿米华也在，都是些不相干的人，而真正的继承人刘琴的女儿米福却偏偏没出现。该来的没来，不该来的都来了，这叫什么事？

看来，今天的事情不那么简单。

米福是主角，这么重要的场合主角怎么可以缺席呢？

另一个主角甜心也没到，是兰心刻意安排的。秘密在没揭开之前，她绝不能让女儿涉入其中。可米福凭什么也不出庭？这姑娘早就是成年人了，从小到大都知道自己是米家人，又没有一个像陈实那样的继父，主角都不来还怎么宣判呢？

兰心看了一眼米青，米青像没看见她似的，理也没理。

其实兰心一点也不喜欢这个大姑子，不喜欢米青是因为米东。更准确地说是米青不喜欢兰心。

第一次见面，米青就给兰心来了一个下马威。

没有父母，长姐如母，既然要结婚，米东自然要带着兰心去见姐姐，见姐姐就如同见家长。知道要见的是米东的姐姐，见面那天，兰心可谓煞费苦心，从穿戴到礼物，一样也没含糊。尽管兰心一直小心翼翼地赔着笑脸，可米青一上来就没给她好脸看！米青脸上一向没有喜怒哀乐的表情，见到兰心，一张胖胖的圆脸一下子就拉长了，无论兰心叫得再甜，米青硬是不接茬，一直铁青个脸，口气硬邦邦的像嘴里塞了颗钉子。

谁叫她长得不入眼呢，不仅长着一张狐狸精的脸，还干下了狐狸精才干的事，拆散了弟弟好端端的家庭。作为姐姐，米青没把她撵出去就算不错了，又怎可能笑脸相迎呢。

幸好当时米华也在场，这个圆脸和善的女孩子一下子就缓解了尴尬的场面，否则兰心可就如坐针毡了。米华只比兰心小3岁，很快，两个同龄女子便找到了共同的话题。而且这个米华也够胆大，完全不顾母亲的脸色，不断地给兰心端茶倒水拿吃的。

米青顿时生气了，铁青着脸怒吼道："难道你是小妾吗？难道你也破坏了别人的家庭吗？要这样低三下四地伺候人？"一句话，连她也一块儿骂上了，弄得几个人脸上都讪讪的。

领教了米青的厉害之后，兰心从此就避而远之了，平时尽量少上门，尤其回避与米青的正面接触。可正因为有了米华的出手相救，也成全了两个女子的友谊，从此她们成了无话不谈的好姐妹。

从米华嘴里，兰心终于知道了米青不喜欢她的原因，原来不光是因为插足，还因为一本不起眼的书。

米青认为兰心就是狐狸相，魅惑了米东。

兰心当时忿忿然，难道你是诸葛亮吗？还是麻衣看相先生？既然不是，凭什么断定下巴尖削者无肉的女子感情不佳，多为小三、小妾？这是什么逻辑！你弟弟本来就不是什么好东西，你米青也不过是一叶障目。

最让兰心不满的是米青这套说辞颇有些偏颇，既然对事不对人，那么刘琴不也是个尖下巴吗？作为大姑子，怎么能如此厚此薄彼。后来，又听米华说，米青不光嫌她颏尖颐薄，还说她长着一张芙蓉面，眼如春水，形似扶柳，这不正是标标准准的狐狸精吗？兰心全占了，这下没话说了。

老天总算开眼，与米青相比，米华完全没有遗传母亲的尖酸刻薄，不然，就凭米青的手段，兰心在米家一刻也待不下去。

其实，两个年轻女子之间的相处也很有意思的，米华搞美术，浑身洋溢着一股浪漫的艺术气息，常常吸引着兰心，再加上米华鉴赏力极高，这令兰心常常望尘莫及。要知道兰心虽有一副好皮囊，可在颇具艺术造诣的米华面前，处处显得肤浅。人们常说："好看的皮囊千篇一律，有趣的灵魂万里挑一"，米华就属于后一类型。两人之所以还能成为莫逆之交，那是因为兰心虽不怎么爱好艺术，可作为语文老师的她，闲暇时也不得不多看几本文学书籍，以便丰富讲课内容。虽说她不是一个真正的文学爱好者，可这些中外名著对她多少有点熏陶，而且勤奋的她也练过多年书法，兰心有个书法造诣极高的姥爷，让她受益匪浅，加之她勤笔耕耘了很多年，总算和艺术沾了点边。天下书画是一家，尤其中国书法和绘画本来就存在着必然的联系，就凭这点，两人便有聊不完的话题。况且又是亲戚，中间虽差一辈，但并没有成为不可逾越的鸿沟，反而你写字来我作画，其乐融融。

如果不是后面东窗事发，这场不夹杂任何利益关系的友情应该顺理成章地越走越远，可偏偏戛然而止。

兰心什么时候与米华一刀两断的，她没有细算过。而两人化友为敌绝非因为亲戚关系的解除。自兰心离婚后，只有米华还不弃不离地接济她，那段最为灰暗的日子里，如果不是米华的倾囊相助，众叛亲离的兰心根本无法坚持下去。

其实，那时米华也才刚刚结婚，丈夫虽说是个军人，可夫妻俩的收入并不高。尽管如此，柴米油盐，米华没少往兰心那里拿，就连兰心的房租也是她主动垫付的，可以说如果没有米华，兰心独自一人带着女儿根本没法活下去。

这段患难真情，却被一个人打破了。

这个女人的名字偏偏就在两人最好的时候出现了，像把刀似的横插在她们中间，让多年维持的感情一拍即散。这个不该出现的女人不是别人，就是娜娜，这个让米东奋不顾身抛妻弃子的人，让兰心家破人亡的人。

最深的伤害，往往来自身边最信任的人。

直到有一天，兰心无意中发现娜娜不是横空出世的，而是有人牵线搭桥的，而桥梁竟是米华，兰心顿时气得目瞪口呆。

要说是米华牵线搭桥并不完全准确，因为米华从未要成心分裂兰心家庭的，可娜娜确实是米华推给米东的，明明知道两人的德行，却偏偏将他们撮合在一起，这不是没事找事吗？最可恨的是米华明明知道俩人在一起厮混，却对兰心守口如瓶，她怎么也咽不下这口气。这和为西门庆与潘金莲牵线搭桥的媒婆有何两样？尽管米华的形象远比那媒婆可爱，可做的事却是如出一辙，大家都把她当成武大郎了，虽说还没给她饭菜下毒，却让她生不如死。

人生最大的仇恨莫过于杀父之仇、夺妻之恨、弑子之痛。娜娜虽夺的不是妻而是夫，于是兰心便把恨从娜娜身上转嫁到了米华身上，从此再不相见。

人心都是肉长的，如果换了兰心做出这样的亏心事，相信米华同样也不能原谅。

其实，兰心的恨不仅仅停留在精神层面上，还有关于尊严的沦丧。当年米东爱上她时，正巧遇到他与刘琴的七年之痒。有婚姻专家研究："七年之痒"是婚姻的第一个危险期。为什么这样说呢？人类由热恋到结婚，随着夫妻双方熟悉加深，其间的浪漫与神秘感已经荡然无存，此时一种新的刺激很容易让原有的婚姻分崩离析。而此时的兰心就是这个刺激，更何况当时的兰心还是个懵懵懂懂的少女，睁着一双梦幻般的眼睛，这对一个中年男人是极具杀伤力的。于是，那时的米东，像大多数"七年之痒"婚姻中的男人一样，陷入其中也情有可原。

可那个娜娜凭什么？就在兰心结婚的第二年，两人正是如胶似漆、卿卿我我之际，她便轻轻松松地得手了，并且一剑封喉。没有人知道这场意外的打击对兰心意味着什么？

为了这段婚姻，兰心弄得众叛亲离，几乎与父母断绝关系。

兰心自小就被惯坏了的，从上中学时起，那些逐花使者便踏破铁鞋纷纷而至，上师大时就更不用说了。可心高气傲的兰心却一个也没看上，谁都以为她要嫁入高门，谁知她偏偏嫁给了一个离过婚的男人，还是一个离过两次婚的男人。为此，母亲哭得死去活来，恨不能拿根绳子一吊了事。可光哭有啥用，婚姻由父母做主的时代早一去不复返，法律保护婚姻自由，只要双方愿意谁都拦不住！

难怪亲戚们都劝她说，不被父母祝福的婚姻幸福是不会长久的。可热恋中的兰心耳朵塞毛了，偏偏什么也听不进。更可气的是米东铁了心地要娶的那个娜娜，还不愿意嫁给他，男人真是贱，越得不到的越觉得好，这等于把兰心的颜面踩到了脚底下又踩了踩，见过糟蹋人的，没见过这么糟蹋人的！

兰心只要一想到那个风雨交加的夜晚，对米华的恨就不由得多了一分。

其实，这事不能全怪米华，要怪也只能怪小乔。

小乔是谁？兰心当然不知道。小乔是米华上美院的同学，一个个头不高、大大咧咧的女同学，准确地说小乔、娜娜、米华三人是同学。

按说以米华的性格，风流放荡的娜娜是根本高攀不上她的，虽然俩人同学了好几年，可米华对娜娜始终爱搭不理的。道不同不相为谋嘛，这是中国人几千年来的交友之道。在学校，米华绝对属于品学兼优的好学生，各科成绩在整个美院都是数一数二的，米华的志向也是成为著名的大画家、大艺术家。那个娜娜算什么东西，小小年纪就热衷于男女之事，在学校时，男友就换了一个又一个，高的、矮的、胖的、瘦的，人称"八国联军"，据说组成一个加强班都不止。这样的女同学其他人避之唯恐不及，可偏偏被缺心眼的小乔撞上了，还收入麾下。

在异地，娜娜和小乔是不搭界的老乡，父母同是江苏人，既然是老乡，两个女子好在一起的事情就避免不了。

本来从美院毕业后，同学们也都各奔前程。可从小在偏远山区的娜娜，看上了小乔居住的繁华大都市。为了能留在这座城市，娜娜死皮赖脸地就住进了小乔家。不知是小乔眼拙还是善良过了头，几年同学下来，竟没有认清这个狐狸精，竟然还敢引狼入室。直到一天，娜娜的一声尖叫把小乔吓了一跳，等小乔跑进卫生间一看，只见娜娜一丝不挂、头发散乱地和丈夫纠缠着，小乔这才幡然觉醒，当即将其扫地出门。

能利用小乔的善良，就能利用米华的善良，这是娜娜的生存智慧。

于是乎，无处可去的娜娜用可怜的眼泪换取了米华的同情。毕竟同学一场，善良的米华总不能眼睁睁地看着同学流落街头。可此时的米华也刚刚和丈夫新婚燕尔，正是情深意浓的时候，自然不能让风流成性的娜娜兴风作浪。虽说米华的军人丈夫常常不在家，可家还是要回的，而且聪明的米华远不像小乔那样愚蠢。狗改不了吃屎是其本性，她可不想重蹈小乔覆辙，让娜娜祸害自己刚刚开始的幸福生活。

把她安置在哪好呢？

聪明的米华立即想到了一条"曲线救同学"的妙招，把她介绍给了舅舅米东，让她去舅舅的店里打工。明知舅舅会来者不拒，可米华实在又别无他法。

果然，两个都是情场老手，一拍即合，只需几个眼神，很快就勾搭在了一起。此时的米东虽家有娇妻，可太熟悉的地方已没有了诱人的风景，更何况是一个大腹便便的孕妇，那就更煞风景，哪抵得上外面风光无限，两人很快完成了男女之间应该发生的一切。也许是意犹未尽，米东一贯胆大妄为，不光把风光片在外面播放还搬到了家里。也许，米东压根也没想隐瞒他和娜娜的私情，这才让兰心抓了个正着。

172

米华也知道娜娜不是什么好鸟，尽管采取了非常手段，可最后的结局依旧令人痛心。看到兰心流落街头，她恨不能上去掴上娜娜几记耳光。可光后悔有啥用，马后炮人人都会用，就是解决不了实际问题。纸里终究包不住火，这层关系到底还是让兰心知道了。

发现真相，竟是从一枚戒指开始的。

一开始，兰心只一心一意地恨娜娜，恨得有些不明所以，可后来恨着恨着就不恨了。不管怎样，狗不钻牢实的篱，苍蝇不叮无缝的蛋。渐渐地她想通了，她和那个娜娜同样都插足了别人的家庭，都没有什么好下场。

正当她想放下仇恨的时候，兰心从米华那里意外看到了一枚戒指，这枚戒指太熟悉了，是米东用来向娜娜求婚的。可娜娜不知出于什么心理，不仅不要，还让米华还给米东。

两人的通话就这样无意间被兰心听到了，兰心直接翻了脸。

士可杀不可辱，越是最信任的人就越不能原谅！尤其当她知道一切不幸竟源于米华时，米华在她眼里就成了一头披着羊皮的狼。

两人多少年没见面了？兰心不知道。谁能想到两个昔日的好友会以这种方式见面，多么富有戏剧性啊。

大家表情都淡淡的，彼此谁也没打招呼。

可以理解，无论她也好，还是刘琴也好，都成了米东的前妻。从法律的角度来讲，她们之间早已成为毫不相干的陌生人。只要钱的事情处理好，其他一切不重要！

果然，事情没那么顺利。

首先米青和米华的态度就匪夷所思，当法官提出分配财产时，米青说什么也不同意，非嚷着米东生前有遗嘱。可当法官问遗嘱在哪时，米青嘴巴如同上了锁，什么也不肯说。作为米东唯一的姐姐，是这个案件中至关重要的证人，她的意见直接左右着法官的最后判决。关于遗嘱一说也绝非捕风捉影，米青肯定知道在哪，可她就是不说，像捂着个宝贝，再急也没有用，谁也不能撬开她的嘴。

既然案件有疑点，法官就不能宣判，谁都束手无策。

难道米青还在等什么人？是在等米福吗？看来也不像。面对刘琴的频频发问，米青始终一脸的漠然，甚至可以说是不屑一顾。她的一双小眼依旧还那么犀利，对于眼前这两个曾经的弟媳，她一言不发地盯着，如同观看两个盗贼。

兰心很不舒服，由此她也认定米青的不合作态度绝非为了米福。可按照法律规定，即便她俩拿不上遗产，米青照样也拿不上，有两个女儿在，作为米东姐姐的米青，是没有资格成为第一顺序法定继承人的，除非有遗嘱。

可看情形遗嘱也不在米青手上，不然，此案根本不需要她们两个不相干的女人出场。

她到底要干什么？

六

什么时候能拿上钱，到底能拿多少钱？一切又成了未知数。

第一个回合交锋失败，犹如强大的"降龙十八掌"推到了一堆棉花上，软绵绵地被弹了回来，看来"降龙十八掌"也不是万能的。离开法院，兰心心情乱糟糟的。

去哪好呢？一起坐坐吧！米华主动提出。

兰心虽有此意，并不想主动开口，既然米华提出，那就顺水推舟。是啊，多年没见，米华即便不在乎她，也在乎她的女儿甜心，那可是她的表妹啊，如今失去了舅舅，他的孩子自然也就成了米华关心的对象。

傍晚的小酒吧，情意绵绵的音乐令人陶醉，座位与座位之间有一层密不透风的帷布，有一种暧昧，一种不清不楚。兰心暗想：难怪情人都爱泡酒吧，就这样的气氛没想法也会产生点想法，幸亏两个只是四十多岁的女人，不然还不知发生怎样出格的事呢？

昏暗的光线拉近了彼此的距离，俩人毕竟有过那么亲密无间的友情，而且这段交情也温暖过兰心很长一段日子。此时，兰心不光想知道对方这些年过得怎样，更想知道有关米东的一切！毕竟和米家断绝来往之后，米东的一切她一无所知。从今天的案件审理来看，细心的兰心很快就发现了种种不利。知己知彼，才能百战不殆，这也是老祖宗克敌制胜的法宝，教语文的兰心早就铭记于心。

时光如梭，还是从前的两个人，还是曾经的咖啡厅，可两个人却再也回不到从前了。

没有对比就没有伤害。兰心虽然依旧娇小玲珑，五官依旧柔美，但当年那张水光溜滑的脸早已没有了光泽，人民教师是个累心劳神的活，更何况还有一个令她早晚操劳的家，满目的萧条自然隐藏不住。

再看看米华，简直成了鲜明的参照物，如同一盏明晃晃的灯笼照着兰心。从前骨瘦如柴的米华，反而像只水蜜桃似的丰盈着，原来一张巴掌大的脸成了白晃晃的银盘，一身白色的绣花旗袍，把身体包裹得凹凸有致，再加上她那一双左顾右盼的大眼睛，简直就是风情万种。谁说四十岁的女人都是豆腐渣，只要潇洒也能活出花来。谁说胖女人都需要减肥，梅花只能临寒独开，有种不得已的冷清和萧条，只有牡丹才是花中之王，赶在最热闹的季节开得艳灿灿的。五月正是蛰伏了一冬的人们出来踏青的好时光，人越多，花越旺。

原来，女人的美是要靠男人的爱滋养的。

兰心虽没和米华再见过面，可从刘琴那已听到了一些米华的风流韵事。刘琴这方面厉害得很，不是刀子嘴是口蜜腹剑，可能与这些年来和米青母女的不睦有关，没捞上便宜的刘琴便剑剑指向米华的隐私，生猛鲜爽。

果真，米华的感情世界跟她的身子一样繁花似锦。

谈起个人感情，米华笑得很暧昧，眼神里有一种飘忽不定。已经离了两婚的米华目前还是个单身，然而单身的米华，感情世界不仅不贫瘠而是更加丰饶，没有任何牵绊的她有着不固定的男朋友。不固定是什么意思，可以乙，也可以甲，这样的感情何尝不浪漫呀，用米华的话说"若要自由故，两者皆可抛"。

米华一直随意地讲，兰心一直用心地听，看来搞艺术的人感情真是靠不住的！兰心暗想，先是娜娜，再是米华，前赴后继。兰心不喜欢，米华虽没有明目张胆地给人当小三，可此时在她心里也异途同归。真是米家人啊，连找乐子的方式都一模一样。兰心没有打断米华，没打断是因为米华讲述的都是些活色生香的艳事，有自己的，有刘琴的，有米福的，有娜娜的，这些都是她没听过的，她得耐着性子听一听。真奇怪，别人的艳事竟如同暗夜的茉莉，有一种藏不住的香，即便没有徐徐清风，也有种按捺不住的暗香浮动。也是，一本正经的话题有啥意思，若聊单位、聊工作，那该是多么的索然无味啊，不仅没味道，也拉不近彼此间的距离。那么聊隐私就完全不同了，有种推心置腹的亲近。

兰心虽然嘴上不说，心里却不由黯然神伤。

岁月真无情啊，自以为过得好的生活，在别人眼中不过是一盘索然无味的青菜萝卜。十几年守的那个皮糙肉厚的男人，不过是一盘最普通的西红柿炒鸡蛋，而别人盘里却全是山珍海馐，应有尽有。

米华用自己的生活给兰心好好上了一课，让她大开眼界。

什么是爱情？什么是情调！兰心有过吗？有过，和米东，可这辈子就和米东浪漫了那么一回，还阴沟里翻了船。为那点过去，兰心一直夹着尾巴做人多年来，唯恐有人提起当年。尤其做了副局长夫人后，更要行得正坐得端，和任何男人都保持着一定距离，唯恐落下别人的口实。更何况，她所在的单位一直是学校，别说是风月，就连点风声也别想听到，要想育人先得立德，为人师表就得一本正经。在学校，男女同事任何时候都很古板，没人敢做一件过头的事。这么多年习惯了这种生活，对"风情"两字竟然生分得很。

浪漫与情调，仿佛已是上辈子的事儿了，跟自己相隔千里，此刻突然被米华拽了回来，兰心不由感慨万千。

聊米东、聊社会、聊生活，米华虽然还那么细腻贴心，可思想深邃、语言犀利的米华，令兰心大开眼界，又自惭形秽。看得出米华过得很好，生活丰富，事业蒸蒸日上，有车有房，已是颇有知名度的名画家，当地赫赫有名的文化名人。与她相比，兰心这些年就像住进了尼姑庵，对所有的一切清心寡欲。

可两人出来毕竟不是来相互攀比的，关键时刻兰心不得不将谈话切入主题。后来的内容自然就离不开米东了，准确地说离不开遗产。从米华那里得到了一条重要消息，米东生前真的立有遗嘱，可遗嘱到底在哪谁也不知道。

真有遗嘱吗？兰心吃了一惊。遗嘱会提到甜心吗？兰心又开始暗暗懊悔起来。

俗话说：仇恨会烧坏大脑，最容易让人失去理智。虽说米东是甜心的亲生父亲，可这些年她却采取了最决绝的手段，狠心切断了甜心和米东的一切联系，包括阻隔他们的父女亲情。

开庭审理

175

其实，后来米东也曾找过她的，而且就在前两年。米东不知哪根筋抽着了，突然想起了她和孩子。

"想复婚门都没有！"望着那张依旧英俊白皙的脸，兰心断然回绝了。这是她当时最有尊严的回答。

"想看孩子门都没有！"随后她头也不回地走了。她生怕管不住自己，一回头立马会忘了曾经的一切苦难。

自从离开他，这是她最解气的两句话，她终于报了一箭之仇，也让他受到最严厉的惩罚。女儿和他早没任何关系了，就连姓都不是他的。其实甜心长得跟他像极了，是个十足的美人，人见人爱。看到米东那一副失魂落魄的表情，兰心简直痛快极了。

可这么一个大活人真能抹得一干二净吗？不能，况且还有那么大一笔钱堆在眼前。

聊起米东的话题是伤感的，毕竟曾经是她们共同的亲人。于是就滔滔不绝了，便畅所欲言了，畅所欲言的结果让兰心还得到了一个重要信息，米东的遗产好像远不止八百万。

到底有多少呢，米华摇摇头，看来她真不知道！

这笔遗产能不能拿到手不知道，什么时候拿到手更不好说，任何事情都不可能不劳而获，看来得花心思好好筹划一下！兰心暗想。

回到家，已是深夜 12 点，兰心早已身心疲惫。

客厅里居然还亮着灯，兰心推开门，只见女儿甜心正趴在桌子上写作业。女儿皮肤有点像年轻时的她，白得透亮，五官像她的名字一样甜美。爱学习的她不仅成绩非常优异而且还乖巧懂事，望着她那双天真无邪的大眼睛，兰心恨不得立即结束这场官司。如果甜心要知道自己还有个叫米东的亲生父亲会怎样呢？兰心不敢想。

"你最近好像忙得很，你在忙什么？"粗粗的声音吓了她一跳，怎么沙发上还躺着个人呢？原来陈实也在家。

丈夫这个时间点没在外面，兰心多少有点意外，往常这个时间陈实几乎很少在家，不是加班就是应酬。当了副局长的他有太多的事情需要处理，回家时往往已是半夜两点，而兰心也已早早进入了梦乡。

一向都是她等他的，关系突然反过来两人都有点不适应。

"没忙什么，最近见了几个老同学。"

"有人看见你去法院了，有什么事吗？"

"没什么事，陪朋友去的，咨询一个小问题。"

"没事就好，我最讨厌别人不诚实！党委最近可能要提拔我，你是家属，不管做什么都要小心谨慎，千万别闹出什么不好的事来！"陈实声音不大，可一字一句，掷地有声。

又要高升了？奇怪的是兰心非但没有半点惊喜，反而忐忑不安。丈夫步步高升，妇随夫荣，这在外人眼里是多么值得荣耀的一件事，可只有兰心知道丈夫的步步高升对妻子意味着什么。陈实每上一个台阶，对她这个做妻子的都是一个巨大的考验。丈夫越优秀，靠近他的女性越多，离她就越远，越来越多的孤独冷清在等着兰心。

从什么时候起，丈夫和自己越走越远的，兰心不知道。

看着深陷在沙发里一动不动的陈实，兰心心里不由感叹，官运亨通的陈实仿佛已经彻底脱胎换骨了，男人不光越来越成熟稳重，就连外表也会发生翻天覆地的变化。从前那张黑黝黝的脸由于经常应酬的缘故而变得红光满脸的，一脸的疙疙瘩瘩也平平展展了，那副干瘦的小身板如今也被厚厚的脂肪包裹得结实而又魁梧，就连那片秃了顶的脑门如今也密发丛生。看来事业上的成功，可以让男人浴火重生、凤凰涅槃的。

老实说，这些年来她对丈夫还算满意的。

陈实一直在外拼命工作，拼命挣钱，让她和女儿过上了安稳的生活，兰心很知足。可从什么时候起，两人几乎无话可说了。一开始兰心总以为丈夫忙，可不知现在细细想来不是，从什么时候起，他们中间有一道厚厚的墙横亘在中间。

这么大一笔钱要不要告诉陈实呢？兰心一直犹豫着。可听到丈夫升职的消息，兰心决心闭口不谈。

人无远虑必有近忧啊，不能告诉他！

谁能保证这个家就能一直那么完好无损地进行下去呢？这不是一笔普通的小钱，能不能拿上还是一回事，而且它是女儿和自己后半生的指望。甜心毕竟不是丈夫亲生的，再亲隔了层肚皮意义也就完全不同了，这也是一直系在兰心心里的一个疙瘩。更何况陈实还有一个儿子。如果真有那么一天，陈实抛开母子俩，她和甜心的结局还不如十八年前！那时的她还是鲜花一朵，好歹还是抢手的，如今的她快成豆腐渣了，又该何去何从？她再也不是20年前那个幼稚的少女，能抱着孩子流落街头。从她泡在雨中的那一刻起，就明白这世上靠人人会跑，靠墙墙会倒。

再说这笔钱也是米东留给甜心的，和别人无关！

七

半个月之后，再次开庭。

半个月不短，可也不长。这么大一笔钱，一大帮子人都在忙些什么呢？越没有动静就越有问题，暴风雨来临之前，平静的海底下早就波涛汹涌了。

一大早，兰心惶惶不安地按照约定时间来到法院。

法院距离兰心家住的地方只有几百米，抬抬脚就到了。走进法院前，兰心紧张地望望四周，唯恐碰见老熟人。丈夫上班的市机关就在前面不远处，稍有风吹草动很容易传到丈夫耳朵里。陈实上次看似那么随口一说，实际上是不动声色地敲警钟。陈实一向不言形于色，能那么说就表明他已经相当不满了。她知道这件事情的严重性，在这个关键节点上，她还在为争前夫的遗产打官司，传出去可是要上机关头条的。

一切早有准备，该到的人都到了。

兰心原以为自己来得最早，推开门才发现，审判庭里竟黑压压地坐了一大片。好家伙，牵扯到钱、牵扯到个人利益，不仅上次的人一个不落全到了，而且就连米福也到了。虽然多年不见，小姑娘嘴角上跳动的一颗痣还是让兰心一眼就认出了她。可是看到米福，只一眼，兰心心里便"咯噔"一下。

看来这不是只好鸟！

首先闯进眼睑的是米福的一头黄发，其次是不严谨的装束，再往下看背上还有一个硕大的刺青，大冷天的，一抹雪白的背明显地露在外面，这哪里是小家碧玉的做派，分明是舞厅里接客的小姐嘛。最令兰心不舒服是她那张脸，既不像米东，也不像刘琴，像谁呢？兰心说不上来。按说她算个漂亮的姑娘，丹眼高鼻，高高耸起的颧骨，如同丘陵上凸起的高山那样错落有致，可兰心就是觉得哪里不对劲。

哪不对劲呢？

她看了米福一眼，发现米福也在看她，目光里分明带着一种邪恶和挑衅。俗话说眼睛是心灵的窗户，只那么一眼，兰心便认定这绝不是个善茬，比她母亲刘琴难对付多了。别看刘琴泼辣，可她头脑简单，人也没太多的花花肠子。这个米福不同，骨子里分明藏着阴险与狡诈。

很快，她的猜测得到了证实。

当她刚经过米福身边时，"呸"一口吐沫飞到了脚上。她一抬头，只见米福正洋洋得意地盯着她，带着坏笑。接着她听到了一句令她极为尴尬的话，"不要脸的小三，也配跟我抢遗产！"

没教养的孩子，兰心的表情瞬间大变。

关于这个米福，兰心早就从刘琴和米华嘴里听到了不少传言，除了长相外，全都是些贬义词，好吃懒做，蛮横霸道，看来她真是白长了一张漂亮的脸蛋。听说丈夫原本是有工作的，娶了她之后，像害了传染病，也窝在家里不出门了，跟着老婆一直啃老。如果光窝在家里也就罢了，小两口婚后和一个赌徒做了邻居，这下好了，从此两口子每天在麻将桌上战得昏天黑地。如今面对这么大一笔钱，两人恨不能变成"阿里巴里的四十大盗"，只等一声"芝麻开门"，便立即夺门而入抢劫一空。

兰心很想不客气地教训一下这个不懂事的小姑娘，可一想到即将开庭的判决，她强压心头怒火。她盯着看了一眼米青，米青有种看热闹不嫌事大的幸灾乐祸。此刻她不能当马前卒，米青这匹马都没有过河，她这个卒子凭什么要过河找死呢！

果然，案件审理再次遭到阻挠。

审判员刚一提出要两个子女财产平分的决定时，米福立即站起来大声喊道："财产凭什么分给陈甜一半，她姓陈不姓米，我反对！"

这个女孩不简单，看来就连兰心丈夫的事情她也都打听得一清二楚，可想而知她是有备而来的。

"你这个反对理由不充分，陈甜虽然跟继父姓，可她和你一样都是米东的女儿。"

"如果我有遗嘱在手，这下总该我说了算吧？"

"请你出示真凭实据。"

"我父亲20年多前就决定把他所有的财产全部留给我！"

"你有证据吗？"

"当然有！这就是 20 年前我父亲立下的字据，这些天总算被我找到了！"

太意外了，怎么会有这么一份遗嘱呢？兰心顿时觉得天昏地暗、眼冒金星，一时间仿佛飞到半空又被人狠狠甩到了地上。难怪上次这么重要的场合小姑娘竟然缺席，原来找证据去了。这个刘琴也不是什么好鸟，什么齐心协力，什么同舟共济，到头来都不过是掩耳盗铃。真有大风大浪来临的时候，只有她是那个随时被拖下水的人。明明持有遗嘱，为什么还硬拉上自己一同上法院，这不是把自己当猴耍吗？

这个该天杀的米东，杀一百回都不解恨！

可就在这时，一直铁青着脸的米青说话了。

"你想一人独吞遗产？门都没有，按《民法典》规定：遗嘱的内容必须反映遗嘱人的真实意思。如果是被迫和欺骗而订立的违反遗嘱人内心真实意思的遗嘱，是无效的。你那个遗嘱早都过了 20 年了，而且米东活着的时候曾说过很多次，遗产一分钱也不留给你！"

声音如同炸雷，炸得米福形象全无，凶相毕露。

"你放屁，你个老不死的没有证据！"

"米东生前最讨厌的就是你，好吃懒做、游手好闲。"

"你说了不算，我爸生前最爱我！"

"哼，最爱你，为什么连你结婚你父亲都不去，并且不给你一分钱？"

"你胡说！"

"法官，我和亲戚们都可以作证，我哥哥生前最讨厌这个女儿，至于那个 20 多年前的字据，当初是为了和刘琴离婚，被刘琴威逼写下的。再说他后面又结婚了，而且又有了其他孩子，那个字据根本不算数。"

"谁知那个孩子是不是个野孩子，而且根本不姓米，只有我才是你们米家唯一的血脉。"

"你说不是就不是，你算什么东西！"兰心再也压不住心头的怒火。

"如果是我爸爸的孩子，她为什么不姓米，为什么不敢到法庭来？"

小小年纪真够狠，一上来就掐住了兰心的七寸。甜心不出庭，她料定兰心有什么难言的隐情。兰心也太小看这个刘琴了，她怎么就那么口无遮拦地将家庭情况统统都告诉她了呢？

虽然兰心一向也不喜欢米青，但此时她还是感激地对她笑笑。尽管米青还一直铁青着脸，但兰心分明感到她们彼此的距离越来越近了。

眼看双方吵成了一锅粥，案子没法再审理下去，只得再次休庭。

什么时候再开庭，开庭还会有什么麻烦谁都不得而知。

兰心心烦意乱，都说经济案子最复杂，没想到会这么复杂，事情像跟她作对似的，她越想早早结束就越结束不了，毕竟牵扯到这么一大笔钱呢，也不是三言两语就能判定的，只好慢慢熬吧。

正想着，一个人走到她跟前，她抬头一看是米福。

"听说你老公当了市里的什么领导吧，不错嘛，你也是个官太太了，干吗还要吃着锅里望着碗里呢，你就不怕我告诉他，哈哈哈哈……"接着，米福放肆地笑了，得意中露着阴险。

这女孩实在太歹毒了，兰心简直把肠子都悔青了，20年前的刘琴下手够狠的，20年后的刘琴又怎么可能变得善良呢？只有自己太傻了，什么一根绳上的蚂蚱，一条船的难客，到头来都只是自己的一厢情愿，别人只需那么轻轻一提，就把她拿捏得死死的。

从米东出事到现在，兰心最怕的就是会影响到自己的家庭，真是怕什么来什么。

晚上，丈夫并没有出门，一如既往地躺在沙发上看电视，兰心照常收拾碗筷，女儿趴在桌子上写作业。

"妈，这个星期天你要带我去买电脑。"甜心突然仰着脸说。

"小小年纪要什么电脑，等你上大学时再买！"兰心非常不满。

"不是我要，是我送我哥的，又不花你们的钱，花的是我多年攒的压岁钱。"

兰心不由眼睛一热，眼泪差点掉出来，死丫头至今还不知道哥哥也不是她的亲哥哥，如果真有那么一天真相被戳穿怎么办？实在不行就放弃吧，兰心一下子动摇了。

"我们甜心是个最懂事的孩子，过来到爸这来，电脑钱爸给！"陈实显然听到了，比自己给儿子买电脑还高兴。

丈夫刚说完，甜心便飞一般跑了过去，紧紧抱住陈实的脖子。

这父女俩，兰心心头一紧，就当米东从没出现过吧。这个米东也真够可恶的，死了还一直阴魂不散的。

正想着，手机响了，是个陌生号码。这么晚了会是谁呢？兰心不想接，可铃声一声声执着地响着，仿佛在催促她。

"兰心怎么不接电话啊？"正在和女儿亲热的陈实也听到了。

兰心不得不接，她刚按了一下接听，便飞出一个陌生男子的声音，声音很重，像是从鼻腔里发出的。

"三妈，我是壮壮，田壮壮，米东的儿子。"

一听到米东两个字，兰心吓得立即捂紧手机。有点恶作剧的味道，这人是谁？怎么开口闭口也叫自己"三妈"？真是怕什么来什么，看来这辈子躲不过"三儿"这个称呼了。从小在家排行老三，就连这个从未谋面的男子也叫她三妈。

"谁？你谁？"

"米东的儿子，我妈是刘桂芝。"

哪来的野孩子，难怪老祖宗常说"得意不猖狂，有财不外露"，就是用来告诫世人的。啥叫祸起萧墙，就连死人都能冒出个活生生的大儿子来，可想而知世上有多少贪婪的人。

米东的儿子？从没听说过，可刘桂芝这个名字不陌生。

刘桂芝是米东的第一个老婆。米家人上上下下都知道，就连兰心和刘琴也知道。可谁都知道他俩早离了，而且还知道他们连一男半女也没留下。那么这个田壮壮又是从哪儿冒出来的呢？这事太蹊跷了，就连米东也从没提过，这不符合逻辑，老婆可以不提，儿子怎能不提呢？兰心第一次为死去的米东感到悲哀，那么风度翩翩、意气风发的一个大男人，除了米福，竟没有一个孩子跟他姓，到底还有谁会冒出来分割遗产呢？

"你找我有啥事？"

"三妈，我想见见你，想跟您谈谈。"男人很诚恳，有一种乡下人特有的真诚。

"我不认识你，也从没听说过你，谁知你是真是假？我想我们之间根本没有见面的必要！"兰心狠心地拒绝了。她怕再冒出一个米福来，一个米福已经令她身心疲惫，再来一个还不要了她的命？再说，她已下决心再不掺和有关米东的任何事务。

"三妈，只要见一面你肯定相信我说的都是真的，我大老远从内地赶过来，就是为了见你一面，您放心，见我一面绝不会让您吃亏的！"

男子一口浓浓的河南方言，也许正是这个真诚的乡音，兰心一下子心软了。

八

既然如此，两个人很快在壮壮住的小旅馆见了面。

一见面，兰心马上意识到这个儿子确实是真的。谎话可以骗人，可长相怎么能骗人呢？猛一见田壮壮，这是一张帅气十足的脸，眼睛和眉毛简直像从米东脸上剔下来的一样，这不正是当年的米东吗？想不承认都不行！看得出男人生活得不太好，帅气的脸上布满了风霜的皱纹，丝毫找不到米东的儒雅和白皙，可正是这粗糙和风霜，反而给人一种憨厚踏实的感觉。

起初，兰心不理解壮壮为何非约她在这么偏远的小旅馆见面。可一踏进小店兰心便明白了，这个壮壮不是个有钱的主！

都啥年月了，还有这样的破旅店？虽然上下两层楼，却小得不能再小，房间有七八间，可里面个个都是大通铺，一个房间睡十几人，条件非常简陋，别说没有卫生间，就连最基本的供暖设施也没有，北方的天气又干又冷，住在这样一个房间里，境况可想而知。

"咋不找个好点的酒店住呢？"看着房间里窜来窜去的老鼠，兰心有些难过。

"这里挺好的，一晚上才20块钱，又干净又方便。住酒店多贵，一晚上得好几百呢！"

兰心听了忍不住一阵子心酸，米东这爹当得实在不咋地，自己在外面花天酒地的，孩子连个宾馆都住不起，真作孽呀！可不管怎样，男子一定是奔钱而来的，兰心一下子提高了警惕。

"你今年多大？"

"33岁。"

足足比甜心大了15岁，如果不问他年龄，看面相更像40岁，这男人一定吃过不少苦。

"我怎么从没听说过你？"

"我还没出生爸妈就离婚了，我一生下来就送人了，我是被别人养大的。"

看着这个浓眉大眼的男子，兰心还是动了恻隐之心，这个挨天杀的米东，真是猪狗不如！老婆可以不爱，怎么自己的儿子也不爱呢？可怜的孩子。兰心早就听米东说过刘桂芝，那个从小两家订了娃娃亲、比他大3岁的女人。米东曾信誓旦旦地说他们之间一丁点感情也没有，纯粹是包办婚姻，当时天真的兰心竟然还傻傻地相信了，看来都是屁话，没感情哪来的儿子？太过分了，这么小的孩子，还是个儿子，怎么能一出生就送人呢？

"你母亲呢？"

"不知道，我也从没见过她，不知她在哪里。"

原来那个叫刘桂芝的女人虽然比米东大3岁，却是当地十里八乡最漂亮的姑娘，可即使再漂亮，没文化，一脸浓浓乡土气息的刘桂芝很快就遭到了米东的厌弃，就在刘桂芝还不知自己已经怀孕时，米东已经毅然决然地离她而去。

故事是曲折的，也是催人泪下的。

20世纪80年代末的农村，并不是一个思想开放的地方，乡下人虽然穷，却把面子看得比命都重要。那个不解风情、只知埋头干活的乡下女子，在遭到丈夫的离弃后，经不住众人的指指点点，很快把生下的儿子送人后便离开了当地，从此一去不复返。

往事不堪回首，寄人篱下的田壮壮，小小年纪吃尽了苦头。没读过几年书的他，14岁开始便四处打工挣钱。在那些风雨飘摇的日子里，尽管他早就知道自己有一个非常有钱的爹，可这个淳朴善良的孩子却没有去寻找过自己的亲生父亲，反而一心一意地照顾自己的养父母。

事业越做越大的米东，早就听亲戚们议论过自己的儿子，并想重新认回他，却被儿子坚决地拒绝了。他忘不了养父母的养育之恩，同时更无法忘却亲生父母狠心地遗弃。

再次相认并不是田壮壮主动的，而是他那个聪明、颇有见识的老婆——张莲张罗的。

都是乡里乡亲的，芝麻粒的事都藏不住，更别说是那么有钱的一个爹。米东的老家离壮壮被领养的地方并不远，像他这样的成功人士在当地几乎凤毛麟角。更何况米东每次衣锦还乡时派头阵仗都很大，西装革履、开着豪车、出手极为阔绰的他，令当地人艳羡不已。农村人吃饱撑了就喜欢扯闲话，有本事的米东被亲戚吹得天花乱坠，田壮壮可以不动心，不代表别人也不动心。都是米东的血脉，凭啥他们就该过得狼狈不堪，张莲一听就再也坐不住！

别看张莲个头不高、长相普通，可这个乡下女子绝不缺少胆量和智慧。别看她只是个农村女子，16岁时她就开始走南闯北，跟着小姐妹到深圳、广东等大公司里去打工，见识过亿万资产的大老板，知道什么叫作有钱人。既然守着一个那么有钱的老公公，凭啥还要过着一日三餐衣食不饱的苦日子？就是不为自己，也得为儿子打算打算吧。再亲亲不过父子，又不是白白占便宜。血缘关系是最割舍不断的亲情，不认白不认！

主意已定，张莲便开始悄悄单独行动。当然，在事情还没有眉目之前，必须得瞒着丈夫，对于这样一个既不开窍又倔强的丈夫，提前明说只能坏事情。

要想找到米东这样一位成功人士并不难，况且在这个信息无比发达的时代，只需稍稍打听张莲就找到了所有联系方式，并很快取得了联系。

这个小女子还真不简单，当她千里迢迢找到米东时，米东顿时老泪纵横。真是踏破铁鞋无觅处，得来全不费工夫！竟有这样白白送上门的好事。已经年过半百的米东，正是孤家寡人六亲不认的时候，有人突然送来了日思夜想的儿子和孙子，米东激动得当场热泪盈眶，直接丢下生意，亲自开车将张莲送回了遥远的故乡。

这一次，事情完全不一样了。

这是时隔33年后的父子初次见面，双方一见面就紧紧地抱在了一起。已经成家立业的壮壮，如今也早为人父，父子之间又能有多少恨呢？即便有恩恩怨怨也都是父母之间的。已经过了那么多年，作为儿子，其实他一直也无法割舍对亲生父母的思念和牵挂。看着已经两鬓斑白的父亲，壮壮紧紧把他搂进怀里。而米东这次出手也极为阔绰，当即一甩手便给了儿孙10万元的见面礼。

十万元啊，田壮壮激动得双手颤抖。

一切都在悄无声息地进行着，之所以不愿让更多外人知道，是因为田壮壮放不下养育之恩，为了不让两个老人受到伤害，田壮壮决定对外隐瞒父子相认的事实。

既然父子已相认，那么米东也就实实在在地吃下了定心丸。其实多年来，米东身边虽然女人一直不断，可他却也早已心灰意冷，这些女人不是奔着他的一表人才便是奔着他的钱财，而且大多是奔着他的钱财去的，真爱能有几个？

父子相认得正是时候，两鬓斑白的米东此时正逢事业不顺、感情缺失之时，于是便格外怀念起家的温暖，极想享受天伦之乐，过一种儿孙满堂的日子。想睡觉就有人送来了枕头，这个憨厚朴素的儿子，虽然性格一点也不像自己，却让米东心里有一种从未有过的踏实。

虽未抚养过一天，但儿子并未说一句埋怨的话，反而一心一意地照顾他，这让他更加愧疚。看着这个饱经风霜的儿子，米东下决心要好好补偿他。看着儿子、孙子和和美美的一家人，米东毅然决定后半生要留在家乡和孩子一起安度晚年，叶落归根。

米东这次决心下得很大，回到原来打拼的城市后，毅然卖掉了部分房产，转掉了大部分生意，并把一部分钱投到自己的老家。他很快在儿子生活的镇子买了住房和门面房，这两间硕大的门面房足够他们做任何生意，也够让他们吃穿不愁。

一切都在有条不紊地进行着。

每套门面也都做好了最完美的打算。儿子是司机，有多年开车的经验，对汽车的性能更是了如指掌，一套门面做汽车修理，一套门面开酒店，这些都是米东多年经营的老本行，轻车熟路。有了儿子这个有力的助手，一切都水到渠成！在商场上摸爬滚打了很多年，米东吃尽了欠钱的苦头，还有好几百万没要回来，他再也不想干欠钱替别人做嫁衣的苦差事了。

所有的一切看似完美，没想到人算不如天算。

就在米东处理完当地的所有事务，匆匆赶回他那套精心装修的新宅时，意外发生了。

那天，阴风怒吼，电闪雷鸣，雷电像要把天空炸开一个口子似的，一大早就不是什么好兆头，

眼看暴风雨就来了，米东迫不及待地往家赶。前面一拐弯就是自己的新房了，米东不由加大了油门。就在这时，天空一道闪电，米东的注意力被分散了，突然一辆大卡车横冲直撞，直接与米东的小车碰了个满怀，米东当场毙命，结局如此惨烈，只在一瞬间。

故事如此惊心动魄，竟让兰心忘了此行的目的，她一动不动地沉浸在曲折的情节里，可故事却结束了。

"你来找我到底为什么事？"

"三妈，我爸究竟有多少财产我也不是完全清楚，我只希望这次遗产分割能顺顺利利。该你得的，我绝不亏待你。"

"我想退出了，再也不想掺和这些烂事了。"

"为什么要退出呢，这是我妹妹该得的啊！就算你不为自己也得为妹妹好好打算打算。"壮壮一脸真诚地望着她。

一句话就戳到了她的软肋。是啊，人这辈子不可能一直那么顺顺当当的，谁知道明天还会发生什么？就像米东，这么活蹦乱跳的一个人，可说没就没了。不要白不要，再说白花花的一堆钱，她不要有人要，不能白白便宜了米福那个小贱人。

"你爸到底有什么钱？"

"一千万吧，可能还不止这个数。"

乖乖，这么多！兰心不由暗吸一口冷气，照这个数额甜心最少也能分到几百万，几百万啊，够她忙乎几辈子了。人每天朝九晚五地忙活个啥，不就是为了钱吗？现在她不偷不抢正大光明，为什么不要啊！

"可我能做什么呢？"

"只要咱们好说好商量，彼此别节外生枝，这场官司很快就能结案！"田壮壮真诚地望着她。

这不正是她所期盼的吗？再说她能不配合吗？

"听说你爸临终前还有一份遗嘱？"兰心不安地问。

"光听我姑说，可谁也没见着！"

田壮壮的话，一下子给兰心吃了颗定心丸。

"对对对，无凭无据，道听途说。"

不管怎样，态度很重要，两人很快统一了立场。

"三妈，这是我给妹妹的一点心意，你收着。"

临走前，壮壮突然从包里拿出一套时尚漂亮的裙子。兰心接过一看还是名牌，价格一定不菲，眼睛不由一热，这孩子，自己连住的地方都没有，还惦记着从未谋面的妹妹。真是个知冷知热的好孩子！

九

开庭的日子说来就来，几乎是一眨眼的工夫。

这次人终于全齐了，该不会再出什么意外了吧？兰心暗想，恨不得法官马上就宣判。

来到法庭时，兰心这才发现不大的法庭几乎坐满了人。参加的人数显然多出许多，不光米青一家人都到场了，就连米青和米福的丈夫也来了。再看看田壮壮，一家人装戴整齐地和米青、米华坐在一边。令兰心大吃一惊的是壮壮家不止一家三口，而是五口，除了田壮壮这个法定继承人外，还有三个儿子，最小的那个还正抱在田壮壮媳妇张莲的手中。这个队伍实在太庞大了，怎么会这样？

兰心瞥了一眼刘琴，发现刘琴的脸都快绿了。再看一眼米青，一向板着脸的米青脸上竟然挂满了笑容，那是一种掩饰不住的开心和得意。原来他们早就暗通一气了，兰心顿时觉得自己被猴耍了，她觉得自己不但缺心眼，还傻得不透气，不光没看出米青暗藏祸心，而且也太小看了这个田壮壮，原来，所谓的真诚沟通都是幌子，就是为了顺利继承遗产。

壮壮竟然有三个儿子，为何上次见面却只字未提？看来他远不像表面那样憨厚老实。

蛋糕越分越小，这个结果谁也没想到。兰心有几分泄气。她看了一眼米福，米福的脸像被人狠狠掴了一记耳光，此时的她已把所有的目光对准了田壮壮一家，恨不能扑上去一口吃了他。

法庭不大，可三拨人中间却明显有道裂缝，像是站队，同是米东的直系亲属，别人那里都有人呐喊助威，就连米华都坐在了田壮壮那一队，唯有兰心一人势单力薄地坐在最边上，心里不由有些凄凉，接下来还会发生什么？只好听天由命了。

空气一下子凝重了，平白无故多出几个人，让矛盾更加尖锐。利益几方一开口，个个剑拔弩张，谁都寸步不让。

"财产是我爸的，我有遗书在手，你们谁都别想从我这里瓜分一分钱！"米福一开口就来势汹汹，就好像全天下只有她一人才是米东的继承人。

太嚣张了，天狂必有雨，人狂必有祸，做人与做事，只要太过都没好下场。兰心正想开口教训教训小妮子几句，还没等她开口，已经有人沉不住气了。

"都是爸的孩子、孙子，凭啥你一人独吞啊！咱爸当年写遗书的时候是因为他不知道自己还有儿子、孙子，更没有想到自己后来还有一个女儿，都是米家人，想独吞遗产谁都不答应！"

开口的是张莲，别看她声音不大，可每一句话不仅堵死了米福的去处，还把兰心拉到了自己的阵营，这个小女子真不简单！

"白纸黑字你们没法不认！"米福继续叫嚣着。

"你那张纸算什么，我哥亲口对我说所有财产全归他儿子一家所有呢！我丈夫可以作证！"关键时刻，米青开口了。谁都听得出，米青只向着她的侄子和孙子，毕竟是儿子和三个孙子啊，都是她米家的根。中国人重男轻女的观念是几千年来根深蒂固的，关键时刻更加明显。

"我作证，米东的确说过这话，而且不止说一次，说过很多次！"一个男人站了起来。这男人是谁？兰心没见过，大概是米青现在的丈夫。

"田壮壮，他说是爸儿子就是爸儿子吗？做过亲子鉴定了吗？没做亲子鉴定我不承认！"

这不是存心要赖吗，就凭那张脸，想赖都赖不了。

"他还用做亲子鉴定吗，他这张脸就是最好的证明！倒是你，你做亲子鉴定了吗？你这张脸倒是哪哪都不像米东的孩子？既然这样，都去做做亲子鉴定！"米青几句话驳得米福哑口无言。

"可他当年送人了，而且姓田不姓米，他不算数！"

"被遗弃的孩子更应该多分一份，你以为你拿着一张纸片片就想占为己有，告诉你，按照法律规定，超过诉讼最长期限 20 年的，诉讼请求不应得到法院支持。你那个遗嘱超过 20 年已经无效了！"张莲那小女子果然厉害，一句话就点到了米福的要害部位，顿时令她花容失色。

"不可能，这不可能！"米福歇斯底里地叫着。

接下来，一下子又谈到米东的丧事，米福更是胡搅蛮缠。田壮壮一一列出了所有的费用，真是个孝子，虽然未被米东抚养过一天，可儿子却把他的丧事办得风风光光，还请了乡里不少的左邻右舍，墓地很好，就安葬在米东母亲的身边，这让所有人对他不得不刮目相看。米东若真泉下有知，也该心满意足了。

可在这件尽孝心的事上，米福又闹上了。

"人都死了，再花这么多钱有意思吗？而且谁允许你花那么多钱，我们签字同意了吗？"

"妹妹，你说这话可坏良心了，你和妹夫来回的机票、吃喝住行哪样不是我出的钱，把爸安葬好不也是咱做儿女的一片孝心吗？"田壮壮终于不满了。

"米福，你说这话可要遭天打雷劈，你还是不是你爸的女儿，难怪你爸这么不喜欢你，真是个蛇蝎心肠的孩子！"米青再也忍不住了，站起来一阵怒吼。

"他没私心？他不想独吞？那我爸死后他所有的存款和银行卡呢？田壮壮有本事把我爸所有的东西都统统交出来，为什么一直藏着掖着？"

对呀，这才是问题的关键，既然分遗产，那么米东的资产就该全部一一亮相。

一浪未平一浪又起，瞬间几个人又吵得不可开交，而且声音一波比一波响亮，大到几乎快要打起来，唯独兰心一声不吭，静静地看着一群人的丑陋表演。她算看透了，在金钱面前，什么亲情、什么血缘关系全都是扯淡。

米东的丧事什么时候办的，在哪办的？连米福的丈夫都亲自到场，为什么独独没人通知她？这么久他们谁都不说，独独瞒着她，不就怕她也奔向米东老家吗？

原来刘琴一开始就知道这个田壮壮，还把她拉来当垫背的，不就为了一起对付田壮壮吗？这个刘琴也真不够聪明，从她一脚把兰心踢开的那一瞬间起，兰心就不再对她抱任何幻想，利字当头，这个女人没有什么是她做不出来的。可自己又怎能站到田壮壮一边？直到现在，米东到底有多少钱谁也没说个准数！而且田壮壮凭什么隐藏实情，重要的单据一张都不肯拿出来。整个事件他们一直把她一人排除在外，还有什么她不知道的呢？

这些天来，他们个个都没闲着，只有她一个人还按部就班地该干啥干啥，一直傻傻等着开庭审理。

"凭什么我要坐以待毙，属于我的一分钱也不能少！"兰心下了狠心。

"够了，你们还想不想分遗产？"法官再也按捺不住。

一切还是那么含糊不明，一群人又陷入了泥潭之中。

这样拖下去丈夫早晚会知道，这才是兰心最担心的。一旦陈实知道会怎样？

但有一点兰心心里很清楚，脾气不好的陈实一定会气得暴跳如雷。别看他表面上是个什么都不计较的人，可从小在农村长大的他，骨子里却非常守旧，绝不允许老婆瞒着自己与其他男人有任何瓜葛，尤其是前夫，即便是冲着一大笔钱也不行！别看米东已经死了，可米东一直就是他心头上的一根刺，这么多年来，这根刺一直死死地卡在他的喉咙里，只要一想起那个长得又高又帅的米东，只要一想到甜心是米东的孩子，这根刺就会被轻轻一拨，疼得他撕心裂肺。

还有那么大一笔钱，妻子想要独吞，这是夫妻间该干的事吗？

兰心多么希望一切尽快结束啊！原以为天上掉下了一个大馅饼，一个个无比亢奋地扑了上去，到头来无不撞得头破血流。

走在大街上，尽管还是熟悉的城市，熟悉的店铺，可兰心却感到一个人孤零零的，身边没有一个可以依靠的人。

本来都是些毫不相干的人，快 20 年不联系了，如今被利益裹挟着，有拉拢、有装腔作势、有阴谋、有苟合，自然复杂而又微妙。

兰心早就看透了这一点，可心里就是不甘。每个人都有亲密的支持者，只有她一人在孤军奋战。不行，她必须找到一个同盟军，可谁又来做她的支持者呢？想了一圈，米华一下子跳了出去。

是啊，关键时候只有米华能帮自己！当然这忙也绝不是白帮的。

兰心听说米华最近遇见了点麻烦，米华本来并不缺钱的，可正在上大学的儿子突然被告强奸。说起来这事有点冤，两个孩子本来你情我愿地谈恋爱，谈着谈着米华的儿子突然不愿和女孩好了。哪能说不好就不好了呢，女孩肚子怀了孩子，一气之下就准备告他。这件事情想和解可以，女方要求男方拿出 50 万，不然就把男孩告上法庭。

50 万啊，对谁家都不是一笔小数目，米华虽有两套房子，可房子也不是说卖就能卖掉的。米华心急如焚，可再急也没用，不给钱女方就要告。

如果能拿上钱借给米华周转一下，不就解了围吗？这个想法不错！

晚上，两个各怀心事的闺蜜又坐在了一起。既然怀着目的而来，谈话的主题自然要奔向遗产。

咖啡馆的光线昏暗不清，幽暗仿佛为了遮掩龌龊与不堪。

灯光下，米华披着件红色的披肩半躺着，有种异样的情调与慵懒，本来就是有备而来，两个女人之间的聊天像唱戏，有锣有唱才热闹。兰心说着，米华听着，时不时发几句感慨。

有些话兰心本不想说的，可现在不说不行了。

"其实，官太太的日子远不像表面上看到的那样好！"一提起陈实，兰心忍不住摇摇头。

"嫁了这样的丈夫，你还有什么不满足的呢？"

"你只知其一，不知其二。"一提到婚姻家庭，兰心便决定对米华敞开心扉了。

特别是这段日子，兰心有一肚子的苦水。

如今的陈实早已不是那个体贴入微、问寒问暖的男人了。回家完全就是一个甩手掌柜，一副老太爷的姿态，衣来伸手、饭来张口，心情不好时动不动还要大吼几声，吼得兰心一点脾气也没有。吃人嘴软、拿人手短，这个家几乎得靠陈实养着啊，只能任由陈实的坏脾气随时随地发作。不光是她还有女儿，两张嘴都要靠陈实，人在屋檐下哪能不低头，吼两句又能怎样呢，身上又少不了一块肉，吼就吼吧。

可就在最近，兰心却越来越忍不下去了。

倒不是兰心抓住了陈实的什么把柄，而是陈实手机里老有一个年轻女孩嗲嗲的声音，让兰心心里很不是滋味。

兰心明知道不就是陈实科室里的小斐吗？可老那么嗲下去谁能受得了。而且兰心还见过这个小斐，一看就是个狐媚子，旁若无人地缠着丈夫。上班请示工作也就算了，下了班还没完没了地请示工作，就是没事找事。

兰心一听她的声音就来气，可光生气有啥用，陈实爱听谁也拦不住。一开始她还使使小性子，兰心一般生气的时候从不发脾气，而是不说话，她是一个修养极好的女人，不像其他女人动不动就撕破脸大吵大闹，她的杀手锏是不理人。于是，小斐晚上再来请示工作时，她便故意冷着陈实，抱着枕头睡到了女儿的小房间去。幸好女儿军训去了，空了的房间由她去使性子。

一开始陈实还挺吃她那套的，只要她一生气，要不了两天，陈实就连搂带抱地将她推回房间里。一次两次可以，时间长了，大概陈实也烦了，硬是装着看不见。半个月前，那个小斐又来电话了，临了要挂电话了，小斐便酸不溜丢地说："局长，你一定要照顾好自己，身体是革命的本钱，别让我为你担心。"

这叫什么话，又不是没老婆，凭啥要她担心？兰心一听就火冒三丈，一生气就抱着枕头睡小房间去了。

这一次，陈实没哄她，任由她去了。已经整整半个月了，陈实硬是装着没看见。兰心心里其实是很希望陈实哄她回去睡的，可陈实偏不。不知怎的，冬天的暖气不大好，小房子的温度本来就比其他房子还要冷，这下没了陈实热乎乎的身子，把兰心冻得整晚都睡不着。更可气的是陈实的态度，让兰心觉得比寒冬腊月的天还要冷。再说女儿甜心马上就要回来了，她不能老赖在她房间里不走，这让她骑虎难下。

午夜，静得连掉个针尖也能听到，兰心翻来覆去地睡不着。有好几次，兰心明明听到陈实起夜的声音，一下子就惊醒了，以为陈实要来个突然袭击一把将她抱回去，可是没有，什么动作也没有，陈实接着又蹑手蹑脚地回去睡了。一想到这些冷遇，兰心忍不住伤心得泪流满面。

一想到陈实的冷落，兰心就更在乎这笔钱了。有了这笔钱，还怕陈实再冷着她不成？

既然都已经推心置腹了，米华也必须畅所欲言，她还指望着兰心借她50万渡过难关呢！关于米东的丧事虽说是个颇为沉重话题，可兰心不愿就此放过，她怎么甘心这样一个所有亲戚都到场的机会就她一人缺席呢？这能说明什么，说明她与米东无关！

"米东临死前有一个包你知道吗？"

"你不说我哪会知道！"

果然，从米华口中，兰心得知了一个重要的消息。这可不是只普通的包，包里装着米东最重要的东西，各种银行卡、票据，很可能还有遗嘱。难怪米青一直说米东生前留有遗嘱，绝非空穴来风！而这些最重要的证据，在米东死后竟然不翼而飞了。到底有多少张银行卡，都是什么行的银行卡，据米华说，最有可能拿走的是田壮壮，因为田壮壮是第一个到达米东死亡现场的人。这么重要的内容田壮壮为什么不向法院坦白？而且这个田壮壮不可能不知道这些银行卡的重要性，因为据银行取证，这些卡上的钱曾被人企图领取过。

这些信息太重要了，如果不是米华，兰心到死也不会知道。或许是兰心的许诺让米华动了心，米华还告诉兰心另一个秘密，米东死前，不知是否得到某种强烈启示，米东竟然把房门的钥匙留给了自己最亲的姐姐——米青，而米青也毫不含糊地用这把钥匙将房门打开，把米东生前所有最有价值的东西统统卷走。

里面究竟都有什么？米华不知道，当然就是知道了也不能什么都告诉兰心。看来米青也成了遗产案件的关键人物，可米青到底想干什么？

米家的秘密实在太多了，像个无底洞，挖也挖不完。

十一

一大早，兰心就有点心神不宁，一不小心失手打破了一只青花瓶。

那可是陈实收藏多年的青花瓶，这不是什么好征兆！打开手机，兰心这才发现米华给她发了一条短信，短信虽然并没说什么，只是约她看画展，可兰心隐隐觉得米华有什么事。能有什么事呢？这样的猜测让兰心一大早就心不在焉了。

一切只要与遗产有关的都不是小事，兰心恨不能立即飞到米华身边。

"你最近是不是有什么事，总是心不在焉的？"一束光直愣愣地刺着兰心，目光来自陈实，只见他目不转睛地盯着她。

"没什么事，我能有什么事呢？"她故意反问了丈夫一句。

这是不是就是原配和二婚的区别，如果是原配她还会瞒吗？似乎根本没有瞒的必要，而且夫妻俩只会同仇敌忾！既然这么长时间都瞒过去了，也不在乎再多瞒一阵子，反正两人都在冰点，反正这笔钱和他陈实无关。

"我听说你又去了好几趟法院，需要我出手吗？"丈夫的目光直直地朝她刺过来。

"噢，亲戚家的孩子最近惹了点麻烦，被人告强奸了。"兰心决心什么也不说。

"问题严重吗？需要我帮忙吗？"

"主要是钱的问题，有钱就能解决。"

"不需要就好，有什么事你一定要告诉我。最近组织部就要考察我提拔的事了，我不希望这个节骨眼上你出什么事！"陈实的目光不像看妻子，倒像在审犯人。

是警告还是提醒？兰心再次摇摇头。既然话都说到这个份上陈实也不能再说什么，再说什么就显得没意思了。夫妻相处也需要讲究艺术，什么话能说，什么话不能说，都要仔细掂量。俗话说距离产生美，人和人之间确实应该保持适应距离。如同两块同时落水的石头，距离太近，水波就会互相干扰。夫妻间也是如此，就像自然界刺猬抱团取暖，太近了会扎着对方，太远了又生分。陈实是个聪明人，做了这么多年的夫妻，他知道她，只要不想说的事，再逼也没用。更何况，已经到了上班时间，陈实一向把工作看得很重，对他而言，还有什么比事业更重要呢？

尽管丈夫已经起了疑，可陈实前脚刚走，兰心还是忍不住后脚跟着就出了门。已经到了最后关键节点，兰心觉得自己就是一只飞蛾，谁都说飞蛾扑火是自取灭亡，可又谁知道火焰对飞蛾的致命诱惑？自从米东死后，这笔遗产简直成了她最后的救命稻草，只要朝她招招手，她便会奋不顾身地扑过去。什么视金钱如粪土，什么不为五斗米折腰，看来都是狗屁。每向前迈出一步，兰心的心就越来越硬。

画展在一间富丽堂皇的展厅举行，展厅里悬挂着来自不同省份的几百幅字画。而米华的人物画明显居于中央位置，是整个画展中的核心。展厅里人来人往，有来自省各界的领导、艺术家、画家。

米华被乌泱泱的一群人夹在中心，身穿一身大红旗袍的她，光鲜亮丽地站在画廊中间。毕竟已经40来岁的人了，这种颜色也只有米华才能压得住。大红色对于兰心来说除了当新娘的那一刻，20多岁的她就对红色已避而远之了。

看见兰心，米华立即从人群中抽出了身。兰心意识到米华一定有话要对她讲，看画展不过只是个由头，果然，米华告诉了她一个秘密。

"知道吗？我舅生前给米福买了保险，一旦出事可赔付600万。"不知是兰心的诚心打动了米华，还是兰心狼狈的生活让米华再次动了恻隐之心，总之米华一开口便让兰心大吃了一惊。

"这么多，米东买给米福的？"

600万啊，600万啊！兰心激动得心脏都快蹦出来了。米东怎么可以这样偏心？多少人一辈子也挣不到这个数，而米东就那么轻而易举地给了米福。

兰心再次感到万念俱灰，她一直还心存侥幸地认为米东曾经真心爱过她的，正如她当年那么死心塌地地爱着米东一样，两个人在一起的日子曾那么的缠绵缱绻，没想到什么也没有。到今天，她才知道在感情上她一直都是个彻彻底底的失败者，她从来就没赢过刘琴，20年前没赢过，20年前后依旧没赢过。

现实就是那么残酷，兰心一直坚定地认为：男人愿意给女人花钱不一定是爱这个女人，但不愿意为女人花钱一定不爱这个女人！一想到米福站在自己面前一副得意扬扬的样子，兰心几乎气得发疯。

"米福既然已有了600万保险，为什么还不知足呢？"真是人心不足蛇吞象。

"这600万就连刘琴和米福也根本不知道！"米华一提到她俩便一副不屑一

顾的样子。

　　活该！她们竟然不知道，想想都可气，听米华说保险单被田壮壮握得死死的，田壮壮和米青真是一对好姑侄，把这个消息竟然瞒得滴水不漏。自作孽不可活，既然别人都不提，她凭什么要多这个嘴？

　　"这是真的吗？"

　　"消息千真万确！"

　　兰心终于解气了。世界就是这样，除了你的父母和亲人，大概只有极少数人才希望你过得好。比起天边的荣耀来，身边人的成功更容易让自己被刺痛，尤其还是身边不喜欢人的成功。

　　"你怎么知道的？"

　　"娜娜告诉我的。"

　　"哪个娜娜？"

　　"就是我那个老同学。"

　　消息的来源竟然不是米青，而是娜娜。又是这个娜娜，看来她知道得真不少，可她又是从什么时候冒出来的呢？这个名字狠狠地把兰心的心"硌"了一下。

　　"他俩啥时候又混到一起的？"一想到这对狗男女又重新在一起，兰心内心的伤感与愤怒再也掩饰不住。

　　"这么多年你还没释怀啊？"米华一眼看出了她不快。

　　兰心确实很恼，恼米东，也恼米华，可再恼还是挡不住前夫和情敌的旧情复燃。

　　两年前，在一场同学聚会中米华与娜娜又重逢了。

　　从不安分注定了娜娜的婚姻屡屡失败。一直游手好闲的她仅仅工作过3年，大多数日子全靠找男人打发。此刻千里迢迢而来的娜娜，一听说米东也是单身，而且比从前更有钱，立即便动了歪脑筋。她死缠烂打地缠着米华要米东的下落和联系方式，却被米华坚决地拒绝了。

　　一个人不能在同一块石头上绊倒两次！

　　对于娜娜，再没人比米华更了解她的德行，就她干的那些见不得人的勾当，心高气傲的米华根本不屑于搭理她。虽说米东也不怎么样，可那毕竟是自己的亲舅舅，打断骨头还连着筋呢，她可不想让娜娜再祸害自己的亲人。

娜娜什么时候联系上舅舅的，米华不知道。直到两人成双成对地出现在她眼前时，她气得目瞪口呆。后来才听同学说，就在她拿着卡拉OK话筒唱歌的一瞬间，娜娜已经偷偷从她手机上剽窃了舅舅的手机号。这个女人，简直无孔不入。

对于米华的为人，兰心还是深信不疑的，她相信一向坦坦荡荡的米华做不出那样的龌龊事。眼下最要紧的还是那笔遗产，有了钱啥好日子不能过，何必跟一个死人纠缠不休？更何况今天的娜娜任何名分也没有，一个什么也捞不着的人，即便在一起又能怎样。不管如何，米东死了，娜娜那条小鱼再也翻不起大浪。

倒是田壮壮，那么辛辣的手段，可不是一个老实善良人所为。可这么大一笔钱真能瞒得住吗？这笔钱既然谁也拿不走，倒不如早早成全刘琴和米福。有了这笔钱，或许她俩还会退出这场争夺战！这是一个见不得光的想法。

要不要告诉刘琴呢？兰心举棋不定。

十二

整整一个晚上，兰心辗转反侧睡不着，如同猫抓心。

600万啊！它们虽然不属于兰心，可毕竟是那么大一笔数目。不管怎样，当初是自己破坏了刘琴的家庭，她对刘琴始终是有愧的。犹豫再三兰心还是决定给刘琴打电话，反正她也拿不到手，不如做个顺水人情。

打定主意，兰心拨通了刘琴的电话。

"二姐，我觉得咱们应该好好谈谈。"不知怎的，兰心一开口就叫出了二姐，她实在不知该怎样称呼刘琴，叫声姐也是应该的，更何况刘琴比她大了十来岁呢。

"你和我能谈什么？要谈也是和我律师谈！别以为有了田壮壮，你就能捞上好处！"刘琴一副拒之于千里的态度，这口气跟当初求她时简直判若两人。

案子还没宣判，这么快就翻脸，好像早了点，兰心强压住心头的怒火。

"二姐，米东活着的时候就没留给米福点什么？"兰心想先探探刘琴的口风。

"留什么？米东什么德行你不清楚？有点钱他还不花在野女人身上！"

"我不信，那米东就没私下地给米福一笔钱，或买个保险什么的？"

"什么意思，好像我们米福私吞了一笔钱，不拿出来？"

"没什么意思，我就觉得已经到了这个地步，有什么事大家最好摆在桌面上，谁也别多吃多占，三个子女一人一份，公平合理，这样也好快快结案！"本来话都到嘴边了，可刘琴的态度让兰心硬生生地把要说的话咽了回去。

"所有遗产都是我们米福一个人的，你们谁想瓜分没门！我有遗书在手，谁都不怕！"

跟这种人实在没啥好扯的！不过，兰心并不后悔打这个电话，如果不打怎知刘琴对600万保险一无所知，不打电话怎知道刘琴和米福还在一心想独吞所有财产？

人为财死，鸟为食亡，前人总结得够经典。听米华说，刘琴一家子就等着这笔遗产去过下半辈子。一想到这，兰心一下子就来了气，口气顿时变硬了。

"你说归米福就能归米福，谁说都不算，那得法院判。"

"兰心，我劝你识相点，趁早退出，否则，别怪我不客气！"

是在威胁她吗？看来对付恶人绝不能心慈手软，不知道活该！既然撕破脸，再不用假客气，别以为自己是泥捏的，想怎么欺负就怎么欺负！

"不客气又能怎样，告诉你想吃独食门都没有，不信咱们法院见！"兰心说完"啪"的一声挂了电话。

这番话听得兰心如同嘴里吃了只苍蝇，别提有多恶心了。看来也只能指望那个田壮壮了。要想事情得到圆满解决，大家必须齐心协力。想到这，她又拨通了壮壮的电话，田壮壮的声音果然没让她失望。

"三妈，你能给我打电话太高兴了，我早盼着能好好和你谈谈呢。"一开口，田壮壮的语气就让人心里暖烘烘的。

"你有啥打算？"

"三妈，虽然我还从没见过甜心，可她毕竟是我的亲妹妹。你放心，遗产一分钱也不能少了妹妹的。对了我还给甜心妹妹买了台电脑，你把地址给我，我这就给你寄过去！"田壮壮说得无比真诚。

这才是人话，不管做事咋样，话得先叫人舒服，这叫会做人。哪像那个刘琴，狗屁不通。还给甜心买了台电脑，真是个有心的孩子，兰心一下子又心软了。

"三妈，要不你来河南咱好好谈谈？"

谈谈就谈谈，兰心早想去米东家乡看一看。听说米东在老家置办了不少房产，知己知彼，才能百战不殆。

要搞清米东所有的资产，必须去河南走一趟！兰心立即做了决定。

十三

来到这个名不见经传的小镇，小镇的繁华程度令人咋舌。

整个镇子被高高低低的房屋占满了，一条条街道虽然狭窄，可两旁全是高耸的楼层，门面一间挨着一间。正赶上镇子赶集，人流里三层外三层地把整个街道塞得满满的，兰心从没见过这么多的人，也从没想到镇子上的集市会如此繁华。

见到田壮壮时，双方都愣了一下。原来田壮壮竟也住着如此高大豪华的小二楼，两座楼房连在一起，显然旁边空着的一座是米东活着的时候给自己备下的。小二楼盖得很讲究，里面的装修更是令人目不暇接，一点儿也不亚于阔佬们的豪宅，前后都各带一个小院。看来这个米东真是会享受啊！只可惜，这么好的房子米东竟然还没能好好享受一番，真是人算不如天算啊，兰心感到心中一阵酸楚。

住着如此豪华的房子，可田壮壮一家人吃穿用度却非常简单。原来为了装修房子、办丧事、打官司，田壮壮已经借了高达 60 万的外债，这对他一个从小寄人篱下的苦孩子来说，简直就是一大笔巨款，幸好他的汽车修理店已经开张，否则真是难以支撑。

田壮壮领着兰心参观了米东的固定资产，不仅两套楼房，还有两套四百多平方米的门面房。看到米东购置的土地和房产，兰心心里彻底踏实起来。乡间清新的空气令她神清气爽，让她大脑的思路也格外清晰起来。此次前来，她不是游山玩水的，而是有使命在身的。在此期间，她用最短的时间走访了米东生前能联系上的所有好友，还有他的债主。果然不出所料，米东的财产根本不止一千万，能不能拿到这笔钱，这些证据很重要。

一切都清清楚楚了，兰心整整住了半个月。这半个月里，田壮壮一家人尽管很忙，可对她还是嘘寒问暖。兰心很满意，能这样已经很不错了，本来大家都是毫不相干的临时关系，为了共同的利益来拔苗助长的，拔苗助长又能结出什么甜美果实？

临走前，田壮壮这才郑重其事地告诉她，米东临死前确实重新立过两份遗嘱，可这两份遗嘱田壮壮找遍了所有地方也没找到。既不在田壮壮手上，又不在

开庭审理

米东手里，那会在哪呢？

一定要把两份遗嘱找到，只要能找到遗嘱，遗产的分割就能速战速决。

田壮壮告诉兰心，米东最后的那些日子一直和一个叫娜娜的女人纠缠不清。

又是这个娜娜，看来要想找到遗嘱，必须把她当作突破口。想找娜娜，倒不是什么难事，只需米华一个电话就能解决。而找到娜娜要解决问题，也只有兰心出面了。万里迢迢，一家人的生活，看来田壮壮怎么也不合适担任这个角色。

关于那个娜娜，要不要告诉米福呢？

翻脸的是刘琴，米福肯定还不知道，毕竟米福还只是个孩子，如此僵持下去对谁都没好处，不如做个顺水人情。要不要约米福谈一谈呢？兰心很犹豫。

下了火车，才上午 11 点，这个时间点正是丈夫在单位忙得热火朝天的时候。这样最好，兰心并没有事先通知丈夫，更不会有人来火车站接她，毕竟这场虚假的旅游不过是借口而已。

走进小区，整个院子静悄悄地，只有几个老人在晒太阳。推开房门，丈夫和女儿竟齐刷刷地坐在家里。什么情况？兰心心里有一丝不好的感觉。果然，丈夫与女儿看到她，脸上非但没有一丝喜悦的表情，反而沉着脸一动不动地坐在那里，谁也不说一句话。

"我回来了，怎么都不说话？"兰心不得不主动开口。

"这趟旅游不错吧？"陈实终于开口了。

"是啊，还去北京故宫看了一遍。"

"是吗？只怕去的不是北京而是河南吧，去前夫家找到遗嘱了吗？"

"你这叫什么话？"

"什么话，这么大一笔钱你竟瞒得死死的，兰心，我从前可真是小看了你！"

"你说什么我没听懂？"兰心还抱有最后一丝希望。

"妈，我到底是不是爸的孩子？"甜心一开口就哭了。

"你还想瞒到什么时候？你前夫的二老婆和女儿都找上门来了！还跑到机关大闹一场。兰心你真可以，这么久还和前夫纠缠不清，一有钱就想把我甩到一边去，亏我这么多年一直信任你！"

"你不要听她们胡说八道！"

"兰心，咱们离婚吧，好合好散，我也不挡你发财的道！"

真是怕什么来什么！兰心顿时如木雕般地站在那里。原来她还善良地打算一回来就把600万保险的事尽快告诉米福，看来没必要了，这下她彻底死心了。

婚当然不能离，不为自己也得为甜心。

看来她还是小瞧了刘琴母子俩，原来她们早已瞧准了自己的软肋，可她们又怎知自己去了米东的老家？难道是米华，真是人心隔肚皮，知人知面不知心。在一起时还信誓旦旦的，可一转身就把她卖了。

毕竟这么多年的夫妻，只要不离婚一切都好说！

可这次兰心又想错了，几天来，三个人在房间里进进出出，谁也不说一句话，空气仿佛凝固了一样。兰心一直想找机会好好解释一番，可父女俩谁也不理她，就像她是一只癞皮狗。

"还要不要和这伙人争夺遗产呢？"

兰心几乎有些崩溃了，她不能离婚，不能失去这个家。这段时间她尽最大努力去挽回夫妻间的感情，甚至不惜主动去讨好丈夫，可陈实就像一根木头似的硬是视而不见，每晚都雷打不动抱着被子睡到客厅的沙发上，就连女儿也明显对自己有了敌意，紧闭双唇和她再也不说一句话。

她做错了什么，他们凭什么这么对她？

这么多年来，她在这个家里做牛做马辛辛苦苦伺候了他们十几年，难道就因为她隐瞒了一件不该隐瞒的事就集体封杀她。她还不是为了甜心好，如果不是为甜心，她何苦费那么大的劲？

真的是因为前夫的一笔遗产吗？兰心怎么也想不通。

半夜，睡不着的她起身到卫生间。刚推开门，才发现陈实也没睡着，正在小声地与人通电话。夜静极了，电话里的声音一不小心就溜进了她的耳朵。

"什么时候离婚？"

"快了快了，宝贝你别催我。"

"你总说快了快了，可就是没结果！"

"马上就会有结果了！"

"你都已经当上局长了，还怕什么？"

"放心好了，我这就办。"

这不是陈实办公室那个小斐吗？原来如此，兰心如雷击般呆呆地愣在了那里。

十四

该来的总归要来，即使再不想见的人也要从容面对。

一想到娜娜，兰心的脑子怎么也停不下来。坐在梳妆台前，她尽可能把脸涂得更白些，眼睛画得大些，一条粉色的纱裙把她衬得更加年轻靓丽。连她自己都觉得很可笑，已经多少年不碰这种粉嫩的颜色了，如今为了情敌还得把自己拼了命地往年轻里打扮。是啊，那么多年藏着的恨，无论如何也得了结。

自从发现陈实有外遇后，兰心已经心如死灰，婚姻不过是一件漂亮的瓷器，自以为精美无比，谁知轻轻一碰，便碎了一地。

如今，米东这笔遗产是她唯一的救命稻草，她不敢想象如果连它都失去她该何去何从。未来是个很诡异的家伙，总在你看不见的地方不动声色地望着你。直到现在，40多岁的兰心才幡然醒悟，打败自己的往往不是自尊和岁月，而是每天要面对的柴米油盐，看似普通，却暗藏汹涌。

兰心运气真好，这个娜娜神不知鬼不觉地又出现在这座城市里。

见面的时间定在了晚上十点，确实有几分心虚，她知道这个娜娜至少要比自己年轻好几岁呢，自然不能把脸上的细纹暴露在阳光普照之下，尤其不能暴露在娜娜面前。见面的地方还是那个咖啡馆，兰心终于懂得了昏暗灯光下的真正含义。

两份遗嘱极有可能就在娜娜手上，这个米东在世上最后的枕边人，如今也成了唯一的线索。

既然有求于娜娜，兰心便不能让自己的脾气坏了大事，更何况她现在比谁都更急需这笔钱。这些天，她把一切都想得清清楚楚，无论如何都要拿上这笔钱，只要手上有了这笔钱，她便不再惧怕一切。钱不是万能的，可没有是钱万万不能的。

不知从什么时候开始，兰心竟也迷恋上了这家咖啡馆。在暗淡的角落里，谁也看不清谁最真实的嘴脸。果然，半遮半掩的光线不仅掩盖自己所有丑恶的目的，还能让兰心不动声色地观察着娜娜的一举一动，以便随时调整策略。

等了很久，一个披着大波浪的女人终于坐在了兰心对面，来人令她大跌眼镜。

难道是自己的眼光出了问题，还是那个米东的脑子坏掉了？眼前的这个娜娜一丁点儿也不漂亮，不仅没自己漂亮，甚至比不上米东的任何一位夫人。老实说，这个娜娜的长相实在不符合兰心的审美观，个头高了一些，足足有一米七，女人小巧玲珑才更惹男人疼爱；颧骨高了点，嘴巴也阔了点，这些还都不算是致命的缺点，最让兰心受不了的是娜娜的这双细长的小眼睛，竟然还是一双向上吊的单眼皮，棕色的皮肤简直像个越南女人！难道她便是她心心念念恨着的情敌吗？

兰心觉得米东简直瞎了眼，变了心的男人眼睛就是个瞎子，能把母猪当貂蝉。

兰心一向迷恋双眼皮、大眼睛，尤其是对那种欧式的大眼睛，几乎没有任何抵抗力，不然当年也不会对米东一见倾心。

其实对于欧洲人的喜欢是从看电影开始，兰心年轻时非常爱看外国电影，外国电影远比看国内爱情片更浪漫、更直接、更有吸引力。兰心看电影不光爱看情节，尤其爱看里面的男女主角，当她看了《乱世佳人》《罗马假日》这样的经典影片之后，里面的男女主角，简直让她惊为天人，费雯丽、奥黛丽·赫本，这些都是令她百看不厌的人物。由此她们也让她知道，原来爱美是可以不分性别的，不光男人爱看美女，就连女人对美女也同样如痴如醉。兰心眼中的美女，就该是费雯丽、奥黛丽·赫本那样的。

在无数次勾勒了娜娜的形象之后，娜娜的影像还时不时跟这些明星的形象重叠，不然米东凭什么会不顾一切地扑上去？甚至兰心在心里还曾多次谅解米东的变心，既然连女人都无法抵抗的美貌，男人又如何能够抵挡呢？谁知，见了娜娜，简直让她大跌眼镜，什么眼光，除了一对波涛汹涌的胸外，其他没有任何看点，兰心瞬间对这个娜娜的恨意荡然无存。

看得出娜娜对她没有任何戒备，至少根本没把她当情敌。

女人真是个奇怪的动物，她们往往对比自己更加优秀的女人刻薄而又小气，对不如自己的女人反而格外大度和宽容。也难怪，谁会妒忌一个比自己差劲很多的女子，西施和东施，简直没有可比性嘛。一想到这个，兰心顿时对娜娜的态度变得友好起来。

既然兰心的态度这样友好，那么，娜娜的态度自然也差不到哪去，毕竟是娜娜亏欠了她的。虽说娜娜是个水性杨花的女人，可却绝不是一个富有心机、心肠狠毒的女人。要说她坏，顶多也就坏在喜欢她的男人身上。

"我真傻啊，早知道米东那么有钱，说什么我都要嫁给他！"娜娜一听事情的来龙去脉，顿时惊得合不拢嘴。

"你跟他在一起那么久，难道就没看出他的经济实力？"兰心忍不住笑了，真是个胸大无脑的蠢女人。

"米东老说自己欠了一屁股的债，不然我也不会一直拖着不肯结婚的。我真傻，真是天下最最傻的大傻瓜！不然所有的钱全是我的。"娜娜一脸天真的表情，看样子不像是装的。

黑暗中，兰心再也忍不住"咯咯咯"笑出声来，这才是米东，他早把这个女人看透了，哪有爱情，全是相互利用。可怜的女人啊，跟了米东那么久，到头来不过两手空空。

既然已经冰释前嫌，交谈起来就毫不费力。既然是交谈，内容当然还是离不开遗嘱。幸好娜娜不是一个有心机的女人，兰心稍一撩起话题，娜娜便知无不言了。

娜娜根本不知道什么遗嘱，要知道打死也不会放手米东的！

灯光下，娜娜那浓浓的艳妆有几分鬼魅。也许是因为受了欺骗，对于米东的死讯并没有表现出过多的悲伤，反而一脸的愤愤不平。可想而知，这场欺骗令她的损失多么惨重啊！此刻，她依旧改不了风骚的本性，眼睛不大却左顾右盼，一边和兰心谈着话，一边已经和不远处一个浓眉大眼的男人用眼睛勾搭起来。一看便知他们彼此之间并不熟悉，可只几个眼神，男人便开始用眼睛频频向她示好。

兰心终于明白了男人为什么都逃不过娜娜，原来天下无敌的从来都不是女人的美，而是水性杨花。兰心心里愤愤不平，可表面上依然和颜悦色。

"后来呢，后来你为什么还没嫁给米东啊？"兰心故意问。

正因为有了这样的和颜悦色，被昏暗的灯光遮掩着，娜娜竟丝毫没看出兰心的幸灾乐祸。本来娜娜完全有很多机会嫁给米东的，十几年后的再次相逢，两个同是单身的男女如同一捆干柴一点就着。可经历了无数女人的米东，这次不知出于什么目的，竟把钱袋子捂得死死的，他早已是孙猴子，把白骨精看得一清二楚。

偏偏这个娜娜，自以为情商很高，却阴沟里翻了船。

"我也想嫁啊，可爸妈不同意，嫌他年龄大。"娜娜无比惋惜地说。

"鬼才信，也真是个傻女子。"

兰心强忍住心里的幸灾乐祸，这种托词也太烂了，又不是没嫁过人的黄花大闺女，都已经离了几婚的 40 岁女人，她父母恨不能立马把她嫁出去，哪还顾得了对方的年龄。

此刻的娜娜，如同丢了儿子的祥林嫂，一遍遍地叹气道："我怎么就那么傻，怎么就那么傻呢？"

"你真是够傻的。"兰心也在一旁揶揄道。

"他对我那么好，又给我洗脚，又给我按摩，原来一切全是假的。"

这就对了，这叫报应！兰心再也忍不住，哈哈大笑起来。

既然没有手中想要的东西，再谈下去纯属白费口舌。虽然什么也没得到，可这次见面却很值得，看到这个身无居处、一无所有的女人，兰心竟然开心了很久。

还没等两人分手，娜娜就毫不掩饰地和大眼睛男人勾搭去了。兰心独自坐了好一会儿，她得慢慢品味这场见面。

雨还在下，望着窗外熟悉而又陌生的城市，兰心感慨万分，什么时候开始也变得如此贪得无厌了。成人的世界太复杂了，她终于也活成了那个自己最不想成为的人。

回到家中，房间里静悄悄的。陈实不在家，女儿也不在家。

什么情况？

就在这时，兰心接到一个电话，是法院打来的，声音是个陌生的男人，义正词严地告诉她明天上午开庭审理，宣布遗产判决结果！

这么快就出结果？兰心摇摇头不相信。这不笑话吗？遗书的事还没着落，怎么就能宣布结果？也许根本就他妈的没有什么遗书！没有更好，案子已经拖了好几个月，早把人拖得筋疲力尽，一切都该结束了。

兰心正沉浸在明天的开庭审理中，电话又响了，还是法院的。

兰心以为明天的开庭变卦了，谁知仔细一听，是另一个案子，关于离婚陈实已经上诉法院了。难怪陈实不回来，原来是故意躲着她，兰心不由感到浑身阵阵发冷。还同在一个屋檐下呢，怎么就那么迫不及待？说什么也没用了，变了心的男人耳朵里塞狗毛了，什么都听不进去。

两个案子竟然安排在了同一天，还一前一后，这难道是巧合？

明天的结果会怎样呢？兰心不知道。窗外，天空被巨大的黑幕遮掩着，只有满天闪烁的星星，一眨一眨地望着她。

十五

一夜未眠，一大早，兰心的眼皮跳得很厉害。

是啊，决定命运的时刻终于到了，逃是逃不掉的。该来的总会来，不管结局怎样，兰心已做好了最坏的打算。

推开审判庭的大门，还是那些熟悉的面孔，里面的设施还是一成不变。米青依旧对她爱搭不理，米福依旧恶狠狠地仇视她，只有田壮壮看到她友好地起身为她让座。兰心一下子心凉了，一切都没变，此次开庭依旧不会有任何结果。

人生真是很无常啊，上午十二点，她与陈实的离婚案将在隔壁开庭。不用宣判她便已知道结果，她是所有的过错方，而陈实的把柄她却一点也拿不到，兰心感到心中无限凄凉。

兰心自顾自地伤心着，竟没留意到这次的审判与往日还是稍稍有些不同。时间已到，可审判却迟迟没有开始。直到半个小时后，法官才出现，正当各方律师准备询问时，审判庭的门却突然开了，走进一男一女两个大活人。

两个人年龄相差很大，明显不是两口子。女人显得很年轻，看得出她很漂亮。这又是谁呢？正当她穿过走廊走到前排时，所有人的眼睛都直勾勾地停留在了那个肚子上，只见那弯细细的腰身前肚子明显地隆起着。难道这个女人与米东有关？兰心的心一下子又提到了嗓子眼里。她和米东又是什么关系？是夫妻还是情人？兰心发现其他人的表情都如同她一样沮丧，就连一向最稳重的田壮壮脸色也变得很难看。

半道上又杀出个程咬金，这是第几个了？

空气再次凝固了，肚子里的孩子不用猜大家都知道是谁的，一定是米东的。钱的诱惑实在太大了，每次这种突如其来的出现都会令人大跌眼镜。此刻所有人的表情都极为复杂，有惊讶、有沮丧、有愤恨、有幸灾乐祸。

这个挨天杀的！兰心的心情更是坏到了极点。

命运真会捉弄人，如果这个女人和米东有婚姻关系，那么之前所有人的努力看来全都白费了。

就在所有人都眼巴巴地瞅着女人时，男人将两份文件交给了法官。法官似乎与男人早有联系，两人一阵小声嘀咕后，法官开始宣判。原来男人是律师，而这两份即将宣读的文件正是他们苦苦寻觅的遗嘱。

众人寻它千百度，它却在这里！遗嘱女人和律师各执一份，米东为什么会立遗嘱？没人能说得清楚。

遗嘱开始宣布了，所有人的心都快提到了嗓子眼。除房产外，米东所有的资产共计3500万。乖乖这么多！所有人一声惊呼。法官接着宣判，所有的房产归田壮壮所有，除500万归米青所有外，剩下的3000万被均匀地分为两份：田壮壮、陈甜各一半。

1500万！兰心简直不敢相信，她激动得"呼"地一下子站了起来。

竟然没有米福的，刘琴顿时气得号啕大哭起来，当众闹得不可开交。就在所有人都疑惑不解时，法官又出示了一张亲子鉴定，原来米福和米东不具备任何血缘关系，这让刘琴突然间傻了眼。

原来，两年前米东在一次意外的验血中，发现自己的血型和米福根本不匹配，两个A型血的人怎么可能生出AB血型的孩子呢？为了慎重起见，他偷偷地去做了亲子鉴定，正是因为知道了这个结果，本想参加女儿婚礼的他，毅然放弃参加，就连那份保险的受益人他也临时做了修改。同时他决定找回自己的亲生子女，本想他的第一个目标是甜心，谁知兰心拒绝的态度竟如此坚决。

原以为米东死了就可以蒙混过关的，没想到米东比谁都狡猾，米福和丈夫一下子都傻了眼。这个结局谁也没想到。

至于那个怀孕的女人，不过是米东生前的一个情人而已。至于她肚子里的孩子，与他没有任何关系。

开口说话

一

　　第一眼看到那女人的时候，哑巴的眼睛就被狠狠地烫了一下，他顿时呆住了。

　　眼前竟是活脱脱的一个刘晓蕾，他死命地揉了揉眼睛，这不是刘晓蕾是谁？哑巴直愣愣地望着她，嘴巴张得老大。

　　他抬头看天，太阳明晃晃地挂在天上，他狠狠掐了一把大腿，这不是梦。

　　女人朝他风一样地摆了过来，腰极细，如同陷下去的洼地，接下去又凸起了半圆丘陵，显得有些张扬。女人袅袅婷婷地走着，腰部水蛇般扭动着，哑巴走在后面让他有了一种奇怪的冲动。这腰多美啊，细得一把就能掐住，眼前这个曼妙的身体静静移动着，死死牵引着哑巴的视线。

　　她怎么那么像刘晓蕾？

　　哑巴的目光死死盯在那个身体上，他自以为女人不知道有人偷看她。突然，那个白皙的颈转了过来，一双水汪汪的大眼睛惊愕地停留在他的脸上，柔和的小嘴半张着，让他手足无措，无处可逃。他有些窘迫，可她并没让他难堪，只抿了一下嘴，害羞地低着头匆匆离去。哑巴的心狠狠抽搐了一下，抽得很厉害，她是自己的老婆刘晓蕾。

　　怎么会这样？哑巴又望了一下天，白花花的太阳正焦躁地对准他，刺得他眼冒金星。这不是梦，他很快否定了，因为他浑身明显感到了太阳的炙烤。可她绝不是自己的老婆刘晓蕾！

刘晓蕾死了，死了整整十年了。

一想起刘晓蕾的死，哑巴的心好似有人拿了根细细的钢针，对着欢蹦乱跳的地方一针一针地扎下去，疼得他死去活来。她死的那天，她的尸体被一群人围得水泄不通。人们纷纷摇头叹气，多可惜呀，才 27 岁。他眼睁睁地看着那个柔软的身体枯萎在老丈人家地上的一张凉席上。他气疯了，上去一脚狠狠把那个精瘦的老头踹倒在地，没人拦他。

整整十年了，从妻子死的那一刻起，哑巴觉得自己其实也已经死了，活着的不过是一副空荡荡的躯壳，还有一张毫无生机的面孔，他的灵魂跟随晓蕾去了另一个世界。

刘晓蕾死了，这个奇怪的女人出现了，瞬间把他从地狱又拉回了人间。她怎么会与妻子如此相像？他那颗死了的心第一次苏醒了，他死死盯着她的脸。

她到底是谁？他恨不能马上揭开这个答案。于是，他偷偷跟在她后面，呆呆地望着这张和晓蕾一模一样的脸。但又明明白白地告诉自己，她不可能是自己的妻子。

已经城镇化的团场镇子很大，高楼林立，树木葱茏。他却很幸运，有好几回，这个女人与哑巴迎面碰上，哑巴大着胆子递给她一个微笑。没想到，对面那个弯弯的嘴角立即好看地卷起来，也回赠给他一个同样暖心的微笑。他醉了，一醉就是好些天醒不过来。从此，他快活起来，从来不苟言笑的他，在食堂里见谁都龇牙咧嘴地笑。就连食堂的大老刘都忍不住拍着哑巴的肩，亲热地问他最近是不是中大奖了。

她到底是谁？哑巴一个人时还在暗自琢磨。他有意在见过她的地方等她，他知道她就在团场的这个镇子上！

仿佛为了故意折磨他，一段时间后女人竟像在空气中蒸发了一样，再也不出现了。

哑巴丢了魂。

哑巴不甘心，傍晚是他最闲的时候，不用再工作的他，每晚吃过晚饭后便四处瞎溜达，眼里不放过任何一个穿绿衬衫的女子。

果然，他又看见了她，就在食堂门口！他高出她一大截，见着她，他努力弯下自己的腰，很认真地盯着她的表情，直至读到一丝柔软的笑意，这才心满意足地笑了。

哑巴笑得有几分得意。他知道自己有一副俊朗的外表，高高的个子，笔直的腰板让他看起来英俊挺拔。他的脸非常好看，有一张酷似张信哲的脸，食堂里的人都夸他比张信哲还帅。他那忧郁的目光永远盛着无言的伤感，令人过目不忘。他很忧郁，谁都看得出他不快活。

食堂的胖姐望着他的背影常常感叹："多帅的小伙啊，可惜是个哑巴，要是一个正常人，不知要迷死多少女人呢。"

十年了，哑巴心里再没住过一个女人。

哑巴把表情控制得恰到好处，他知道没有哪个正常女人会轻易爱上一个有残疾的男人。他变得讲究了，衣着也更加整齐，三天两头换一件衣服。出了食堂，他小心翼翼地把换下的油腻腻的工作服叠好包好。食堂的人最近见了哑巴，都毫不掩饰地夸他越来越帅，简直比明星还好看，哑巴乐得直咧嘴。

只有大老刘私下对人说：哑巴恋爱了。

哑巴这些天的举动太反常，难怪人们都关注他。哑巴好久没笑过了，准确地说是很多年没笑过了。他的脸始终是冬湖里的一轮冷月，凉得透心，从看到刘晓蕾尸体的那一刻起，他笑的神经就被活活剪断了。

现在好了，上天又送给他一个刘晓蕾。多像啊，就连眯眼的动作都一模一样，哑巴心里产生了无限的遐想。

可再见她时，女人不再对他笑了，头飞快地低了下去，急匆匆地要从他眼皮子底下逃走。她在躲他，明显地躲着。他知道这一切是为什么，有一次他试图想和她交流时，发出的声音如同指甲划过干枯的老树皮，当场就把她吓了一跳。她愕然地望了他一眼，接着迅速地逃了。

他非常沮丧，太沉不住气了！他不断埋怨自己。女人的影子却像蛇一般死死绕在他的心尖上，怎么赶都赶不走。他很想知道更多关于她的情况，哪怕一丝半点。

真奇怪，女人仿佛知道他在找她，竟跟他躲猫猫似的不见了。

二

"啪"一个很响的雷把天炸开了，豆大的雨点不由分说地把天上的黑云拽了下来。狂风怒吼，雨滴疯狂地敲打着窗户，令人无法安睡。

又下雨了，哑巴惆怅地望着窗外再也睡不着。夜早已拉紧了黑幕，他如同一具被世界抛弃的尸骸。哑巴是属于夜的，黑暗是为他量身定做的，他并不惧怕，孤独也是一种强大。

暴雨一下子又把他拽回到二十多年前的那个午后。

九岁前的他不叫哑巴，他有个响亮的名字叫张宏业。他一生下来和其他孩子一样，没有哪里不正常，甚至比他们更加优秀。

宏业从小走起路来就拽拽的，谁让他是家中三个男孩中父亲最宠爱的那一个。虽然他有哥哥、弟弟，可他却是最聪明、最好看、小嘴最会说的一个！

就在一个午后，这一切突然都变了。

他至今还清楚地记得那天是个六一儿童节，学校特意安排了一场好看的电影。班上，所有的孩子都戴上了红领巾，唯独宏业的脖子空着。宏业是个飞毛腿，家不远，离学校不到一公里。他腿长跑得飞快，一口气就跑回了家，他不假思索地拿起随身带的钥匙就开了门。

一进屋，他径直跑进自己的房间准备拿起红领巾就走，可就在他关门的一刹那，一个陌生而又奇怪的声音冲进他的耳膜。他蹑手蹑脚地推开了父母卧室门，一团白花花的身体扭动着，他定睛一看，看清楚了，那个男人不是父亲！母亲的表情有些扭曲，分不清是痛苦还是快乐。

"咣"的一声，花瓶响亮地被宏业撞倒在地，两双眼睛恐惧地盯住了他，所有的声音顿时凝固了。

男人的脸很圆很大，宏业只觉得一股热血冲向脑门，他想也没想，捡起地上的花瓶碎片对着那片白花花的肚皮冲了过去。胖男人反应更快，他操起床头的台灯，对准他的脑袋狠狠砸了下去。只听母亲一声尖叫，他一阵眩晕，眼睛里全是五颜六色的小星星，星星在母亲和男人之间飞来飞去，整个房屋瞬间倾倒，他如同秋天里的一片落叶，轻盈地飘在了地上。

他睡了很长的一觉，头好沉，沉得如同拖着块大石头。

当他艰难地睁开眼睛时，只见母亲一双细长的眼睛惊恐而羞愧地盯着他，鼓鼓的胸突突地往外冒着。太龌龊了，他仿佛又看到那一幕，心里一阵恶心，顿时闭紧了双眼。他飞快递给母亲一个冷冷的背。母亲的眼圈红了起来，一阵阵低低的抽泣声。

那声音让他仿佛又听到了母亲的呻吟，他觉得那不是疼，而是快乐。他恨母亲，恨那个长着白花花肚皮的男人，他的恨膨胀到要把世界撑破。

父亲来了，温柔地抚摸着他，可他不能告诉父亲。望着父亲，他的心和嘴巴痛苦地在打架，打得天昏地暗的，他难受极了。整整一天，他一言不发。

哥哥来了，弟弟来了，他始终紧闭双唇，一句话也不说。

只有当父亲抱紧他时，他才噫噫地哭了，他替父亲难过、委屈。父亲心疼地贴着他的脸，可他却哭得更厉害了。

他不愿开口说话，等他想说话时，却奇怪地发现喉咙里如同塞上了一团棉签子，软软的，中间却有个硬芯子，死死地抵着他的喉管，凭他怎么叫也吐不出来，他失声了。

一家人围着他，他恐惧而用力地对他们张大嘴巴。没有用！无论他心跳得怎样万马奔腾，可嗓子眼却被堵得死死的。

医生来了，难过地告诉他们他失语了。

"啥叫失语？"一家人全愣住了。

"由于大脑受了刺激，突然失去了语言功能。"医生解释。

"失去语言功能？"一家人如同被雷电击中了一般，呆呆地说不出一句话来。母亲一下子瘫倒在床边，鬼哭狼嚎般地哭了起来，声音充满了绝望，听得让人直想落泪。

"这种病症也许会有奇迹出现，病人会在某一时间里突然恢复语言能力，只是奇迹什么时候出现，谁也不知道。"见他们难过，医生怜悯地安慰道。

二十多年过去了，可不管他怎样努力，这种奇迹始终没有出现，他成了名副其实的哑巴。

不管什么时候，只要一回忆起那个夏天，他的身子便会簌簌地抖起来，抖得如同一片雨中的落叶。

三

宏业变了，变成了另外一个人。

从前的宏业酷爱读书，几乎过目不忘。他读书时总喜欢大声念出来，一些短文，他念一遍就能背诵。他的学习成绩在班上一直名列前茅，老师非常喜欢他。现在，老师再也不点名叫他背读课文了，有时遇到老师提问，他还像从前那样第一个举手，站起来，好半天发不出一点声音，惹得同学们哄堂大笑。

这些熟悉的眼光迅速穿过他，是那样复杂，他看到了同情、怜悯，还有幸灾乐祸。这么快就失宠，他如同一个溺水的孩子，可怜巴巴地在水中挣扎。

很快，他在家里也遭遇了同样的冷落。从前宏业嘴特会说，很多动人的词跟豆子般地崩出来常逗得一家人哈哈大笑。现在主角变成了弟弟，饭桌上全是弟弟乖巧地讨好。一开始，宏业没觉得什么，渐渐地，他感到失落和难过。

一天，他和弟弟为一个篮球争了起来，篮球明明是他的，可弟弟非要抢走。他不是不想让给弟弟，可他和同学约好下午和同学一起打篮球。

于是，兄弟俩不由分说地打了起来。两人正打得难舍难分，一双大手突然把他推翻在地。他抬头一看，竟然是父亲。接着，父亲毫不迟疑地把球递给了弟弟。他的眼泪"唰"地一下流了出来，要知道这只篮球可是父亲送他的生日礼物啊！

就连一向最疼他的哥哥也开始喜欢带弟弟一块出去玩了，不再带他——由于他不能说话，闹出了许多不愉快。

那天，他和哥哥跑到团部周边的连队看电影，一泡尿让他撒迷了路。连队都是清一色的砖房，整整齐齐，却让他辨别不清该走的路了。他给人说不清楚要去的地方，比画了半天也没人能看懂他想干什么。他穿过许多平房，转七拐八地绕了很多弯子。哥哥也在到处找他，为找他竟连电影也没看成，气得哥哥好几天不理他。那可是哥哥最想看的《少林寺》，他赔不了。

他试图着用手势与家人和同学们交流，可没多久，他便放弃了。他看到了自己在别人眼里是如此滑稽与可笑，在一群欢声笑语的同学身边，他更像是空气，而不是人。

他不再叫宏业，人们似乎对他的名字忘得很快，他被人毫不犹豫地唤作哑巴、小哑巴。这个耻辱性的称号令他难过得直想杀人，他不明白人们为什么就不愿叫他宏业，这个名字多好听啊！

最令他生气的是，就连一群不懂事的小孩子也围着他唱顺口溜。"哑巴哑巴真无奈，不能说来不能唱，看着别人笑哈哈，自己成了瞪眼郎。"气得他血液直冲脑门，他上前一把揪住那小个子的衣领，恰恰被小个子的哥哥看到。

"一个哑巴还想欺负我弟弟！"小个子的哥哥一个箭步就冲了过来，把他按倒后便在他脸上拼命扇着。很快，一股殷红的血从他脸上冒了出来，尽快他也竭尽全力喊叫，可整个小路依旧静悄悄地，没人能听到他撕心裂肺的呼救。

回到家，母亲小心翼翼地拿着毛巾给他擦拭，他用力甩开了。

他一扭头，看到了父亲厌恶的眼光。不知从什么时候起，他已不再是父亲心中的那块宝了。他可怜巴巴地望着父亲，可他明显地听到父亲鼻腔里重重地"嗯"了一声，在父亲眼里，他成了一个不可理喻、孤僻的怪物。

只有夜能够接受他，他恨哑巴这个带着羞辱的词，他躲进黑暗里，脸上的肌肉麻木了，接着，脸变成一块厚重的布，渐渐地厚重的布开始有了知觉，火辣辣地疼起来。

他越来越孤僻，无论他置身于何地，只要一听到"哑巴"两个字，便觉得就是在讲他。他不愿和任何人交往，他喜欢上夜，月儿弯弯，虫鸣声声，如诗的月光里没有打骂，没有羞辱。他又讨厌夜，每一个漫长的黑暗，孤独都疯狂撕咬着他，让他无处可逃，他如同患上了抑郁症。

他变得敏感、脆弱、不可捉摸。

四

初三时，刘晓蕾出现了。

那是个晴朗的午后，老师领来了两兄妹。哑巴抬头看了一眼，女孩便走入了他心里。多好看的女孩啊，大大的眼睛，白皙的皮肤，长长的马尾巴拖到了腰上，一条淡绿的长裙让她看起来亭亭玉立像个公主。她的胳膊很好看，嫩得像截刚出水的莲藕，班上所有的目光"刷"地集中在女孩的身上，老师领着女孩向他走来。

她成了他的同桌，胳膊就弯在离他只有两厘米的地方。上课时，他忍不住恶作剧地用手轻轻掐了一把。她竟没生气，还对他笑了一下，他一下子喜欢起她来。

她竟懂哑语，这让哑巴吃惊得合不拢嘴。不仅她懂，她的哥哥刘晓军也懂。两兄妹的到来，彻底改变了哑巴的生活。从此，刘晓军成了哑巴形影不离的好朋友，哑巴终于有了自己的伙伴，他不再孤独，开心得几乎要飞起来。和他们在一起，他们没有丝毫沟通的障碍，在他们面前，他又重新成为一个正常人。

谜底很快揭开了，在刘晓蕾家，也有一个和他一样的哑巴男孩叫刘晓明。

和他不同的是，刘晓明天生又聋又哑，全家人都会用哑语和弟弟交流。哑巴看得出，一家人都很疼爱这个刘晓明。特别是当晓蕾的母亲知道他也是哑巴时，对他很明显地表现出一种怜爱，让他又格外羡慕起刘晓明来。

家人没一个人懂哑语，他有些伤感。他是一片孤岛，一直浸泡在海水里，冷冷的，没人试图走进这片孤岛。

刘晓蕾来了，经常教他哑语，他学得很快，一遍就忘不掉。孤岛热闹起来，到处充满了花香鸟语。她最懂他，他的一个眼神、一个手势，他的喜怒哀乐全落在她眼中。下雨时，她总是悄悄把伞留给他，自己一声不响地冲进雨里；他忘带水杯时，总会有一只水杯放在他的课桌上面；他不舒服时，她会无声地把药夹在他的书里；他不开心时，她总是担忧地望着他……

刘晓蕾是一个善良美丽的女孩，而他跟班里的其他青春期的男孩一样，喜欢偷偷注视她的背影。他总会被她一个淡淡的回眸击中，所有的思绪被她牵引着从一片茫茫的黑暗走向阳光。

和她在一起，哑巴重新又有了一种被人重视的感觉。他把自己的心事告诉她。在她面前，他不再低人一等。他忘了自己的缺陷。

他笑起来很阳光很好看，他的记忆力超凡，他的学习成绩在全年级门门第一。他发现晓蕾总是悄悄盯着他看，他喜欢这种注视，这种注视里还夹杂着一种对他的崇拜，让他又重新找回了自信。

这是一段开心的日子，可却没让他开心得太久。

高二那年，刘晓蕾一家不知为何突然从镇子上搬走了，这对他是个不小的打击。仿佛一双无形的手，一下子又把他重新推回黑洞，他再次变得沉默起来。

五

母亲是在哑巴高考那天走的。

那天，灰蒙蒙的天一直下着淅淅沥沥的小雨。哑巴心情特别坏，他找不到那件上考场要穿的白衬衣，他想穿着白衬衣漂漂亮亮地上考场。可母亲这时却不识趣地非塞给他一根油条、两个鸡蛋，还硬逼着让他吃下去。他讨厌吃鸡蛋，母亲却固执地认为吃鸡蛋能考一百分，他随手把鸡蛋扔了。

他惹怒了父亲，长期以来他对母亲的不敬令父亲对他忍无可忍。父亲一个箭步冲上去，狠狠抽了他一个耳光，他的脸上顿时火辣辣的，他捂着脸冲出家门。

逃出家，他感觉自己裹在阴霾里，阴霾像一个巨大的幕布包裹着他，让他永远无法突出重围。他委屈、难过、绝望，上大学有什么用？即使成为大学生又有什么意义？他怕去那些陌生的地方，怕重新接触一个陌生的群体，更怕别人欺负他是个哑巴，他怕重新面对更多的陌生和困难。

考场前的铃声响得格外刺耳，一遍遍催促他进考场，可他却逃了。就在所有人都在寻找他时，他却悄然无息地一个人躲在学校后面的果园里，看一群来来回回爬动的蚂蚁。

他没有参加高考，令所有人都感到震惊、惋惜、失望，他可是这个学校学习最好的尖子生。

很快他就后悔了，而且肠子都悔青了。

母亲在寻找他的路上，被一辆飞驰而过的大货车撞倒在地，最后像个破布口袋倒在地上扶不起来。临死前，她手中还死死攥着他的那件白衬衣。

哑巴哭了，跪在地上一直不肯起来。没人的时候，他拼命抽打自己的脸。很长一段时间里，他痛苦、懊悔，陷入深深的自责之中，他恨自己为什么不肯原谅母亲。

母亲死了，哑巴冷静下来，开始重新思索和规划未来的人生。这次，他很快服从了家人的安排——选择一所技校学厨师。

哑巴天生聪慧，自哑后，他的记忆力变得更加惊人，在几百名的厨师学员里他成了佼佼者。出师后，他去过城里，去过一些大都市，他菜烧得极好，许多大酒店里的老板都争着请他。可他并不开心，他不明白，为什么他的待遇要比普通大厨要低很多，就因为他是一个残疾人？最令他难过的是，他时常没来由地受其他大厨的歧视和排挤。

城里有家最好的酒店叫醉仙居，他很喜欢这家酒店，鹅黄色的壁纸、古典的美人图、朦胧的灯光……在温馨的灯光下，他的菜摆在餐桌上如同一件件高雅的艺术品。每当他默默注视着这些美味的工艺品时，便有一种无法自拔的陶醉。

老板给的工钱也不错，每月四千，虽比其他大厨少两千，可他很满足，这比他在团场的那些同学工资高出好几倍。他手脚麻利、上菜快，能同时能开好几个灶，客人们都爱吃他做的菜。

老板也非常喜欢他，还异想天开想让他当后堂领班，没想到竟惹怒了这帮家伙。

机会很快来了，老板接了个大单，市领导的儿子要结婚，三十桌结婚酒宴给足了酒店的面子。老板攒足了劲，想把这场婚宴搞得风风光光。

谁知，就在两道大菜上，一位大厨趁其不备多撒了两把盐。这两把盐，让老板恼火得当着众人面把哑巴的祖宗八代全骂了一遍，而且把哑巴当天就开除了。面对这样的结局，哑巴耷拉着脑袋一声不响。

这件事哑巴并没想追究，可此时在社会上混得风生水起的哥哥得知弟弟在外受了气，立即把那使坏的人膀子给掰断了。

哥哥被判刑了，警车带走哥哥时，哑巴疯子般地扑了上去。

六

哑巴挣大钱了，哑巴回来买楼了，还是小二层。团场挣大钱的人不多，街坊邻居更是羡慕不已。

回到镇子，这回哑巴挺直了腰板。

他来回地在镇子里走着，镇子焕然一新，虽然自家老旧的平房还那么狭小、陈旧，却让他感到格外温馨。尽管人们嘴上还叫他哑巴，可和城里人叫得绝不是一个味，口气里带着温暖和亲近。毕竟是一起生活了二十多年的乡亲，积攒了数不清的情感。他决定大干一场，让镇上的人都好好瞧瞧！

由于镇子交通发达，人来人往，街上的餐馆、酒店很多。从城市大酒店里回来的哑巴，名气很快不胫而走，各大饭馆、酒店都争着抢他，月薪五千，这让团场那些月薪还不足一千的人眼馋得直流口水。

最让哑巴没想到的是，刘晓蕾一家又重新搬回了镇子。

这是属于哑巴的美好时光，温暖的阳光重新照到了哑巴的头顶。哑巴不但再次见到了刘晓蕾，还娶了她，这在镇子上成了爆炸性的新闻。让团场里的不少小伙子妒忌得发疯，一些爱惹是非的女人更是跑到晓蕾家去嚼舌头。

刘晓蕾的母亲哭得死去活来，刘家除了刘晓军，再没一人给哑巴好脸色看。家里已经有一个吃闲饭的哑巴了，被镇上人嘲笑为"哑巴之家"的刘家，在镇子上再也抬不起头来。

刘家狠狠地把刘晓蕾和她的东西全都甩了出去，像扔一堆垃圾。她与哑巴的

开口说话

217

这段婚姻，让父母在镇子上丢尽了脸面，老丈人也气得病倒在床上。

哑巴压根没敢奢望这辈子能娶上刘晓蕾。晓蕾多好看啊，身后那么多小伙子狼一般地撵着。可刘晓军偏偏给他支了个招，让他俩先斩后奏。一开始三人还瞒得滴水不漏，当生米煮成熟饭，刘晓军这才回去通风报信。果然，红彤彤盖着大印章的结婚证让老丈人的一张笑脸变成了紫茄子，这是哑巴早就预料到的。别人的婚都结得热热闹闹的，而哑巴的新婚是在刘家人的谩骂中度过的。

哑巴把刘家的骨髓抽走了，刘家人脸阴得能拧出水来。

哑巴度过了一生中最快乐的时光。如果晓蕾是云，他就是风，他要追着晓蕾奔跑；如果晓蕾是羊，他就是草，他恨不能让晓蕾把他整个人都吞进肚子里。每晚睡觉时，他总是把那一截白嫩的胳膊紧紧抱在怀里。

刘晓蕾很争气，第二年就给他添了个大胖小子，哑巴特意给儿子取了个脆生生的名字叫声声。他要让儿子把他这辈子没说的话全说出来。过着这样的好日子，哑巴更加拼命地挣钱。这样的日子，才让他觉得是人过的日子。

可天又阴了，黑压压的乌云把整个镇子都遮住了，沉重得仿佛天要塌下来。团场人说这样的天可不是什么好兆头，果然，哑巴的天塌陷了，晓蕾死了，被刘家逼死了。

有了孩子的晓蕾头一次回娘家，以为父母会看在孩子的分上接受哑巴。谁知她却想错了，父母非逼着她离婚。不离婚，父亲也发了狠，仰着脖子把农药瓶倒给她看。父亲张大的嘴巴很吓人，无论如何这瓶毒药也不能让父亲喝下去！心软的晓蕾一把夺了回去，可离婚更是不可能，晓蕾一仰脖子自己把农药喝了下去，满满的一瓶。

晓蕾被洗得很干净，可脸还是乌紫乌紫的。哑巴只才看了一眼，身子便重重栽倒在地。等他的意识渐渐清醒过来时，他感到整个世界变成了灰色。晓蕾死了，撇下他去了另一个世界，他又成了孤独的一个人。

那夜，滂沱大雨下了整整一宿。

七

洗了个澡，哑巴继续躺在床上想心事，儿子神神秘秘地掖藏着什么。

晓蕾走了十年了。这些年他身边没有一个女人。为此，人们常常在背后议论他，和性有关。除了哑巴外，在人们嘴里他还多了一个称谓叫光棍。他知道，但根本不在乎。

晓蕾走了，他的身体空了，是一具没有任何意义的空皮囊。

他活着唯一的乐趣就是儿子，这小家伙古灵精怪，跟自己肚子里的蛔虫似的。他很想念晓蕾，没人的时候，他一动不动地注视着妻子的照片，直到看得两眼发酸。

这个女人究竟是谁？哑巴出神地想。

"啪"的一声儿子伸手把灯拉灭了，他有些不满。儿子"哧溜"一下子钻进他的被窝，光溜溜地贴着他。他知道儿子今晚有话要说。

果然，一股热浪冲向他的耳膜："老爹，我告诉你一个秘密。"

他安静地听着一动不动，听人说话是作为哑巴的一种习惯。

"老爹，我有个小姨你知道不？"

从没听说过，平时他就对刘家的事不感兴趣，更何况今天，他心思根本不在这上面。

"老爹，我小姨叫章小惠，和我妈是双胞胎，跟我妈长得一模一样。"儿子的声音却瞬间兴奋起来。

一模一样？哑巴蓦然从脑子里蹦出那个女人，接着他"腾"地从床上坐了起来，一把将灯拉亮。

儿子被他的反应吓了一跳，不过看到父亲很关心这件事让他很开心。

"你咋知道的？"哑巴比画着。

"我听我舅说的。"

"这是真的？"

"当然是真的，其实我都见她了，跟我妈照片一模一样，只是看起来年龄要大一点，她还送我了一个铅笔盒呢。"为了证实自己没有撒谎，他窸窸窣窣地从枕头底下摸出一只漂亮的铅笔盒。

其实，声声在爹面前说了瞎话，今天是姥姥偷偷把他从半道上截回去的，可声声不敢在父亲面前提到姥姥、姥爷。

"老舅说我小姨从小就卖给别人了，那家没孩子，给了姥爷不少钱，所以他们从来不敢跟外人提起我小姨，就连我妈都不知道。"儿子说到一半停下来，想吊他的胃口。

果然，他急了，弹了儿子的脑门子，这臭小子！

"可后来那家人有了自己的孩子，经常虐待小姨。这些年我小姨过得一点也不好，姨父也早早就死掉了。她养父临死前才告诉她，让她找了好些年才找到这里的。那刘家人真不是个东西，我小姨也没骨气，要是我有这样的父母才不找，只当他们死了！"儿子一口气说下去。

小家伙很聪明，为了讨好父亲他又补充了一句："其实，我早当我姥姥、姥爷也死了。"

这个发现令他瞠目结舌，那女人叫章小惠，竟是自己的小姨子，老婆刘晓蕾的孪生妹妹，太出乎意料了……真是众里寻她千百度，蓦然回首，她却在这里！他有些不敢相信这一切。一想到章小惠的身世，哑巴心里不由得多出几分怜悯。

窗外，夜空很美，满天的星星一闪一闪地眨着眼睛，仿佛看透了哑巴的心事。

十年了，他从不曾留意过任何女人。这些年，也有不少好心人给他介绍一些条件不错的女人，但他连看都懒得多看一眼，那些陌生的五官跟他遥远得如同隔了一条银河。

章小惠的出现如同一束光亮，令他措手不及。他以为自己的心早死了，章小惠来了，他冻僵的心开始融化，"嗵嗵嗵"，他听到自己的心脏快活地跳动起来。

八

儿子这段时间很积极，仿佛猜透了他的心思。每天都能从他嘴里听到关于章小惠的最新报道。

"老爹，我告诉你个秘密，我小姨到现在还没找到工作呢。"

"你咋知道呢？"哑巴用手比画着。

"我听刘家人说的。不如你给我大伯讲让她去食堂工作好了，这样你就可以天天看到我小姨了。"

哑巴张大嘴巴半天收不回来。他的确吃了一惊，自己的心事儿子怎会看得一清二楚呢？他定睛看了声声一眼，儿子正得意洋洋地望着他。

哑巴又惆怅起来，他本可以到大城市酒店工作的，上次有个老板工资已开到了八千，每月八千块钱啊，这个数字让团场人想都不敢想，可他毫不犹豫地拒绝了，他坚持要帮衬哥哥。

钱对他来说只是个数字，只要他愿意，他能挣得比正常人高出好几倍。

前几年，刑满释放的哥哥回来了。哑巴毫不吝啬，把这些年来所有的积蓄全都给了哥哥，让他和朋友合伙承包了一个工厂的大食堂。工厂是棉纺厂，有几百号人吃饭，非常挣钱。他甚至还劝哥哥搬进小二楼和自己一起住。哥哥接了钱，却拒绝和他住一起，从牢里出来的他有自己的生活。

这家食堂很赚钱，朋友之所以乐意和哥哥合伙，一是看上了哥哥做事豪爽，从不斤斤计较；二是因为哑巴厨艺高名声大。朋友的股份多，话语权大，给哥哥开出的条件：要长期合作可以，必须由哑巴来掌勺，工资每月却只能是城市酒店开出的一半。

哥哥的脸色很难看，哑巴却利索地答应了。只要哥哥有事干，他才不在乎钱多钱少呢！

声声又回姥姥家了，躲躲闪闪的，怕他伤心。他知道儿子这段时间经常出入刘家。尽管他还口口声声地刘家人长、刘家人短的，可哑巴也看得出儿子在刘家很快乐。毕竟血浓于水嘛，那是声声的亲姥姥、亲姥爷。

这些年委屈孩子了，从前儿子为了他，还经常偷偷拿弹弓崩过他姥爷。可孩子大了，想和自己的亲人在一起，谁也拦不住，他也不想拦。

其实，自从章小惠出现后，哑巴开始不再恨她的父母。他的目光再滑过他们时，立刻变得柔和了。

章小惠的影子怎么也挥之不去，正当他犹豫着该如何向哥哥开口谈她的工作时，在食堂里，他竟意外地看到了章小惠的绿衬衫已经在食堂飘来晃去了。他心头一阵狂喜，忙迎了过去。

她也看到他了，微笑地望着他，如同迎接一缕清晨的阳光，他的心头顿时泛起阵阵暖流。

很快，从儿子嘴里他便知道了事情的来龙去脉。

"老爹，你得表扬我吧。这次是我找大伯把小姨安排在食堂里的。"小家伙得意地对着哑巴晃着脑袋，哑巴笑了，夸张地向他竖了一下大拇指。

爱一个人是藏不住的，哑巴的心思想藏也藏不住。

在食堂里，不管章小惠在哪，他的目光总是追随着她。如果半天不见她就干啥都提不起精神来，直到章小惠重新出现。章小惠知道他的喜欢，也不再疏远他，一见他就抿着嘴直对他笑。不仅仅是笑，还有一层羞涩和不好意思。她常走到他身边，甚至试图跟他用手比画着交流。有好几次他悄悄看她时，她也在偷偷看他，两束光碰在一起如同雷鸣电闪，击得两人同时都低下了头。

他格外迷恋她的笑，这曾是晓蕾所独有的笑容。这一笑仿佛雨雾中绽开的花蕾，美得惊心动魄。

人生的阴霾又一次渐渐散去，哑巴在食堂重新神气活现起来。他神情自若地指挥着每个人，犹如指挥千军万马的将领，他天生就有这种将才，把几百人吃饭的食堂打理得井井有条。食堂除了哥哥与合伙人外，全由他说了算。这一点令他得意洋洋。

这也是他喜欢这个食堂的原因。别看他只是个哑巴，食堂里从没人敢当面叫他哑巴，而是一个个都毕恭毕敬地叫他张师傅，尽管他们背后还是哑巴长、哑巴短地叫着。

章小惠越来越关心自己，哑巴明显地感觉到。有几次他在灶台上忙得满头大汗时，章小惠忙跑过去给他递毛巾擦汗。他咧着嘴笑，因为兴奋，心怦怦地跳着。

他很想和她再进一步发展，正当他无从下手时，儿子又帮了他一把。

"老爹，星期天休息不？"

"干什么？"看着儿子认真的表情，他知道有事。

"老爹，我约小姨星期天来家吃饭。"果然，儿子的小脸立即笑成了一朵花

哑巴再也憋不住，"扑哧"一下笑了，臭小子，他对儿子竖起了大拇指。儿子咧着嘴对他直眨巴眼睛，这机会可是他争取过来的。

父子同心，其力断金，哑巴下决心抓住这次来之不易的机会。

还没到星期六，他便迫不及待地去理了发，把自己收拾得漂漂亮亮，父子俩还特意对房间来了个大扫除。一切收拾妥当，他买了一些菜，全是他的拿手菜，他还买了一瓶上好的红葡萄酒。乖乖，这酒可不便宜，花了他近两百元，不过他不心疼。

儿子声声也很配合，打扮得跟过年似的，穿上了他最好看的夹克衫，神气得像个小王子。他还悄悄地去洗了一张他从不舍得拿出来与别人分享的一张母亲仅存的单人小照。

刚过七点，章小惠就来了。她穿得很朴素，却给两个男人每人带来了一件礼物。声声是一套非常时髦的儿童套装，哑巴则是件白色的短袖衬衣。这两件礼物，立刻让这个寂静许久的房间热闹起来，声声清脆的笑不时飞出窗外。

章小惠一来，一种女人的气息在整个房间里鲜活流动着，有一种说不出的温暖。

看得出章小惠很开心，姐姐家温馨、舒适。哑巴很温和，外甥很可爱，她明显地感到了这种血缘关系的神奇。三个人从未这样近距离地接触过，此时却分明是一家人的气氛，让她对他俩有了一种很特殊的情感。

满满的一桌菜，青红绿白搭配得似一盘盘田间盛开的小野花，让章小惠愣在那里舍不得下口。

哑巴很是得意。

三个人坐下时，哑巴有意识地选择与章小惠面对面的位置，这样他能够生动地捕捉到她脸上每一个生动的表情。声声噘着嘴，很不情愿地坐在了桌子的另一边。

饭吃得很热闹，两人斟了满满一大杯葡萄酒，半杯酒下肚，哑巴便有了表达的欲望。他起身拿起了早已准备好的小本和笔，把今天想说的话统统写下来递给她。当他的指尖掠过她的手时微微一颤，那手指柔软得如同一块绸缎，让他触电一般。他心里一惊，抬头看她时，她已羞涩得把头垂了下去。

喝了酒的章小惠更加楚楚动人，脸颊两边飞上了两朵红云，让哑巴总忍不住走神。哑巴的情感地带是一片荒芜太久的沙漠，章小惠来了，沙漠上便有了一股清泉，泉水咕咕地流着，沙漠顿时变绿了，一片生机盎然。

吃完饭，大小两个男人迅速对视了一眼，眼神里分明透露着不想让章小惠走的意思。章小惠很犹豫，当声声把藏在身后的照片塞到章小惠手中时，章小惠愣了一下，眼圈一红便留下了。

洗漱完，章小惠和声声挤在一张小床上。声声的房间热闹起来。笑声很疯，有声声的也有章小惠的，强烈地震荡着哑巴的耳朵——哑巴失眠了。

天刚亮，哑巴就起床，备好早餐。

两人咋还没起床呢？哑巴推开声声房间的门，章小惠睡得很香，头枕着青草与花瓣的枕头，样子像极了小蕾，让他的眼睛舍不得挪开。他一眼就看到她那一截莲藕般的胳膊上枕着的声声，小家伙躺在她怀里露出甜蜜的微笑。章小惠的内衣还微敞着，她轻轻呻吟了一下，便将身子拧在了外面，圆圆的屁股冒出了被角，他的脸烧红了，忙红着脸躲了出去。

大地被晨光包裹着，整个房屋被阳光灌满，这天他觉得很幸福。

最让他感到不可思议的是儿子，最近老钻他被窝，不停地缠着他问："老爹，你喜欢我小姨吗？"

"啪"儿子的脸被哑巴狠狠地拍了一下，翘起的嘴角却暴露了他内心的秘密。

"你不说我也知道你喜欢，那天你偷偷来我房里看小姨睡觉了。我也喜欢我小姨，那晚我都叫她妈妈了。"这个声声，比自己还心急，哑巴笑了。

儿子得到了鼓励，便动情地说："老爹，我想让我小姨做妈妈。我想妈妈了，每晚都想。"

儿子的话让哑巴噎住了，他的手呆呆地停滞在半空中。

九

这是个阳光很好的星期天，食堂休息了，哑巴也给自己放了一天假。

前一天，声声就缠着章小惠一起进城逛逛。哑巴知道儿子的心思，便带足了钱。

一大早，章小惠来了，因为要逛街她收拾得很漂亮，一件浅绿色的衬衫，一条长长的马尾。这不是刘晓蕾吗？哑巴呆呆地愣在了那里，直到声声大声喊他，他才回过神来。一路上，章小惠很开心，一直亲亲热热地搂着声声的脖子。

"老爹，你快点跟上。"儿子在叫他了。

他忙跟了上去，儿子看他上来，一只手插在章小惠腰里，腾出一只手拉着他，三人俨然成了一家人。哑巴心里一动，刘晓蕾又活回来了。

"老爹，你看咱仨像不像一家人？"儿子故意挤挤眼睛问。

哑巴脸一红，气没喘上来，他对着儿子的脑壳狠狠弹了一下。

"姨你说，咱仨像不像一家人？"儿子不管，还歪着脑袋故意问章小惠。

"咱本来就是一家人。"章小惠回答得干脆利索。

城市很繁华，一幢幢高楼，川流不息的车辆，黑压压的人流。章小惠边看边吃惊地张着嘴巴，哑巴看得出她很少上街。

哑巴一边走一边不停地给两人买零嘴解馋，走到一家商店时，他还特意给章小惠买了个不锈钢饭盒。他知道章小惠一直没饭盒，吃饭总用公共餐盘，让他觉得不卫生。餐盘尽管每天都消毒，可他心里还是觉得不踏实。为了能与大家区分开来，他专门挑了个桃心形的，他对自己挑选的这个饭盒很满意，这个"爱心"饭盒既好看又能表达自己的心意，配章小惠再合适不过。

没过多久，他发现章小惠总痴迷地盯着花花绿绿的衣服摊子，却什么也不肯买。他意识到她身上根本没有多少钱，他私下留了心。

果然，章小惠盯上了一条紫色碎花裙子不走，她拿起裙子比画来比画去，却怎么也不肯离开。裙子380元，这个不菲的价格让她明显受到了很大的打击，她可怜巴巴地捏了好一阵子，只好拉着声声离开了。

哑巴不动声色地把一切都看到了眼里。他知道章小惠来找父母近似逃难，如果不是实在过不下去，绝不可能千里迢迢地来找从小就抛弃她的亲生父母。等章小惠拉着儿子去吃凉皮子时，哑巴快速折了回去，找到裙子的卖主，他跟做贼般地匆匆塞给小姑娘一把钱，拿着裙子逃似的追儿子去了。

三个人逛来逛去一直逛到了下午，天晚了，这才不甘心地坐上了回镇子的班车。

一上车，声声的脚被人狠狠地踩了一下。声声刚要发火，只听这个肥胖的女人讨好地说："这孩子真漂亮，娘俩长得真像！"声声的火顿时被压了下去，手臂死死揽着章小惠的腰，大声告诉胖女人："她是我妈妈！"章小惠听了不但没生气，还很亲热地亲了声声一下，让哑巴有些妒忌。

三个人挤在了一排座位上，章小惠坐中间，声声累了，上了车闭着眼睛一头扎在章小惠的怀里就睡着了。城市离镇子还有几十公里的路程，班车在高低不平的路上颠簸着，一会把章小惠颠到了哑巴身上，一会又把哑巴颠到章小惠的身上，哑巴心里甜丝丝的，像灌了蜜。

下了车，章小惠要回刘家，声声死死拽着不放。哑巴更舍不得，当他把裙子塞到她手上，章小惠的眼泪瞬间掉了下来，不再推脱。

逛了一天街很累，声声早早拉着章小惠钻进了自己的被窝里。

夜晚，"咣当"一声，儿子房里不知什么东西掉了下来，哑巴掀开了门帘冲了进去。

大片大片的月光肆无忌惮地从窗外透了进来，章小惠圆润的胳膊在月光下泛着洁白的光，这是一只多么诱人的胳膊，他把那个胳膊轻轻放回被子里。谁知，胳膊蠕动了一下，突然抱住了他的脖子，他的身子整个无法抗拒地陷了下去。

十

食堂突然多了个叫金堂的男人。

金堂身板高大、大眼睛、张飞眉，白胖，一身的肥膘走起路来颤颤巍巍。很快哑巴便从哥哥那里得知，金堂是哥哥的合作伙伴金哥的堂弟。哑巴一眼就瞧见了那男人裸露着的白花花的肚皮，心里颇为不爽。

可他躲不过去，尤其那团白花花的肚皮在他眼前不停晃悠时，他的心情一下子就坏到了极点。他不喜欢这个男人，从看到母亲偷情的那一刻起，他对长着大白肚皮的男人就没好感。

哥哥介绍说是和他一起掌大厨的，大家都叫他金胖子。哑巴有些不满，他想不出这个镇上还有谁配和他一起掌大厨。

金胖子的工资竟然比他还高出一千，这让他的喉咙里如同卡了块骨头似的不舒服。谁让他是金哥的堂弟呢，他没找哥哥理论，更不想让他为难。

哑巴一点也不喜欢这个金胖子。

这家伙一来就牛皮哄哄的，拿出管人的架势对食堂所有人吆五喝六，仿佛食堂已然成了他的天下。哑巴被生生地挤在一边，他不舒服。这几年，他已经习惯了这个食堂，这里是他的地盘，金胖子犹如一个突然闯入的侵略者。

金胖子不管，照样大大咧咧的，每天穿个大裤衩，露着半截大肚皮在他眼前晃来晃去，逢人就吹他堂哥要把食堂交给他来打理。说得食堂人见了他都悄悄的，就连一向脾气火爆的大老刘也不得不低眉顺眼的。

金胖子很拽，一开始，他还象征性地跟哑巴寒暄打招呼。可当发现他只是个哑巴时，态度立马说变就变，眼角明显地露出一丝轻蔑来。高兴时跟哑巴扯两句，不高兴时哑巴长、哑巴短。尽管食堂里的人背后都叫哑巴，可当着面还是恭恭敬敬地叫他师傅。哑巴是你叫的吗？哑巴心头的怒火一下子就蹿了上来。

还让哑巴讨厌的是，金胖子说话的声音很大，是个高音喇叭，人没进屋老远声音就闯进来。而且他极喜欢说话，只要一闲下来就跟食堂的人瞎扯。这家伙大概走南闯北知道得不少，上知天文、下晓地理，好像天下没他不知道的事。他还特别热衷于跟女人们开玩笑逗乐子，没来多久就和食堂里的男男女女都混熟了。

最令哑巴气愤的是没来多久，他竟然和章小惠也逗上了。但他瞧见章小惠不怎么理他，这让哑巴很放心。

食堂里明显地热闹了起来。

大老刘早就看出了端倪，故意当着众人开哑巴的玩笑，说什么小姨子是姐夫的半个屁股，但这半个屁股却要姐夫的命。玩笑又粗又俗，却很对哑巴胃口，像是故意当众要挑明他俩的关系。其他好心人也有意撮合他，揶揄哑巴赶快把小姨子扶正，免得夜长梦多。哑巴美滋滋地笑着，一点也不生气。

只有金胖子故意捣蛋，两只眼睛像发了情的野兽一直追着章小惠。

章小惠一走过来，金胖子两眼就直勾勾地盯着她的腰，一脸的馋相。章小惠居然还朝他笑了，哑巴很气愤。

身边的大老刘狠狠地呸了一口唾沫说："听说这狗日的离婚好些年了，想女人快想疯了。"接着，大老刘又捣了一下他说："你可得抓紧点，别让狗日的抢了先。"

金胖子竟然也是个单身？哑巴心头一阵慌乱。

哑巴一动不动地盯着章小惠，只见她正低着头从金胖子身边穿过。谁知，金胖子身子一歪就撞了过去，章小惠瞬间软绵绵地扑进了一团肉里，手中的盘子飞了。金胖子很是得意，旁边没一个人阻拦，反而鸭子般地嘎嘎嘎大笑了起来。哑巴铁青着脸，两只眼睛锥子般地死死地盯着金胖子，一动不动。

金胖子似乎尝到了甜头，得意地哼起了小调，干活时两只大铜铃眼睛死死盯着章小惠不放。章小惠一看他，他就嬉皮笑脸地冲她笑。气得哑巴恨不能冲上去把他那一对大眼珠子抠出来，然后狠狠踩在脚底。

中午炒菜的时候，章小惠一个人挥动着大铲子。炉火很旺，满身的汗水一会儿就把章小惠背部浸湿了。哑巴好容易忙完自己的活，刚准备腾出手去接章小惠手中的铲子。谁知，铲子飞快地被金胖子夺了过去。接着，是金胖子一脸地讨好。

"小惠，快歇歇去，哥来帮你。"

"不用，我自己可以。"

"还是让哥来吧，哥心疼你。"

一瞬间，哑巴分明感到自己的宝贝活生生突然被人抢了去，有说不出的懊恼。"嗵"他把手中的饭勺狠狠砸到了锅里，一股热辣辣的汤扑到了金胖子脸上，金胖子被烫得跳了起来，抄起大饭勺向哑巴冲了过去，被大老刘死死地拦住了，金胖子瞪圆了眼睛。

晚上哥哥来了，脸色有些难看。

"吃饱撑了，学会跟人动手了，金哥正愁找不到茬让金胖子代替你呢，自己却慌着往枪眼上撞。"

"我讨厌金胖子，你让金胖子走。"金胖子是哑巴心里的一根刺，哑巴想让哥哥帮自己拔出来。

"那金胖子是金哥的堂弟，你这不是为难哥哥嘛。"哥哥看得懂哑语，有些不满。

"他不走我走。"哑巴有些赌气，他做了个很坚决的手势。

"宏业啊，你走了谁来帮哥，哥可把钱全砸里面了。你别犯傻了，那小寡妇不适合你！听刘晓军说金胖子已经去刘家提亲了，刘家那头都已经答应下来了。"

竟有这事？哑巴顿时觉得一股气血直往脑门冲。这消息太坏了！他对刘家彻底绝望了，无论他如何努力，可刘家还是根本不把他放眼里。

"我要让小姨做妈妈。"儿子突然蹦了一句，把哑巴和哥哥都吓了一跳。

"小姨她是我妈妈，她本来就是我妈妈，我不管，我就要小姨做妈妈……"儿子大声地哭了起来。哑巴眼睛一酸，把头别到了一边。

哥哥愣在那里半天说不出一句话来，手里夹着烟一个劲地直叹气。

夜晚，哑巴翻来覆去睡不着，金胖子一张大胖脸老在眼前晃荡，一种痛犹如一群长着细细牙齿的动物静静地撕咬着他的心，令他痛不欲生。金胖子有什么好？五大三粗，粗俗不堪。唉，谁让自己是个不能讲话的哑巴呢？他的痛延伸到五脏六腑。

章小惠绝不会看上金胖子的！哑巴又坚决地摇摇头。

谁知，到了第二天中午食堂人一起吃饭的时候，哑巴眼睁睁地看着金胖子端着饭盒和章小惠并排坐在了一起。金胖子的饭盒很扎眼，椭圆形、上下两层，跟金胖子似的个头贼大是个巨无霸。不一会儿，金胖子又坐在章小惠的对面，笑眯眯地挑逗着。

哑巴忍不住一次次把目光挪向那个地方。他见章小惠一个劲地往后躲着，不知金胖子说了什么，章小惠不再躲了，这又让哑巴心里酸得如同喝了一瓶千年老陈醋，酸水一股股往外冒。

金胖子显然也看到了哑巴在盯着他看，故意把自己饭盒里的一块肉挑给了章小惠，用眼睛勾了一下哑巴，从鼻子里重重地哼了一声："小样，也不撒泡尿照照自己，一个哑巴也配跟我争！"

怒火顿时窜到了哑巴的头上，他"腾"地一下子站了起来。

"不许你这样对我姐夫，再这样我不理你了。""啪"章小惠拿起筷子重重地敲了金胖子一下。

"哎哟，好痛，打是亲，骂是爱，不打不骂不相爱。"金胖子故意怪模怪样地大叫了起来，叫得整个食堂人都能听得见，哑巴顿时气得脸色苍白。

章小惠抿着嘴也笑了起来，她的笑让金胖子的眼睛一下子又亮了，他企鹅般地在她面前手舞足蹈起来。那种缺乏美感的舞，却让章小惠乐得捂着肚子趴在桌子上半天起不来。

哑巴难过极了，他觉得自己的心让一个不知名的野兽给撕裂了。

下了班，章小惠一直在等他，见他来朝他迎了过去，她小心地对他赔着笑。然后怯怯地告诉他："我父母不让我再去你家了，金大哥来我家好几趟了，他答应过段时间让我弟刘晓明也来食堂上班。"

哑巴一眼看出了章小惠的懦弱和没有主见，扭头就走了。

十一

晚上，儿子放学回来了。小家伙不知在哪受了气，把书包重重蹾在了地上说："我再也不喜欢我小姨了。"

哑巴不知道章小惠怎么让儿子也跟着受了气，有些不满。

"我小姨正和那死胖子在路口轧马路呢，两个人还手拉着手。"儿子气得小脸都憋红了。

哑巴的脸犹如伸出去被人重重扇了一耳光，他定定地呆在了那里。这么快就好上了，他无法接受这个事实。

"老爹，我不管，你得把我小姨抢回来，她是我的妈妈。"儿子依然不依不饶地叫道。

看着儿子嘴巴一撇一撇马上快要哭出声的样子，哑巴很心疼，却不知该如何才好。

"下次再让我看到，我拿弹弓崩那死胖子！"儿子拿起自己的弹弓做了一个瞄准的姿势。

哑巴沉着脸，一转身回了自己房子。

夜晚，儿子又钻他被窝睡了，都十二岁了还这么黏他，没娘的孩子真可怜！他注视着儿子，晓蕾走的时候，声声才刚会说话，还没能好好享受到母爱。他是多么渴望母爱啊，现在见了章小惠，他怎忍心放过？

儿子受委屈了，是他对不起儿子，自己真没用。有钱又怎样？长得帅又怎样，可照样赢得不了自己的幸福。刘家不就嫌他是个残疾人吗？

他突然很渴望能开口说话，他曾经会说话的。这么多年了，他已经习惯了听别人说话，听着每个人的讲话，他看透了一颗颗深不见底的人心，有善的、有恶的、有宽厚仁慈的、有阴险狡诈的……人心真是很复杂的东西。其实他早就把金胖子看透了，他就是想挤走他，独自霸占章小惠。

他突然很羡慕那些正常人，他们想说就说，想笑就笑，而他什么也不能。只要他能重新说话，章小惠就一定不会选择那个金胖子。

他要说话，为儿子，也为自己，他一定要说话！

这个念头几乎快让他的大脑爆炸了，他想说话的愿望从没像现在这样强烈过。很多话已经藏在他心里几十年了，他必须把它们统统全说出来。他努力地张嘴试着发声，可他的喉咙像是被灌了铅，一点余地也没留。他猛烈地发出嘶哑的怪叫，把自己也吓一跳。

他再也不能说话了，他趴在床上难过地哭了。

浑浑噩噩地躺在床上，他感到了夜的凄冷。他没法开口说话，章小惠成了他的一个梦，虽在眼前，可远得遥不可及。

整整一夜，他都清醒着。他抬眼望向窗外，团场的夜色多美啊，月光下，田野空旷，夜虫吟唱，沙枣花香如同给大地洒了一层香水。可唯有他的世界还是一片混沌。

第二天，镇子还在黎明里沉睡，哑巴却早早醒了。他要早点去食堂，今早章小惠值班，他得帮她一把。

走进食堂，大堂很安静，并没有章小惠。他正准备去后堂找她，突然，从门缝里挤出一些细碎的声音，是章小惠和金胖子。哑巴自从不能开口说话后耳朵灵敏极了。

还没走近，金胖子钟一样的声音就塞进了他的耳膜。

"小惠，你就答应跟我好吧，我也单身好些年了，可自从一见你，我就再也不想一个人了，你父母已经同意把你嫁给我了，只要你愿意，我会对你好一辈子。"

"你别这样，我还没想好。"章小惠躲闪着。

"还要想多久啊，我都等不及了。"

"我知道你对我好，可我俩不合适。"

"我知道你喜欢哑巴，可你父母绝不可能把你嫁给他。再说他这辈子屁也放不出一个，能给你什么幸福？"

"反正我就觉得我姐夫好。"

"我一瞅见他看你那眼神就气不打一处来，一个哑巴，简直就是癞蛤蟆想吃天鹅肉，癞蛤蟆想蟾蜍可以，想天鹅就是犯罪。我哥说了，等过段时间吃饭的人少些就让哑巴走人，看他还能狂个啥劲！"金胖子说得咬牙切齿的。

一番话说得哑巴杀他的心都有了，他操起手中的菜刀气呼呼地走了过去。

"宏业，你要干什么？"突然背后一个很响的声音呵斥他。

声音吓了他一跳，一回头是哥哥。哑巴顿时冷静下来，他放下刀安静地坐在板凳上，拿起一个大个洋芋削了起来。他用力削着，仿佛那洋芋就是金胖子的脸，一层层厚厚的肉被他削了下来，他感到很解气。

十二

章小惠突然和他疏远了，天天和金胖子坐在一起。

哑巴默默地望着他们，他的心就像被章小惠放在油锅里煎了一下，哧哧啦啦地响着只有自己才能听到的声音。

哑巴痛极了，痛得撕心裂肺。看不到她时总希望能看到她，可看到她与金胖子有说有笑地在一起，还不如不见为好。那笑像棒槌，一声声地捣在他心上。他躲着她，不想再看见她。可等她走开后，他又眼巴巴地盼着她能来哄他。

声声最近有些神神秘秘的，老在外面疯得不着家。

他猜儿子一定做了什么。果然，小孩子就是藏不住。

"老爹，我拿弹弓崩那狗日的死胖子了，把他头上崩了个好大的包。"儿子声音兴奋得如同中了彩票。

他心里一阵难过，他知道自己自失声后，变得懦弱和谦让，遇事总是强忍着，怕给自己找麻烦。

"老爹，以后谁再敢欺负你，我帮你打那狗日的！"儿子长大了，会帮自己出气了。儿子长得很秀气，可性格却有股匪气，没娘管教的孩子，他的眼睛一酸。

"老爹，我给刘家说了，他们要再敢逼我姨嫁给那死胖子，我就永远不认他们刘家人。"声声叉着腰，一副小男子汉的样子。

下午，哑巴早早来到食堂，刚准备到换衣间去换衣服，却听到一阵急促的声音。

"放开我，你再不放我喊了！"一听就是章小惠。

"都快要嫁给我了，还不让我亲热。趁这会没人，好好让我舒服一下。"

"放开我，再不放开我喊了。"章小惠在金胖子的怀里拼命地挣扎着。

哑巴黑着脸走了过去。

"快放开我，我姐夫来了。"章小惠正对着哑巴，一时间脸"唰"地红了。

"他来咋的，他来正好，我亲我女人，他敢放个屁老子就捏死他。他拽不了几天了，老子明天就叫他滚蛋。"一边说着，金胖子一边继续紧紧搂住章小惠。

哑巴一个箭步跨上去，抄起勺子照着他的头敲下去，金胖子两只脚像在开水锅里烫了似的跳了起来。他比哑巴大一号，一个后转身把哑巴掀翻在地，紧接着他的身体排山倒海般地朝哑巴压来。哑巴呼吸困难起来，他像只掉在油锅里的鱼死命挣扎着，可没人理他，接着他两眼火冒金星、脸上火辣辣地痛。

章小惠大叫着，可食堂外面没一个人。他被金胖子没命地打着，身子痛得如同裂开一般。章小惠怎么拽也拽不开，直到金胖子打累了。

哑巴躺在地上好一会起不来，他顾不了全身火辣辣地疼，只觉得屈辱、愤怒。他爬起来，刚走两步被一个东西绊了一下，他一个趔趄。绊他的是个纸箱子，箱子里的东西洒了一地，他认得这东西，是大老刘从市场买的耗子药——毒鼠强。大老刘还眯着眼睛直朝他吹牛说这药能药死一头大象。

连一包老鼠药都想欺负他，他更加恼火一脚踢了过去。箱子翻了个，依然倒在他脚下，仿佛嘲笑般地望着他。

一下午，他坐在食堂长条椅上一动不动，脸上青一块紫一块。他被金胖子打了，打得很重，可没有一个人来关心他，章小惠与大老刘远远地忙着，人们很木然。他气愤、恼怒，更多的是屈辱。

食堂的蒸笼里不停地冒着热气，金胖子炒菜的铲子嚯嚯地响，没人来理睬他。大老刘看了他一眼又匆匆忙自己的事了，他心里委屈、伤心。只有在炒小锅菜时才有人过来请他，他铁青着脸一动不动，再没人敢来唤他。

章小惠有好几次走过来看他，他沉着脸一言不发。

终于忙完了，金胖子瞄了他一眼好像故意要做给他看，他一屁股和章小惠挤在了一张凳子上，一把搂住了章小惠的脖子，手很放肆地摸了一把她的胸，章小惠跟电打似的跳了起来。

哑巴两眼喷着火，盯着他一动不动。接着，金胖子很下流地摸了一下自己的裆部，从裆里掏出一根弯曲的毛，朝着他的方向轻松地吹了过去，然后轻蔑地对他说："你就是我裆里一根毡毛，你以为你是什么，你什么也不是！"

他当众又在羞辱他。哑巴再也忍不住了，他"腾"地站了起来，径直走到了食堂员工放饭盒的地方。

累了一下午的人们都坐在外面的餐桌上等着开饭，哑巴毫不犹豫地取出金胖子的巨无霸饭盒，把半包毒鼠强利索地倒了进去，接着他盛上米饭，搅拌均匀，这次他没吝啬，他给金胖子盛了满满的一饭盒红烧肉……

饭盒被送饭的大老刘推着小车送进餐厅。

人们开始用餐。

哑巴的心"呼呼"地狂跳着，不知为什么，他并没有一丝复仇后的快感，反而有种排山倒海的恐惧。他有些害怕起来，才几分钟，他就开始后悔，而且后悔极了，他再也坐不住，大步流星地走向餐厅。

眼前的一幕让他呆住了，那只被下了药的巨无霸扎眼地捧在章小惠的手上，而他买的"爱心"饭盒小巧地握在金胖子的手中。

接着，章小惠艰难地捂着肚子弯了下去，脸色越来越难看，金胖子正呆呆地望着章小惠，嘴角上还挂着几颗米粒子。

他一股血液直冲脑门，不顾一切大喊了一声："快，送医院！"

人们被这个炸雷般的叫声吓住了，所有人都抬头看他。这个声音把他自己也吓了一跳，多么粗犷而又陌生的声音，可的确是从他的喉管里发出来了，人们惊呆了，哑巴说话了……

接着他不顾大家异样的眼光，又喊了声"她中毒了，快送医院。"

人们这才七手八脚地把章小惠抬上车，哑巴很想跟着去，却被金胖子死死地拦住。

第二天一大早，食堂门前停了一辆警车，哑巴被两个刑警不由分说地铐上了手铐。哑巴下毒了，人们惊愕、不肯相信，纷纷围了上来。

哑巴被一个个头和他差不多高的刑警死命地拖着往前走，人群在他后面紧紧跟着。这时大老刘用力挤了过来，告诉他别担心，那只是一箱过了期的老鼠药，连只老鼠都药不死，别说是药死一头大象了。

他又能开口说话了，世间再也没什么更可怕的了，哑巴不由自主地挺直了腰板。要上车时，哑巴别过头去，他看到了大家难过的表情，心里一下子很温暖、很舍不得。

他抓住车门站在那里，对大家咧嘴笑了，眼角却渗出了泪。身边的警察还在拽他，他突然很用力地喊道："我不叫哑巴，我叫张宏业！"

他终于喊出了多少年心里想说的那句话，喊完，他心满意足地上了车。

"啪"的一声警车的门很快被关上，警笛尖锐地响起来。他还想再回过头看看这个镇子，猛然，只见一个小小的身影飞快地跑着，是儿子。他让警车停下来，可没人理他。警车还在开，由于一路有人，车开得很慢，儿子跑得气喘吁吁，他终于隐约听清了：我小姨没事了……早点回来……我们等你……

接着，那个影子被绊倒了，再没爬起来……